苏州市工商业档案史料丛编

苏州市工商档案管理中心 主编

花开晚照

丝绸图案设计的实践与思考

范存良 / 著

苏州大学出版社
Soochow University Press

图书在版编目(CIP)数据

花间晚照:丝绸图案设计的实践与思考/范存良著
.—苏州:苏州大学出版社,2016.5
(苏州市工商业档案史料丛编)
ISBN 978-7-5672-1720-1

Ⅰ.①花… Ⅱ.①范… Ⅲ.①散文集－中国－当代
Ⅳ.①I267

中国版本图书馆 CIP 数据核字(2016)第 105816 号

书　　名:	花间晚照——丝绸图案设计的实践与思考
著　　者:	范存良
责任编辑:	王　亮
装帧设计:	吴　钰
出版发行:	苏州大学出版社(Soochow University Press)
出 版 人:	张建初
社　　址:	苏州市十梓街1号　邮编:215006
印　　刷:	苏州工业园区美柯乐制版印务有限责任公司
网　　址:	www.sudapress.com
邮购热线:	0512-67480030
销售热线:	0512-65225020
开　　本:	787 mm×1 092 mm　1/16　印张:16.25　字数:406千
版　　次:	2016年5月第1版
印　　次:	2016年5月第1次印刷
书　　号:	ISBN 978-7-5672-1720-1
定　　价:	98.00元

凡购本社图书发现印装错误,请与本社联系调换。服务热线:0512-65225020

编纂工作领导小组

组　　　长　肖　芃
副 组 长　沈慧瑛　卜鉴民
组　　　员　孙玉婷　甘　戈　吴　芳　彭聚营
　　　　　　朱亚鹏　陈　鑫　王雯昕　李艳兰
　　　　　　张旭东　周玲凤　陈明怡　谢震香
　　　　　　董文弢　赵　颖　许　瑶　周叶飞

编 委 会

主　　　任　卜鉴民
副 主 任　孙玉婷　甘　戈　吴　芳
常务副主任　陈　鑫
委　　　员　栾清照　杨　韫　薛　怡

序

  时间的车轮滚滚向前,科技的发展日新月异。随着生活水平的提高,曾经只有达官贵人才能穿着的绫罗绸缎如今普通百姓也能享用,织、印、染、绣、绘等多种制作手法令天生丽质的丝绸愈加绚烂。然而,任何成功的取得都不是一蹴而就的,在享受高科技带给我们舒适便利的同时,我们不应忘记那些为此付出辛劳和汗水的前辈们。在飞速发展的今天,且让我们停下脚步,将时间倒退到 20 世纪七八十年代。

  那是中国丝绸行业的繁荣期,国家重视行业的整体发展,企业注重产品质量。这除了表现在技术装备、工艺技术方面不断更新外,还体现在培养了一批丝绸设计人员,范存良即是其中之一。他幸运地被委派到各地学习、考察,这些经历开拓了他的视野,激发了他的灵感,使他的丝绸图案设计的步伐更加坚实。同时,他又是一个极勤奋的人,青年时代拜师学艺异常刻苦,经常对着花草写生,为了画好线条,练手上功夫,特意在大冷天画白描。然而,在范存良眼里,这些困难都不算什么,因为这是他自己热爱的事业,他觉得能够一辈子做自己热爱的工作是一种福气,辛苦也变成了乐趣。以范存良等人为代表的丝绸工作者,为新中国的丝绸事业做出了巨大的贡献,古老而神秘的丝绸技艺通过他们代代相传。

  品一杯香茗,静静地翻阅此书,在获得美的享受、心灵受到熏陶的同时也收获了更多的感动。这是一本汇集范存良半个多世纪丝绸图案设计实践与思考的作品。一篇篇充满智慧的专业性论文、一幅幅独具匠心的设计图稿向我们诠释了一位认真勤奋、态度严谨的丝绸图案设计者深厚的专业功底;那些充满睿智与哲理的散文随笔又在向我们诉说着一位长者丰富的人生阅历与深邃的思想。

范存良是中国丝绸印花图案设计专家、全国丝绸设计能手，他却不愿意让我们称他为"国家级丝绸印花大师"，觉得自己还称不上"大师"，他的谦虚让我们感动。他是土生土长的苏州人，对故乡有着深厚的感情，曾经在苏州丝绸印花厂从事多年丝绸图案设计工作。苏州是丝绸的故乡，如今，在这片美丽富饶的土地上即将建立中国丝绸档案馆。对于我们档案人来说，这是一件无上荣耀的事，于丝绸界老一辈的专家而言，亦是令人振奋的消息。范存良是一位极随和热情的人，当征集人员的脚步迈入他家之时，他那颗从未熄灭的丝绸之心便再次燃烧起来。他不仅将手头的丝绸史料和实物捐赠给档案馆，还为我们牵线搭桥、出谋划策。目前，中国丝绸档案馆已经征集了近两万件丝绸档案。正是有了像范存良一样热心丝绸事业的老专家们的鼎力支持，才会有我们今天如此丰硕的成果。

丝绸既是华夏文明，也是世界遗产。中国人民用"一带一路"搭建起中国梦与世界梦息息相通的桥梁，也希望本书的出版能为国人的追梦之旅贡献丝绸人和档案工作者的绵薄之力。

苏州市档案局(馆)长　肖　芃
2016年5月

前言

20世纪80年代是我国丝绸行业的繁荣期,国家重视行业的整体发展,企业在技术装备方面得到了更新,前后工序配套齐全。以印染企业为例,除了各道工序引进硬件之外,在工艺技术方面也有长足的进步,请进来,走出去,学习国外同行的关键技术,并进口染化料、新型糊料,使产品面貌跃上新的台阶。

80年代也是丝绸设计人员创作的高峰期,工贸双方的上级部门都很重视产品设计工作,并为基层创造了良好条件,尽可能让设计人员直观地了解国际市场的行情,不仅订购各种国外样本、资料,还提供机会,让设计人员去国外参加纺织博览会,甚至派出长驻人员。在一代人的努力下,我国丝绸产品的质量和花色设计水平都有了很明显的提高,基本可以适应欧美市场的需求。

当时各种业务活动也十分活跃,丝绸设计人员正处壮年,精力充沛,设计之余还动笔写了一些来自实践的体会。《丝绸》《流行色》等专业刊物也鼓励大家多写,达到总结经验、互相交流的目的。设计人员努力尝试理论探讨,蔚然成风,长期埋头实际设计工作的人也开始理性思考,使艺术设计避免盲目性和偶然性。编入本书的文章大多为《丝绸》《流行色》刊用过,部分是参加各种展览会和交易会后写的汇报材料,还有20篇"随笔"是退休后的即兴之作,大多刊登在《姑苏晚报》上。上述文章收入本集时,个别文句作了改动。

使我特别感到意外惊喜的,是钱绍武老师能为本书题写书名。我把书名定为《花间晚照》,取自宋祁的名词《玉楼春》最后两句:"为君持酒劝斜阳,且向花间留晚照。"词人浪漫,竟发奇想,劝斜阳在花间多逗留。而我这个搞丝绸图案设计的人,常徘徊在花间,或写生、或欣赏,爱花、画花、印花,和花结下不解之缘。晚年出版这本专写丝绸花色品种的书,又得到中国丝绸档案馆和苏州市工商档案管理中心相关领导及工作人员的关心与帮助,这不是如沐阳光吗?与"花间晚照"的意思很近了。

在此我要感谢中国丝绸档案馆和苏州市工商档案管理中心的大力支持,将这些材料集结成册、付梓出版。他们的愿望大概和我一样——给以后从事丝绸工作的同行们留下一些或可参考的资料,便于追索和寻访前人的经历和思考……如果多少能起到作用就不枉此举了。

范存良

2016 年 5 月

【目录】

花间拾得篇

篇首语	002
形与色	004
花与地	007
虚与实	012
束花	015
丝绸图案中的S线	019
纹理浅论	024
织印结合　相得益彰	030
花样和配色	033
花卉与丝绸图案	036
真丝印花图案的现代特征	046
丝绸图案设计中的抽象手法	049
工艺技术对图案设计的影响	054
设计和工艺之间	057
"灰色"的作用	059
花卉图案中的几何形因素	061

063 设计思维中的辩证法
067 图案韵律感觉的产生
072 积存草图
075 来样得失辨
081 面料视觉效应与服装设计
084 丝绸服装与花色设计
087 图案的形式变化
091 创新
106 丝绸印花图案设计

丝路寻芳篇

128 篇首语
129 沟通信息和贸易的桥梁——国际博览会简介
132 西欧丝绸花色品种情况介绍
162 旅欧回望
170 真丝绸流行色自成体系
173 流行色及其运用
179 流行色与印花配色
182 丝绸艺术之花
187 用第三只眼睛看世界
190 设计和选样——欧洲丝绸图案设计情况点滴
193 良好的开端　有效的尝试——深圳印花绸洽谈会笔记
196 1987年广州丝绸小交会花色情况汇报

书窗忆旧篇

篇首语	202
学艺	203
丝绸：苏州文化印记的百年起落（记者访谈）	208
感悟时间	212
跳高的标杆	214
塑料花	216
热闹的随想	218
"让我们荡起双桨，小船儿推开波浪"	219
叶	221
绿岛	222
阵雨	224
由"废电池漂洋过海"想起	225
习惯	227
且说地图	229
营造安宁	230
学科外的知识	232
远离喧嚣	234
读《反思中日强国之路》的思考	236
色彩·音乐	237
音乐喷泉	239
散步的收获	241
参考书目	**243**
后记	**244**

花间拾得篇

篇首语

我因丝绸图案设计工作而和花结下了不解之缘,爱花、画花、写花、种花、尝花,以花为友,在花间收获了形象的积累和对美的思考,所以在丝绸图案设计工作中除了用画笔,也动用文笔,把实在有所感悟的体会写下来,可以说是一种理论的思考。

20世纪八九十年代,《丝绸》《流行色》等杂志成了设计人员的写作园地,杂志社鼓励我们勤奋写作、探讨心得、交流学术,一时间蔚然成风,对提高美学修养和理论水平都起了助推作用。记得资深主编孙金惠老师还深入到各地工厂、企业,约见作者,帮助组稿,给我们留下深刻印象。

《花间拾得篇》收集了20多篇文章,内容大多是对丝绸图案设计的艺术探讨。"拾得"两字是高僧大名,这里仅是字面解释——摭拾而有所得也。当年写这些文字的确是一种提升,写多了也偶有长进,还获行家赞许,也就越发不可收,写得更勤了。记得江苏美术出版社的郭廉夫先生曾在《丝绸》杂志上发表热情的诗稿,赞扬我这种努力。

现将郭廉夫先生的诗稿附上,感谢他的鼓励。

言之有物,文辞清新
——读范存良同志的文章有感

美的追求,

美的历程;

为美苦斗,

为美耕耘。

啊!一张荒芜的白纸,

终于繁花似锦。

回顾坎坷曲折的艺术道路,
你欣然命笔,
写出了《S线运用》的论文;
你一头钻进"白雨斋"里,
寻求图案虚实的论证;
你在生产实践中,
悟出了实用美术的真谛;
你在纷繁的大自然中,
捕捉到流行色的精灵。
……

我们希望有更多这样的文章,
言之有物,文辞清新。

形与色

　　形与色是图案最基本的构成因素,任何构思都必须付诸形和色的结合,才能成为"图案"这种视觉的艺术形象。即使所谓"不成形"的图案,它仍然是一种形,图案的颜色也还得依附于这些"不成形"的形,才可以在画面上有一席之地。但我们所以能看到"形",又依赖于颜色的存在。鲁道夫·阿恩海姆在《色彩论》中说:"所有的视觉现象都是由色彩和明度造成的。规定形状的界限来自眼睛对属于不同明度和颜色的面积进行区分的能力。"因此,形和色是相互依存的,它们紧密联结,不可分割,人们总是在看到形的同时也看到色。

　　近年来色彩的作用为人们普遍重视,但不同程度上又产生了一种脱离形而孤立研究色彩的倾向。

　　在形和色的关联问题上,康德曾经说过:"装饰外表的色彩刺激,可以使物体生色引人,但不能使它成为经得起观摩注视的美的对象……只有通过形,才能提高色彩的作用。"色彩的感觉和音乐相似,但又不是音乐。它离开了形就很难表达一定的思想感情,仅仅借助于狭隘的经验或是知识附加给色彩的"涵义",想要独当一面地去表现"喜怒哀乐"难免令人费解。所以,对于色彩的研究,如果排除了形的因素,恐怕将会流于空谈。对于这一点,设计人员天天身体力行,是有深切体验的,他们从来不作"纯色彩"的设计,而总是将形和色结合起来通盘考虑,并在画面的发展过程中,不断地同时从形和色两方面去调整色彩关系。设计人员从长期的实践中领悟到:"在你作画的过程中,每一块颜色都会由于你在别的部位添加一笔颜色而变样……"①

　　我们曾经规定相同的色套,让学生去设计花样,发现每个人所设计的花样、色彩效果各不相同。又如各地都运用相同的色谱,绸样色调仍然因地而异。这说明单靠色种的选用并不能因此而决定色彩。

　　这一点恐怕连一些经营丝绸的老客户也颇有体会。他们在选用我们报样时,进行个别改色,贴上一块其他花样的配色,打样人员如法炮制,"对色对光",最后还是面目全非,

---

① 英国美术评论家约翰·拉斯金语。

得不到预想的效果。所以,色种的选用一定要和具体的花形相结合,才会产生特定的色彩效果。色脱离了形的制约就根本谈不上色彩的设计。这里我们所说的形,并不单独指形状,它还应该包括面积、位置这些涵义。

约翰内斯·伊顿曾经对各种几何形与不同色相的联系作过一番探讨,他认为"正方形同红色相对应……三角形同黄色相称……圆形和蓝色相一致……"约翰内斯·伊顿的这一观点规定得比较机械,未免有些牵强,但他在形和色的问题上仍然有不少精辟的见解。他认为形对色有一种"潜在"的作用,"形状和色彩的表现特性是同时发生作用的,形状和色彩的表现力应该是相辅相成的"。我们从不少写实的绘画作品中可以看到,色彩与形状(代表具体对象的形象)的联系十分密切,色彩总是与该物在通常状态下的"固有色"有着一定的联系。但在装饰色彩中,两者之间的制约并不十分突出。如丝绸图案的色彩和具体花形的联系,常常由于一花多色而变得无足轻重,只是在个别问题上还照顾到人们的习惯看法。如叶子,通常使其带有绿色的倾向,较少用紫色、蓝色、玫红色等完全和实体相违反的颜色。此外,个别颜色对形状还不由自主地有所制约,如大红色,在图案上就不宜设计成溅迹或斑痕的形状,以免使人产生血迹等恐怖的联想。

因此,在形和色的关系中,形状还不是最主要的方面,除了色种的选用外,色彩效果的决定因素有色块的面积、位置和色块的存在形式。假定我们在两张白纸上勾出完全同样的纹样,然后填入规定的相同色组,因为颜色面积等因素,仍然可以产生两种区别很大的色调。

面积的大小是一个数量问题,而量的变化可以导致质的变化。这里所谓的质,当然就是指色彩的对比效果。传统的看法认为,大面积的地方应该用柔和的色彩,小面积的地方才能用纯度高的色彩。这种配色方案被广泛地采用,并对色彩调和确有一定作用,但随着人们审美要求的发展,已经显得并不完善。近代的绘画和装饰常常反其道而用之,从而获得一种新颖的色彩效果。在丝绸图案上也不乏这种例子:在大面积的鲜红、翠蓝等地色上,配上几朵灰色的小花,总的色调浓重艳丽,又不失协调的美感。

对于色块面积的传统看法之所以不完善,就在于它并没有指出色块的存在形式,即使在色种、形状、面积都不变的情况下,每个色块在画面上的存在形式仍然是可变的,它可以从一个整块分割为零散的小块面,甚至点、线。当它们高度集中时,色彩的个性就比较鲜明,与其他色的对比相对强烈;反之就容易与其他颜色调和。在丝绸图案上经常利用这个特点,将聚散的点、线搭配得比较艳丽,如在红色调的地子上印上绿色调的喷雾状点子,或在灰色调地子上印上集聚交织、强烈对比的两种点子,虽然在色相上差异很大,但因为它们的存在方式起了作用,并不显得刺目;有时还因点子之间产生空间混合而给人以一种新的色彩印象。

色块存在形式的变化除了聚、散之外,还有一个具体的位置问题。两个对比着的色块,接邻、靠近、远离,对比效果各不相同。如果画面上有多种颜色,位置变化会带来更加复杂的效果,特别是高纯度色种和黑、白、灰的位置关系。

观察蝴蝶的色彩,可以发现最鲜艳的颜色常被黑色包围,或由黑色作为间隔,然后再与其他色对比,因此色彩绚丽夺目,又并不过分刺激。我们采集、模拟自然色彩或是借鉴其他作品时,一般是为了吸取色彩上的特点,所以往往舍弃原来的形状。但若只注意色种和面积的大小,忽略色块之间的位置特征,就会貌合神离,甚至弄巧成拙。1959年出版的《蝴蝶色彩》和在国际纺织品博览会上看到的欧洲艺术院校的色彩运用,都不仅注意面积、色种,同时还抓住位置的特征,因此效果突出,能说明问题,值得借鉴。

所以,离开了面积和色块的存在形式这些形的因素去研究色彩,只能得到一些不完整的"规则",并无多少实际的意义。再加上色彩的审美标准还取决于当代人的生活方式和社会习俗,纯理性、纯色彩的科学推断决不能代替艺术上的色彩规律。

即便在色彩上、在形和色的关系中,总结出一套公认的"规则"来,也只能算是艺术道路上的几块"路标"。

正如列奥纳多·达·芬奇所说,如果你试图按照规则进行创作,你什么东西也完成不了,而只会设计出一些混乱而无用的东西。

原载《丝绸》,1982 年第 11 期

 花 与 地

人们的眼睛所以能看到物体的存在,首先是因为该物体在色彩上、明暗上与其背景有一定的差异。这种差异愈大,这个物体的形象就愈清晰。这和鉴别事物必须进行对比是同样的道理。

绘画对这种现象是非常重视的,强调近景和背景"一起"画,注意到物体和背景的对比关系,理解到无法完全重现客观事物,而只能大致地塑造它们的对比关系。

图案中,对比双方通常被简称为花与地,任何图案都包含着这相辅相成的一对矛盾:没有地,花就无所依从;没有花,就剩下一片空地。从图案设计的过程看,则首先要考虑画什么,然后才会接触到花和地的关系,特别是将构思付诸实践,动手绘制时,地的因素更突出地被设计者所注意和利用。

真丝印花较多采取染地吊印工艺,地色选择与图案关系密切,不改变花形颜色、只改变地色便会产生效果迥然不同的色调。特别如清地的花样,地色是纹样的陪衬,同时又是图案色彩的主调。在混地花样中,花和地的面积几乎相仿,有时简直很难判别什么是花,什么是地。

总之,花与地的形状面积、色彩明暗和布局位置存在着错综复杂的关系,形成了多样化的图案风格,因此研究花与地的关系,对图案设计和配色是十分必要的。

一、地对花的衬托

地对花的衬托是花地关系中最普遍的形式,目的是突出花,使花给人鲜明的印象。这种衬托可以从色和形两个方面去理解。

1. 色

俗话说:"红花虽好,还得绿叶扶持。"这是从色相的角度去说明衬托关系的。在实际运用中,更多的是利用色彩明度和纯度的调节,去构成衬托。

深地浅花,浅地深花。这是最常见的衬托,花和地区别明显,花形突出。这里首先明确了花和地的明度特征,不管选用何色相,花和地的这种根本关系保持不变。但在设

图 1

计、配色的具体过程中,往往容易迷惑于色相的选择而忽略了明度这个重要前提,致使层次不分,感觉灰暗。

古典油画一般在室内作画,背景深暗;中国画相反,大多以洁白的宣纸本身去衬托所描绘的形象。黑白木刻最能说明问题:白色的天空衬托出黑色的树林,黑色的树林衬托出白色的建筑物;白色的建筑物又衬托出黑色的篱笆……黑衬白,白衬黑,毫不含糊。一套色的丝绸图案,在表现手法上自然也采用这种方式,只是在黑、白之外,使黑、白再交织出灰色来,层次更为丰富、细腻(图1)。

为了形成不同的色调,设计者应在花和地的色彩上重视纯度及色相的对照(图2)。例如我们经常使用的地色——浅豆沙、米色、浅灰绿、浅蓝灰、浅紫灰(位置在图2中A色环上),酱色、咖啡、墨绿、蟹青、藏青、紫酱等深色(位置在图2中B色环上)。它们是带有各种色相的含灰色,常常用来衬托颜色较纯的花形。除了照顾到花和地在色相上的对比,有的图案有意识地削弱明度差异,突出表现花和地的对比效果,花地相映成趣,感觉微妙。

2. 形

观察并列的不同形体,它们引人注目的程度各不相同。如花卉图案中,花、叶的形象为人们所熟识,容易引起

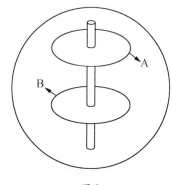

图 2

注意,而花、叶之外留出的地色,往往是一些不被人们注意的"偶然形",因此前者的形象往往比后者来得突出。如图3所示,黑地被分割成各种偶然形,尽管花比较杂乱,但首先引起注意的还是白色的花形。如果我们在黑地上涂上一些抽象的形,那么花和地哪一方突出便很难预言。这时就要看谁"包围"了谁,被"包围"的一方也许就显得比较突出。

画一丛密集的竹叶,叶子缝隙中留出一个个三角形的地色,这种地是被花所包围的,如不注意它们的形,就很容易成为画面的"干扰",因为那些规整的几何形(包括正三角形),都是容易从画面上突出的因素。但是,只要注意到这一点,密叶间空隙不但显得疏密

有序，还能避免大片块面因过分集中而显得过分突出（图4）。

图3

图4

此外，花形的轮廓构造也会影响到花地之间的关系：一般轮廓光洁的形象比较清晰，与地的界线分明；相反，轮廓毛糙，略带"飞白"，就在一定程度上削弱了花与地的对比。

花形的大小有时也和突出程度有关，细小的形比大块的形更靠近地，有一种退隐的感觉。但是，花形大到和地色面积相当的时候，花和地就反而变得"难分难解"了。

3. 地纹的衬托

地纹应该说是花所形成的地，只不过它是一种非平面状态的地。

地纹要成为花形的衬托，一般要求它的构成比较统一、色彩层次比较单一、排列也比较一致。为了避免这种衬托和花的关系过分"游离"，又常常需要使地纹中渗入主花的某些因素。

从图5可见，形态相同的形容易统一协调，而姿势变化的形就显得比较突出。就像在一个整齐的队伍中，几个不守纪律的人会格外引人注目。其实那些等距离、规则排列的花形已经成了地纹，而那几个与众不同的"活跃分子"便成了花。所以，地纹要成为

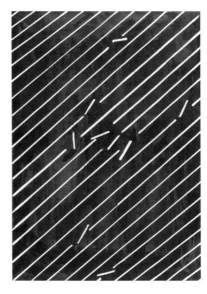

图5

衬托，就必须使其向地色的那个层次靠拢。

对于图案设计者来说，不同的面料品种等于是织出来的地纹，所以织、印的配合，也是花、地关系的一种。从不少来样分析，这种配合往往是极其周密的，印上什么花形要根据面料品种、提花的特点去考虑，使品种能衬托出印花花形，同时又使印花花样反衬出品种的风格特点，使其相得益彰。上海的"建春绡"、浙江的"冠乐绉"、江苏的"蝉条绡"已经出现了一些配合很好的印花花样，但在其他品种上还有很多不足之处。

二、花对地的反作用

从前面的图中我们已经看到，在"地衬花"之外，花又组合起来反衬出地色所形成的花，因此花和地的位置在特定条件下是可以相互转化的。特别是布局密集的"混、满地"花样，有时花的色和形均较统一，地色在明度上与花色反差又比较强，那么往往使留出的地反而成为图案中最突出的部分。随着这种矛盾的转化，设计者也必然将注意力转向地，适当地控制这些地的外形和布局，作为一个重点来刻画。从图6看，花、地的对比较强，花形显得过分突出而似有孤立之感。如果加上几根花梗（图7），大块的地色被割裂成较小的面，花和地之间的形势就可以变得比较缓和一些。

图6

图7

从色彩上看,花对地的反作用也是十分明显的。例如有些含灰的地色,虽然比较含蓄,但缺少明亮、洁净的感觉。若在这种地色上极稀疏地画上一些花,留出大片的地,这时地色的感觉就比较纯净;花和地之间如果还带一些色相上的对比,这种感觉就更强。反之,这种含灰的地色将显得更灰。

地对花的衬托、花对地的反衬,在设计和配色的实践中是不断丰富和不断变化的,关键在于恰如其分地把握藏、露的分寸。

例如,20 世纪 60 年代的人丝朵朵花不能适应现在的真丝绸,人们需要一种似花非花,甚至带上一点"朦胧美"的花样。其实,那种还脱不开写实风格的花卉图案最突出的毛病就是花过分地突出于地,如果使这种花形的某一局部在色彩上、明度上退隐到地色的同一层次中去,效果就可能大大改观。

原载《丝绸》,1982 年第 9 期

虚 与 实

一幅丝绸图案在匹料上连续成章,以其疏密、轻重的布局和具有节奏的变化,形成统一和谐的艺术效果。因此,布局和虚实的处理一直为设计人员视作根本。

写文章讲究章法,《白雨斋词话》中说得好:"意在笔先,神余言外……若隐若现,欲露不露,反复缠绵……"追求一唱三叹、余音不绝的意境。从事园林建筑、堆砌假山的老匠人也很懂得虚、实的运用,总结出"瘦、透、漏、秀"的"秘诀"。在丝绸图案的布局经营中,设计人员也同样注意到这种具有民族传统的美学特征,特别重视虚实相间的艺术规律。

一、用心于无笔墨之处

启笔制作一幅丝绸图案,在一般情况下总是较多地侧重于所要描绘的形象或纹样,用大部分的精力去刻画花形姿态,而较少注意到留出的空间;有时虽然拥有精彩的资料和题材,也不乏造型的能力,但往往由于忽略了空间的处理,仍然很难收到预期的效果。如混、满地的花样,有时花形密而类同,花形明度又处于同一层次,势必使留出的空地成为画面中十分突出的部分,描绘这样的图案,当然主要是在有花形的部分落笔,却不得不同时把注意力转移到"笔墨不到之处",十分审慎地去处理这些"空间",保持它们自身的恰当形态和位置:既有集中,也有分散,避免过于零星和寂寥,或形状大小的机械重复。正如已故山水画大师黄宾虹所说:"实处易,虚处难。"因此所谓"空地",决非设计人员因为忽略而"遗忘的角落",相反,它是和形象塑造同时生成的"空白的形体"。

被称为"马一角"的宋代著名画家马远,善用空间,有时景物仅居一角,留下大片空白,似水似天,非云非雾,给人以无限的想象余地,从而使景物显得格外醒目。无独有偶,现代的装潢设计也十分重视这样的空间作用,有的商品装潢有意识地将空间扩大到90%的地盘,而商标及文字说明却压缩在仅10%的位置中,在人们的视觉心理上反而产生了一种意想不到的"转移"——大面积的空间把视线导向"主题",具有良好的宣传效果。所以在丝绸图案的布局中,空间和所描绘的主体是同等重要的,犹如文字的笔画,结构匀称,疏密相间,虚实错列,要是没有空间,岂不成了一团黑墨?在排列特别稀疏的清地花样中,

花束之间留出的空间甚广,由于花束的外形姿态跃然如动,遥相呼应,一种潜在的力度控制着"无笔墨之处",所以并不见得空虚,相反,是一种必要的回旋余地,是任鸟飞翔的"海阔天空"。

有人将图案中的空间比作音乐中的"休止",戏剧中的"静场"。此中别具一番"此时无声胜有声"的意味。

二、虚实的依存和对比

虚实的依存和对比,是构成丝绸图案形式美的主要法则。如表现在面与点、线,密集与稀疏,具体与抽象……没有这种对比也就没有图案的美。虚,来自实的间歇和减弱;实,又因虚的烘托而成立。因此,中国画历来强调"虚实相生",是一种十分辩证的看法。

在丝绸图案中虚实相生的格局随处可见。例如,在肥实的叶丛中穿插几茎枯枝,生机蓬勃的绿叶与已经枯萎的枝条对照强烈,绿叶愈见苍翠,这不仅是虚实对比表现手法的需要,甚至可以说体现着大自然新陈代谢的规律。一簇鲜花相互掩映,在花丛的外围,渐见稀疏,飞花点翠,如落花凋叶,从实到虚,生动自然。成面的花、叶常伴以疏疏密密的线条和泥点,块面显得较为突出;而线和点构成了第二层次,是一种恰如其分的过渡和陪衬,从两者的对比中显示出图案的形式规律。有时在丝绸图案上也采用形象十分逼真的花形,与此同时常常在其他位置用虚隐的手法去重复这种形象,作为一种呼应。

虚和实好像实体和它的投影,紧紧相随,不可分离;也可以比作空谷的回声,一呼一应。

三、虚实隐现之间

在丝绸图案的设计过程中一定要强调虚实,如果将所有的内容不加区分,全都精细入微、面面俱到地表现出来,反而显得宾主不分、平淡无奇,不如将一部分图像画得若隐若现,方显"柳暗花明"、意味无穷。因此经常有意将过于清晰的形象遮掩起来,使它们逐渐趋向模糊,欲露不露,体现着远近的推移、层次的深度,同时也丰富了画面上的表现形式。

有人将月光比作大艺术家——因为在白天看来极为平常的景物,往往在月色朦胧之中变得饶有韵致。中国的山水画,国外的风景画,都喜欢将风雨、月夜、暮霭、晨雾作为题材,追求那种烟水迷离、云霞苍茫的景色效果。以花卉为题材的丝绸图案,在背景和地纹的处理中也需要运用这"虚隐"的技巧,有如电影中为了表达人物的幻觉或想象中的情景,就利用镜头的晃动或"光圈"的放大,使形象逐渐模糊,把观众带入另一个时间的范畴……因此设计人员不但需要坚实的造型功底,还必须掌握由实到虚的技巧。

在近年来的丝绸图案中,大量使用镂空、镶嵌的手法,比之平涂花形渐次加深的方法要含蓄得多,在花形中留出的地色使花形和地色若接若离。在少套色的图案中采用剪影的方式去表现花形,反而比多套色的写实花卉更有情趣,虽然简化到无可再简的程度,但是从中隐隐地显现着优美的动态和合理的透视变化,暗示着花瓣的转折和重叠的层次。

泥点和密集的线条,也常常用来渲染气氛,改善图案中轮廓过分清晰的花形和地色的关系。

对于过分突出的花形还可以改变其局部的明度,尽量向地色靠拢,营造"犹抱琵琶半遮面"的感觉……

为了追求这种虚实隐现的意境,还需探索用笔的方法,有时要放松手腕,纵情挥扫,大胆落笔,然后细细收拾。如果像工整的纹样一样描绘,就会使画面流于平板单调,很难表现出扑朔迷离的境界和富有葱茏生机的深远层次。

凡此种种,都是为了使所描绘的主体不致太露而被一眼看完。所以,从具象到虚隐的意象是一种艺术的提高,除了构思和用笔的推敲,还借助于各种工具和"特技"。

美国画家理查·司契米德的作品,是从模糊而丰富的色彩涂抹中,渐渐修饰而"显影"出形象的;李可染先生的烟雨图则恰好相反,先将景物画得实实在在,然后用水冲洗,变得烟雨茫茫,虚无缥缈,最后在局部进行加工。从无到有、从有到无,异曲同工,都是为了表现虚实隐现之间的妙趣。

一幅完整的图案应该是虚实的矛盾统一,理想的虚实关系来自巧妙的布局结构。如果位置经营不当,在实处再下功夫也将成为累赘;相反,只要布局得当,即使笔墨不到之处也能成为引人入胜的佳境。

原载《丝绸》,1984 年第 10 期,原标题为《丝绸图案中的"虚""实"关系》

束　花

在以花卉为题材的丝绸图案中，常常由多种花草聚为花束，形成散点，并与其他形态稍有改变的花束遥相呼应，构成连续、完整的画面，这正如一首乐曲往往起源于一小段优美的基本旋律。因此一束花的塑造是花卉图案的基源，值得玩味推敲。

一、从插花说起

远望原野上的鲜花，犹如夜空的繁星，三三两两、星星点点，呈现分散的自然状态。如果把它们采集起来，插入花瓶，由于瓶口的约束，它们就成了统一的整体，若进而经营位置，突出宾从，参差高低，形成静中有动的姿态，那就可以称之为插花的艺术。我国近邻日本乐于此道，也精于此道，非但总结出很多插花的方式，还十分讲究插花的器皿……在以花卉为题材的丝绸图案中，一束花的形象刻画就好比插花，所不同者是各色花卉须得用画笔一一描绘，因此也就更加灵活多变，更加符合艺术的构思。

二、束花的构成

丝绸图案中的束花，花形有主次，花叶有疏密，趋向有侧重，从而形成束花的动态。为了避免呆板、生硬，束花很少取对称的方式，在重量的分布上总是鲜明地带有倾向性；同时又依靠枝叶的伸展来保持稳定，形成一种"等量而不等形"的平衡，显得体态轻盈，鸾翔凤翥（图1、图2）。决定束花动态的主要因素是花形的面向趋势，而枝叶陪衬也常作为一种重要的筹码——几株小草、几根线条可以调节气势，形成潜在的支点，求得动和静这一对矛盾的统一（图3、图4）。

图1

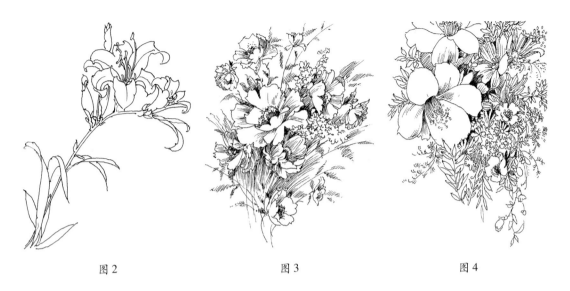

图2　　　　　　　　　图3　　　　　　　　　图4

此外,花梗的穿插在造就束花的姿态方面具有突出的作用,可以是一束花的"主线""骨架",成为花、叶及所有附饰小花的依附,也可以是整幅画面的合理划分,散点之间的联结纽带。在传统的花鸟画中能够找到很多优秀的借鉴,《芥子园》对于兰草"主、从、破"三条线的示范是十分典型的例子。出枝的方式、穿插的变化既要照顾到花卉的生长规律,又须寻求形式上的变化。在丝绸图案中常见的花梗穿插方式有如下几种:

(1) 露根,花束露出花梗的尾部,但又十分注意恰当的遮掩,并不由于枝条根部的外露而显得生硬(图5—图9)。

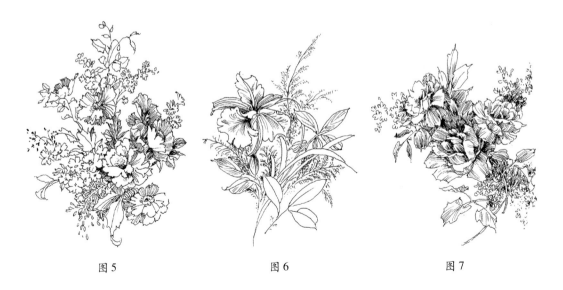

图5　　　　　　　　　图6　　　　　　　　　图7

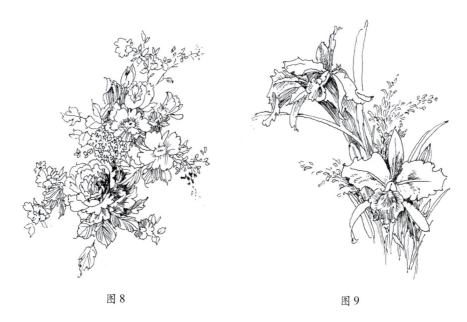

图8　　　　　　　　　　　　图9

（2）放射式，束花中央集中，逐渐向外推移变疏，避免交代花梗的出处（图10、图11）。

图10　　　　　　　　　　　　图11

（3）藏尾，在花与花之间以枝条相连，牵细攀藤，不露梗尾（图12）。

（4）移花接木，乍看好像有花梗，但实际上是以其他小草、小花去代替花梗，感觉灵活，用途甚广（图13、图14）。

总之，枝条的穿插是花卉图案的关键，既要有气势，也要有笔墨。穿插的形式繁多，限于篇幅，只能择其要点略作介绍。

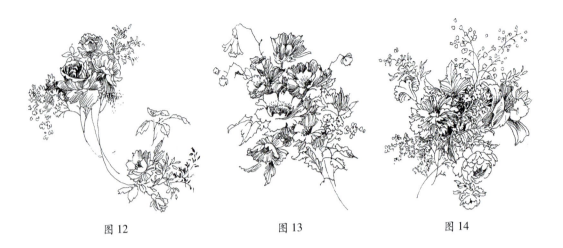

图 12　　　　　　　图 13　　　　　　　图 14

三、束花之间

有些花卉花样为了求得布局的舒畅,常常只画一束花,纸样效果甚佳,但整匹绸的效果往往显得缺少变化。所以,通常在画面上有几束大小不等的花束遥相呼应,使不同散点中的花形姿态有一种潜在的联系,同时借助于枝条、小花、小草构成若即若离的局面,显得气韵生动、浑然一体(图15、图16)。

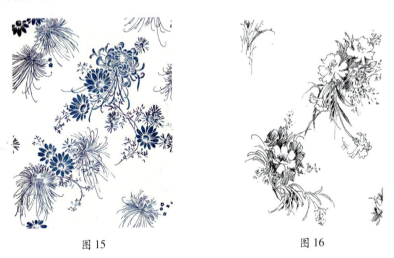

图 15　　　　　　　图 16

近年来印花花派变化很快,表现方法日见繁多,但花卉题材仍然占有相当比重。要提高花卉图案的设计水平,必须加强基本功的训练,熟悉花形,而更重要的也许就是花形的组织和一束花的构成。

原载《丝绸》,1984 年第 2 期

丝绸图案中的S线

在很多丝绸图案中,都隐约地涵蕴着一种流动的S形线条,或见之于排列的趋向,或见之于花瓣的转折,或见之于地纹穿插……如行云流水,如龙蛇飞舞,在刚柔的对比中暗示着运动的节律,增添了丝绸轻柔飘逸的风采。

根据平面设计理论,线是点的运动轨迹,是面的交界,轮廓的起伏。在自然界中不存在几何学中所设想的线,但是人们却乐意用线来作为表现形象的基本语言。从史前时代以来,画家一直沿用线来表达他们的想象,寥寥数笔的灵巧勾画,可以画出精确的素描,传递纹理的变化。线,成为一种富有表现力的艺术形式。

丝绸图案中常用的S线,是一种"自由曲线",较之于用制图工具作出的曲线显得更为流畅、更为生动,并且显示着一种生命的活力。有时它就像弯曲的弓背,包含着潜在的力量;有时它又好比随风升起的轻烟,动势优美。线条回环、曲折,在流动中形成强弱、节奏,流露出设计师的风格和感受。

比较规则的S曲线是两个错位相接的半圆(图1)。雷圭元先生多次以彩陶、纺轮和太极图的结构为例,分析中国图案变化统一的思想,是一种独到的见解。太极图中那根S线无疑较之半圆构成的S线要生动得多,它将一个圆形分割为两个等量的"鱼形",相反相成,相让相切,巧妙而又严谨(图2)。这条S线的分割似乎是中国古典哲学思想的一种图解——阴阳开合,无始无终,也许还表示着乾坤的变迁,昼夜的交替,天地的运行,洪流的波涛……但从图案的造型来看,这两个"鱼形"酷似广为流传的"火腿形",至今仍是不少国家和地区乐于采用的纹样题材(即佩兹利纹样),并常见之于国内外的丝绸织物。

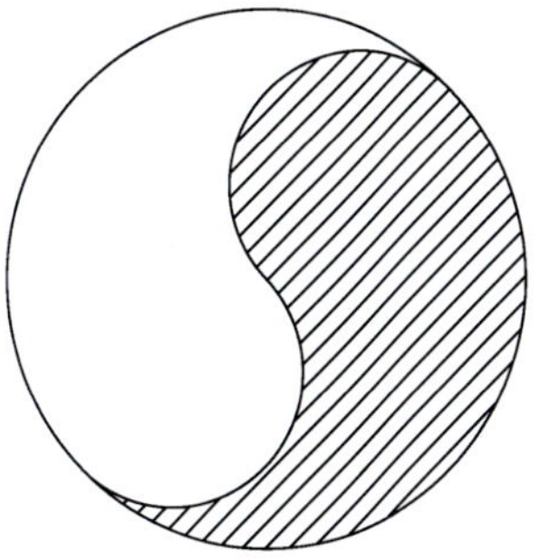

当然,在现代的图案中,S线的运用在某些方面已经脱离

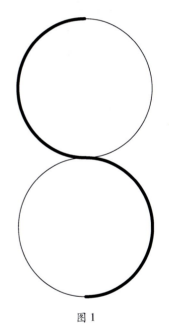

图1

图2

了这种"程式",然而那飞动委婉的气质仍然是可以感觉得到的。人们注意到,在手腕的运动中,从笔端表现出凝聚的力度,因此就更加富有鲜明的个性,在挥洒自如之中委婉抒情,并表现出物象生动的轮廓、动态。

图3

从这条S线演化出很多优秀的图案,唐代的卷草纹(图3),或是丝织纹样中的缠枝连续图案(图4),都是以S曲线作为骨骼引申出来的。S形的花枝作为主线,相互串联成严密的构图,主花常处于主线的重要位置,呈俯、仰、反、正各种姿态,分出去的曲线围绕花形自然地穿插、丰富,造成一种连绵不绝、首尾相顾的气势。

图4

从人类的早期文化中也常常能找到这条S线的行踪。古代瓷器的外形,本身就是一条十分优美的S线,加上有意识与之相呼应的饰纹(图5、图6、图7),就越发显得自然可爱,体态宜人,风韵有致。

图5

图6

图7

翻腾着火焰和祥云的帛画,"无往而不复"的书法笔触,苍劲的汉代石刻,融化在线纹旋律中的敦煌人物,无不贯穿着S线神髓(图8)。因此,近代美学家将这种飞动曲线视为我国传统造型艺术的一大特征是不无原因的。而从国外的文化艺术历史中,同样也可以追溯到这种曲线流动,从西班牙阿尔塔米拉山洞壁画到古埃及的"纸草"图案,从线纹绮丽的波斯饰品到比亚兹莱的装饰线条(图9、图10)。即便是最现代的工业产品设计,也时常可以感觉到S曲线波动的脉搏,只是更加趋向于流线形的体现和单纯简洁的追求,并尽量地在曲中含直,显示出天真朴拙的情趣。

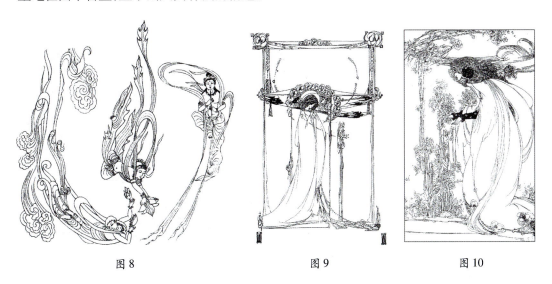

图8　　　　　　　　　　图9　　　　　　　　　　图10

在现代的丝绸图案中,S曲线常常被有意无意地表现为多样形式,如S线用于排列,不强调局部、孤立的花形刻画,着重以排列来形成流动的线形,显示画面的动感,就好比一台大型的团体操,个人的技艺处于从属地位,群体所形成的节奏才是最终的目的。因而这是一种颇为新颖的图案组织手法,为丝绸图案设计人员所乐于采用。在以花卉为题材的图案中,这种线的动势也很突出。虽然图案中的主花常为着力描写的重点,但作为陪衬和穿插的枝叶有时显得更为重要,花卉图案的变化常常寄寓于这种线的穿插之中。枝叶的转折、交错决定着画面的布局动势,打破了散点之间的孤立状态,形成若接若离、气势相贯的效果(图11、图12)。

图11　　　　　　　　　　图12

图 13

图 14

即便是局部花形刻画,也还是可以看到 S 曲线的痕迹,特别是比较写实的花形,为了表现自然形态的花瓣,使它们多变无比的"曲面"得以逼真地活跃在纸面上,在"撇丝"的线条中避免平板,一波三折(图 13、图 14)。这里不仅是形式上的需要,也是这种曲面的恰当表现方法。因此,改用点或其他新的表达方式时,这种 S 形的波折仍然可取。这种 S 形的曲线,在设计丝绸图案时常常不期而至,无所不在,甚至在一勾一划、一笔一点之间,自然而然地带有这种波折的手势。这很可能和我们自幼受过毛笔字的训练有关,总有一点中国书法"无往而不复""欲左先右""欲上先下"的影响,同是画一条弧线,总不满足于画成一个标准圆周的形状。例如画一枝柳叶,用两条相等弯度的圆弧去勾画就显得呆板,因此常常采用 S 形的弧线去表现叶子的轮廓,显得生动有致,富有动态(图 15)。勾勒叶脉时也同样可以用带有 S 形气质的线条,以使形象显得飘逸和轻盈(图 16)。至于大量并不塑造具象的丝绸图案,S 形曲线的流动感觉往往更加鲜明,似花非花、点线交错,具象的花、叶蜕变为飞动的线纹,融化在线条的起伏中,浑然一体(图 17)。近年来流行一种布局较为稀疏的

图 15

图 16

图 17

图案,花清地明,在画面上并不直接出现线的实体,但仍表现出散点之间心理上的"引力",连接散点之间的视线,形成一种意念中的线形,因此仍然不能排斥潜在线形的作用。有意、无意、有形、无形的 S 线是活跃在丝绸图案中的一个重要角色,它不仅是丝绸飘逸折纹的"和声",还可以成为人体美的"谐音"(如前述图 5 中的宋瓷,外形和饰纹的和谐默契,正好可以借以说明服装上的图案与人体的关系)。

当然,S 线非万能工具,仍然带有它自身的局限。"曲"并不排斥"直","圆润流畅"完全可以和"宁方不圆"相并存,甚至在 S 线的运用中还可有意识地渗入直的因素。刚柔曲直,风格各异,相辅相成,不可偏废,不同的侧重则形成不同的情调。

原载《丝绸》,1984 年第 1 期

纹理浅论

什么是"纹"?"纹"字的出现,估计是在丝织物出现之后,似乎"纹"一开始就专门指丝织品上的花纹、图案。实际上古代把图案也叫"纹",如在人体上描绘花纹,就叫做"文身"(这里的"文"是动名词)。

因而我们认为,"纹理"就是指:线、点或一些其他形象,以较少变化的间距,往返回复,比较平均地分布所形成的图案效果。

一、纹理的开拓

自然界广泛存在着丰富多彩的纹理现象:蝉翼的网状花纹组织,石英的五光十色结晶,雨花石的纹理,水波、浪花……以及山脉的起伏,层峦叠嶂的森林层次,风在沙漠上留下的轨迹……现代科学技术还向我们展示了凡人肉眼所看不到的微观世界(图1)。

（a）放大的金相分子结构

（b）冰表面结晶

（c）石材表面纹理

（d）石材纹理

图1

中国画对纹理现象的观察和表现,有着悠久的历史并达到了很高的造诣。山水画中的皴法,就是一种独到的创造,挥毫运墨,用各式纹理显示出山石的结构和气势。石涛说:"笔之于皴也,开生面也。"古人对水波纹、浪花纹的画法也是这样——通过深入的观察、不断的归纳,总结出水的纹理规律,找到最基本的单元,然后在回还往复中,描绘出不同的流水动态,时而风平浪静,时而怒涛汹涌(图2)。

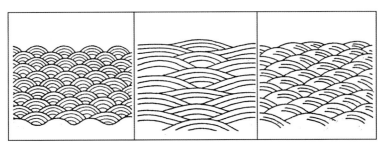

(a) 风平浪静

(b) 怒涛汹涌

图 2

兰、竹是文人画的主要题材,以"介"字、"个"字为基本单元,在重复和交错中组成一丛兰花、一片竹林,纷繁中见整齐,变化中有条理。

对于图案设计来说,纹理的运用也同样十分重要,往往纹理的变化是图案面貌推陈出新的一种途径,即便纹理只处于次要地位(有时作为主花的陪衬),只要纹理有新的变化,图案的总体面貌也会随之显出新意。所以,纹理的设计变化,历来为设计师所重视,并越来越显得丰富。设计人员早就不满足于毛笔、钢笔、蜡笔的描绘,多年以前就开始用丝瓜茎、枯叶、粗布等拓印纹理,用刷子或其他方法喷洒成形……还在描稿人员的配合下,采用水彩、墨流、漂印、自由散落、对印、刮、刻、贴等不同的表现手法。特别是液体流动或粘贴揭开、表面张力等物理现象形成的自然纹理,体现了神秘莫测的脉搏以及微妙丰富、无可名状的规律,正可谓变化万端、形态奇异、意趣横生,为笔墨所难以表达。

沈括在《梦溪笔谈》中叙述:宋代画家宋迪,常选择一堵破墙,隔着绢去揣摩败壁上的斑纹,晕染成峰峦叠嶂的山水画,借以打破自己的思维习惯,获得意想不到的效果。

唐代的陶瓷釉彩,宋代的冰纹瓷器,在艺术构思上也和上述想法相近,追求天成妙趣,但同时又包含着人为的追求、选择和目的,具有独特的审美价值。

近年来国外流行电力纺的压皱处理,并发展为压皱后的染色、喷印,绸面上呈现出不规则的大理石纹理。扎染、蜡染等传统民间印染工艺的效果也重新引起人们的关注。

在图案设计中,纹理效果的创新和开拓也出现了不少新的方式。最近我们接到一家美国客户的来样,全都为单套色的"地子形"花样,仔细分析,发现均非手工绘制,其一是用一块纱类平纹织物,拍成反差很强的黑白照片,纱类织物透空处为白色,再放大几十倍,成为一种新颖的纹理(图3、图4);其二是用纸张或塑料压纹放大而成(图5、图6、图7、图8)。

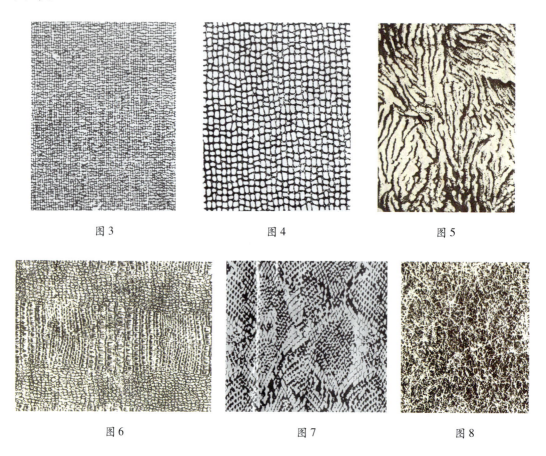

图3　　　　　　　　图4　　　　　　　　图5

图6　　　　　　　　图7　　　　　　　　图8

一块纱布,看不出有什么纹理的美,很难设想也可以用到图案上来,但经过一番技术处理,确实耳目一新,黑地上白色的纱孔,圆中带方,形态自然,排列大体规则,而又略有变化。塑料或其他特殊纸张的压花纹理,虽然司空见惯,但因其过于细密,且难以再现,所以也很少有人去利用,现经放大、处理,就成了现成的纹理题材。生活中常见的一些素材已经不足以引起我们的创作激情,于是要向我们尚未涉足的微观世界进发,并利用缩小和放大的方法,使相同的形因大小的区别而产生意外的视觉印象。受到这种设计方法的启发,我们尝试用复印机来替代手工描制,并取得了可喜的成效。照片、画报或其他资料,只要有一角可取，都能用作纹理的设计。有些资料明暗层次十分复杂，通过复印，滤去繁琐的枝节，更接近图案的审美要求。有的资料纹理太密，超出了我们的印制可能，放大以后，不但使其符合生产实际，还常常产生意想不到的效果。如树叶的脉纹，原来太细，密如蛛网，经放大之后就呈现另一番景象，也比较适用于图案的规范（图9）；贝壳纹也同样，放大之后显得更加合乎我们的需要（图10、图11）。那些原来细微的纹理经过放大，不单单是量的变化，用图案设计的眼光看，应该说是产生了质的变化，为我们提供了新的造型因素，丰富了形象思维，扩展了视野。

图9

图10

图11

当然，选材和加工处理是重要的，有时还要反复修正，甚至拼贴、挖补。

一般来说，纹理的设计较规范，讲求纹理素材的排列秩序，但是受到现代绘画艺术的影响，也有追求"紊乱美"的设计，形象相似的因素较弱，至多在气质和动势上有相似的一面，找不到同一的具体图形，在总体上失调的情况下有某些共性，像书法中的狂草，笔走龙蛇，气势贯穿，虽然看起来纵横交错，但在笔触的方圆和力度的刚柔方面有一种内在的联系，从而削弱形象和排列差异带来的尖锐矛盾（图12、图13）。

图12　　　　　　　　　　　图13

二、纹理的运用

纹理在图案中的广泛运用前面已经多处提及,这里归纳三种形式。

（1）衬托：以纹理为主要题材的陪衬,使平面的地成为有变化的地。如近年来流行黑白地纹加彩色的主花,纹理的分布较平,变化也含一定规律,有利于烘托主花（图14、图15、图16）；有时为使画面更趋统一,使地纹笼罩全局,如一层薄纱置于花、地之前（图17）。

图14　　　　　图15　　　　　图16　　　　　图17

（2）主花由纹理组成：与上述情况相反,地纹从幕后走到前台（图18）。

（3）纹理图案（也称"地子形"花样）：一般不表现具体的形象,单纯表现抽象的纹理效果（图19—图23）。

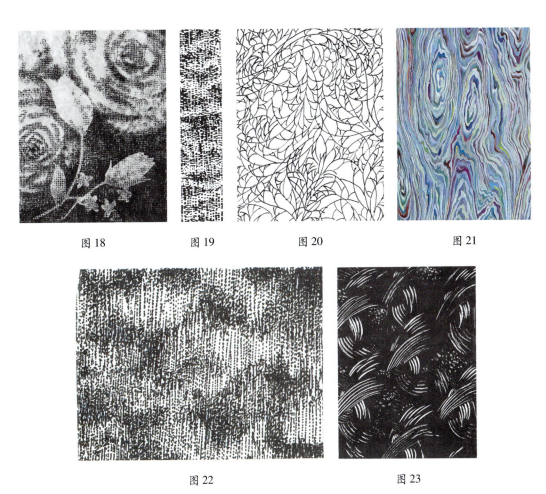

图 18　　　图 19　　　图 20　　　图 21

图 22　　　　　　　图 23

原载《丝绸》,1988 年第 8 期

织印结合　相得益彰

据驻港调研组反映，1983年1至4月，真丝提花绸的成交量为1982年全年的108.8%，这种趋势早在1982年春、秋两季交易会上就有所反映，而1983年春交会提花绸的成交就更为突出。其原因是多方面的，价格上有一定的竞争力是第一个因素，此外与当前丝绸贸易成衣化的倾向有一定关系，要求面料在形式上不断翻新，同时能缩短产与销的周转时间，并从面料方面来保障服装的流行和畅销。真丝提花绸正好能够满足以上要求，如各类绉缎、提花双绉，大大丰富了织物的外观效应，尤其在提花绸上加了印花之后，效果新颖，适宜制作各类时装，而且在销售时间方面的适应性较强，因为最鲜明反映时间特征的是色彩，而在现成的提花绸上可以配印适时的花色。

真丝提花绸依靠缎组织和绉组织的对比形成花形，因此它的审美要求和印花并不一样，只有在一定的折光角度看去，才呈现出含蓄层次。当提花绸配上印花以后，提花往往成为印花的陪衬或地纹，而提花的纹样也因此而显得更加生动、别致。同一种提花可以和多种印花图案相结合，从而获得多种效果。当然这种结合并非新创，以前也偶有出现，但因为织、印的工艺水平都有提高，现在的织印结合起点较高，设计人员把织纹肌理和印花图案的气质有机地糅和起来，突破了机械的"1+1=2"那样的数量增殖，而是力求产生与原来织、印效果都不同的风貌，成为另一种别具风格的高档产品。

我们在1982年春交会时开始注意到这个问题，当时江苏与香港成交印花22.8万码，其中提花加印花（包括缎条绡）共12.6万码，占成交真丝印花的55.1%。几乎每发展一种织印结合的品种，就可以获得一批较为稳定的订货，对发展印花和稳定织花机台都有好处。此后在这方面做了一些工作，更新和增多了印花报样的品种，重视织印配合的合理性，在1983年春季英特斯托夫博览会上有一些织印结合的报样受到好评并成交。

织印结合，关键是花色的选择。同一品种的提花花样很多，一般适宜选用单纯、简练的造型，如直条、方块、圆点等简单几何形，它们的形象为人们常见，所以并不引起特别的注意，可以作为报样的坯绸在一段时间中反复运用（图1）。相反，有的提花图案个性太强，容易使人产生牢固的记忆，反而不宜多次使用。这种情况在花卉图案的设计中也经常遇到。如一直画月季、玫瑰，没有人嫌"老"；马蹄莲、雪克兰这些形象特殊的花形，用过几次就会被认为似曾相识了。因而在提花图案中，月季、玫瑰是常用的题材。

在提花图案的设计和评选中，往往忽略以后和印花配合的效果，单纯从图案的完整性考虑，强调它本身的欣赏价值，非要加到"再增之一笔嫌多"的地步，岂知这样的提花图案本身就够完整了，加上去的印花图案会成为多余的负载；同样，过于繁杂的印花图案也不适宜和提花相配合，因为它将掩盖原先的织花缎纹。

真丝提花绸的图案花形，靠缎面的肥亮和反光起作用，比较含蓄。加上印花之后，印花图

图1

案的色彩较之缎花要明显得多，花形也突出得多，所以在提花绸上印花要注意色彩对比的控制。特别是满地的印花图案，多种色彩的明度最好尽量靠近，并和地色的明度也保持相近，这样就不致因为印花的色彩对比较为突出而使原先就比较微弱的缎花效果消失殆尽。

织、印最好从图案设计开始就密切配合，有意识地将两者作为一个整体来通盘考虑。有些印花设计人员在完稿的印花样上用胶水画上提花的花形，借以直观印在提花绸上的效果，这是一种很有意义的尝试。但目前较普遍的做法，还是到打样配色时才考虑印花和提花的结合，这需要配色人员熟悉品种，并努力做好"媒介"，将织、印巧妙恰当地联结起来。合理配合的构思来自针对具体花形的具体分析。有一次在打样中发现有一只清地的蝴蝶花样，空地面积太多了一些，显得比较空旷，就想起可以印在月季花形的花绉缎上，印花的彩色蝴蝶鲜艳夺目，提花的花形若隐若现，虚实相映，相得益彰，正好构成"花间蝶舞"的意境，别有情趣。同是这只提花花样，还配印过单套色的叶子花样，叶实花虚，感觉新颖，得到客户好评。

在缎条绉类织物上，经常配印多种印花花样，除适宜用团聚成散点状的花形以显示缎条之外，横条花样也可以成为一种较好的配合。彩色的横条中隐约呈现出缎面的直条，颜色在缎面上形成微妙的变化，出现一种特殊的格子效果，曾为客户多次选中。此外在"席纹"的提花绸上配印平铺直叙的各种块面花，也收到较为理想的效果。

织印的结合需要艺术的构思，应该看作是设计工作的一个从属部分。两种不同的工

艺手段殊途同归,就好比是用两个声部去演奏一支乐曲,较之齐奏复杂得多,也丰富得多,这两个声部在交响中得到新的统一,形成新的乐章。织造和印花的工艺、设计水平日益提高,为它们的相互配合创造了有利条件,特别是双绉流行多年,虽仍为基本大类品种,也亟应以多种提花绸缎来加以补充和调节,织印的结合就更加显得必不可少。

原载《丝绸》,1983 年第 10 期

花样和配色

近年来,丝绸色彩愈来愈为设计人员和有关领导所重视,因为它与提高报样成交率和扩大丝绸销量关系很大。

一般说来,图案的色彩依附于图案的造型,但又常常比造型更突出、更鲜明地影响着消费者,所以人们说"远看颜色近看花"。一种比较极端的看法,甚至认为老花样配上新颜色也可以做到适销对路。但从笔者的实践看,这种看法未免太偏激了一些。我们常常碰到这样的情况:有的花样容易配出好效果,有的花样却不然。孤立地谈配色是不妥当的,不同的花样需要赋予不同的色彩,不同的花样会出现不同的配色效果,配色和花样始终是紧密相关的。设计者在花样的设计过程中也在考虑配色,按照画面的发展,总是不断地改善着色彩的关系。

关于如何得到和谐的配色效果,前人作了大量研究,但在每一幅新的画面上,还是会出现一些不为一般规律所约束的现象。同样的色相、同样的面积对比,因为构图、位置、色块相互关系不一样,色彩效果就大不相同。这种情况,极似音乐——一组音符,按一定的序列可以奏出一支乐曲,如果不按规律,随便联起来,同样的音符会变成一片嘈杂的音响。

我们经常收集一些较成功的配色绸样,在具体配色过程中又感到很难摹仿,往往和要配色的花样对不上号(如果非常容易对号入座,这张花样就可能和原花样比较类同)。因为每幅新的图案总是有其自身的特点和对配色的独特要求,在色块的构图、位置和表现方法上不可能和原花样那么相似。

研究花样和配色的关系,目的是为了使花样能配出理想的色彩效果,下面着重分析配色效果较好的花样所具备的几个特点。

1. 注意到色块面积大小的对比,避免色块面积的对比过分悬殊或过分一致

若几种色块的面积差不多大小,在配色时容易出现单调呆板、主次不分的倾向。

若面积对比过分悬殊,会造成小面积的孤立,或者大面积的空虚。有的花样,点子、线条太细,在配色时无法发挥其应有的色彩效果,颜色用得再饱和也没有什么作用,好像白白浪费一套纸版。

面积大小是量,量的变化可以导致质的变化,这里的"质"可以理解为色彩的对比

效果。

2. 色块分布，照顾到它们之间的呼应关系

很多花样的配色以同类色为主，点缀小面积的对比色，这种配色形式就像我们常说的"万绿丛中一点红"。但是，这"万绿丛中"如果真的只有"一点红"，这"一点红"是非常孤立的，这种"点缀"，只能给人以生硬、突兀的感觉，像是一个不相干的色块被剪贴到另一画面上一样。所以，"万绿丛中"最好是"数点红"，这"数点红"又应该是有聚有散，有面积稍大的，也有化整为零的小面积。例如花芯中用一个很漂亮的颜色，那么在小花或叶子亮部也可适当地用这个漂亮色；有时在具体的形象上加不上去，甚至可以不考虑形，从色彩呼应需要出发在适当的部位加一些有聚散的点子。有经验的设计人员，常常眯起眼睛从远处看，以调整色彩的布局。

有的少套色花样，为了充分利用色套，正好为这种用色的呼应作出了范例，如灰色地黑白两种花，黑花上用白包边，白花上用黑包边，成面的黑和白就有成线条的黑和白与之呼应，从而达到画面上合理的色彩布局。

这种利用颜色反复并置的方法，将同一种色的形状面积改变以后反复交织，到达"我中有你、你中有我"的效果，使花样有利于配色的再创造、再加工。

由此也可以说明，色彩效果不但和色相的选择有关，还依赖于色块之间的相互关系、在构图中所处的位置、面积的大小对比这些因素，而这些因素常常只能靠"直觉""经验"或者是美学素养去把握。但同时也不能排除对色彩规律的认识在起着潜在作用。

3. 为色彩对比创造有利条件

没有对比就无法鉴别事物，没有对比就没有色彩。颜色只有在对比的条件下，才能显出它独特的魅力。受染料和工艺的局限，我们丝绸印花的色光还不够鲜艳，过多地采用同类色、同种色，常常会更加暴露这个缺陷，只能依靠对比的手法来增加绸面的色彩效果。

花样的结构常常关系到对比色的运用，例如一朵花，可以用多种表现方法去画，以前用深中浅撇丝或泥点的方法较多，在配色时就只能用深中浅同类色、同种色。如果用块面镶嵌的方法画，就可以在区分深浅的同时，让冷暖对比加入进来，强化色彩的对比效果。

有的花样在色块之间画上白线，色彩对比可以尽量强调，也仍可取得协调一致的配色效果，这种花样常常给人特别鲜明的色彩感觉。

有的防印花样，在色块边缘包上灰色线，有利于尽量发挥色彩的对比作用，又不失和谐的感觉。

4. 为适当的明度对比提供有利条件

中浅地色的配色常常容易配得灰暗无神,特别是有的花样不容许选择对比强的色相,这就必须在明度上拉开距离,才能使色彩效果保持鲜明。如不少浅色花样中常常需要在暗部加上一点恰当的最深色(如黑、上青、酱色、深咖啡色),以使原来比较沉闷的色调明亮起来。同样,在中深色花样上,常常需要在浅色块面中加上一点白色或浅亮之色,使画面醒目、有神。

这种"最深"或"最浅"色,除了配色时要恰当运用,在设计花样时更应该充分考虑到。有的花样缺少这种"画龙点睛"之处,有的画稿由于用得不当会影响配色效果。"黑"和"白"是明度对比的两个极端,是"最强音",一定要用在"刀口"上。素描是没有色相对比的,专门表现明度对比,对于最深的"黑"和最亮的"白"用得特别谨慎。一幅成功的素描总是将这两个最强音控制得很紧,在最后完成的画面上只留下面积极小的"黑"和"白"。

考虑得成熟的花样,和素描一样,在处理最深色或最浅色时也特别小心,因为这些明度的点睛之处,在造型上应该经得起推敲,否则越突出就越容易变成"蛇足"。如中浅色花卉花样,最深处的笔触非常突出,所以应该是"有笔有形",力戒粗糙。有的花样缺少在明度上可以突出的地方,或是需要突出的部位不美,都会影响到配色的效果。

花样中色块布局和配色效果的关系是值得探讨的。以上所见,仅是皮毛。总之,孤立地研究花样或配色,不利于提高设计的艺术水平。花样和配色关系密切,相辅相成,相得益彰。花样的合理结构为配色的再创造提供了前提,同样,恰当的配色可给花样倍添姿色,增加风采。

原载《江苏丝绸》,1980 年第 3 期,原题《谈谈花样和配色》

花卉与丝绸图案

人们从长期的生产实践中认识到,不同器物适宜用不同题材的图案去装饰。如纺织品与日常器具、建筑物的装饰图案题材应该有明显的区分,这样才能适应它们各不相同的用途。

纵观古今中外的纺织品图案,可以发现花卉是它们的主要题材。花卉、植物之所以适用于纺织品图案,主要是由服装的穿着效果所决定的,此外和织造印染的工艺技术也有一定的关系。

花卉植物的图案可以自由穿插、加工变形,特别在排列上比较灵活,可以任意倒顺、倾斜,而人物、建筑物这些题材方向性过于明确,稍微倾斜就感到不顺眼,颠倒过来就更加不合常情。再则,过于逼真的人物、建筑物装饰在身上多少会使人感到有一种重压和不安。另外从生产工艺上看,如印花的套版精度较差,还难免有误差之处,织造上又受到"抛道"的局限,只有花卉题材的图案在这方面要求不高,即使实样与原稿稍有差异,也无大碍。

对于颜色的配置,花卉图案也具有独特的适应性,配上适合多方面需要的任何色相,正好符合自然花卉五彩缤纷的本来面目。而人物、动物的用色往往有一定的局限,非得配上相宜的颜色,例如老虎的颜色一定得配上黄的,如果用蓝色、灰色就会闹出笑话了。

花卉植物图案运用于丝绸历史悠久。马王堆出土的丝绸上有很多花卉图案;唐代的丝绸图案上,花草题材更加丰富多彩,"卷草""团花""宝相花"一直影响到近代的提花纹样;我国少数民族的服饰图案也同样反映了这一特点。

国外的情况也一样,埃及、波斯的古文物上描绘着当时的服装图案,也是以花卉植物题材为主的。

近代,国内外纺织品图案上,花卉题材仍然绵延不绝,畅销不败。

在工业化的现代社会中,人们经常接触到的是城市、工厂、机器,对于自然美的向往与日俱增,花卉更加成为生活中必不可少的调剂和点缀。荷兰、哥伦比亚大量种植花卉,花卉居然成了这些国家对外贸易的主要商品。

花的美感是属于自然形态的,但是用于观赏的花卉,其大多数已被人们长期栽培和改良,改变了原始的形态。野蔷薇、野百合的姿色都远不如现代名种月季和百合了。而图案

上的花卉,应该说又进了一步,加入了更多人的意识,从而更加符合人们的审美要求。

既然花卉是丝绸(包括其他纺织品)图案的重要素材,我们就应该对花有一番研究。在丝绸图案上常用的花不太多,例如月季、芍药、牡丹、梅、兰、竹、菊,还有一些外来品种,如马蹄莲、仙客来、卡德兰等(图1—图10)。如果一个设计人员能熟悉十来种花,掌握它们的多种姿态、多种透视角度的变化,不仅能够写生,而且能够默绘,那么在花样设计中碰到花卉题材,就能灵活自如、得心应手。

图1　　　　　　　图2

图3　　　　图4　　　　图5

图6　　　　图7　　　　图8

图9

图10

图11

画人体讲究骨骼、肌肉的结构,画花卉也应了解其生长规律,如木本、草本、单叶、复叶、单瓣、复瓣,对生、互生、轮生等的区别。当然,丝绸图案上的花卉并不需要强调科学性和精确性,不一定在图絮上去明确各种花的"身份",因此在具体运用时无须过分拘泥于某些细节,只需符合花卉的基本生长规律。如月季、芍药、牡丹这类花用得极多,但常常糅合了三者各自的特点,表现出三者共同的属性,并不力求画得像某一种花,但花瓣的展开次序、花瓣的基本形态、花瓣附着花蒂的向心规律,以及从花梗、花托到花心一脉相顺的趋势等,均应符合花卉的基本生长规律(图11)。

如果更进一步深入研究,还可以找到一些重要的细部特征,如花瓣根部厚实,尖端部分变得轻薄。月季、牡丹在盛开时,花瓣边缘常有裂开,这种"撕裂"的形状可以增添花形的生动感、真实感,但撕裂处的外形应现出挺拔、突变的感觉。另如,月季花瓣的边缘一般向外翻卷,牡丹花瓣则向内翻卷。梗和叶又有许多共同特征,木本植物枝杆坚实,直立生长;草本植物枝杆柔嫩,盛开花朵的枝干应有微微弯势,以示花头的重量,若画得太直,就削弱了真实感。

从植物学中可知,叶子是花的前身,花是由叶进化来的。叶子一般连着叶柄,叶柄和叶子的主脉呈一直线,叶面的分脉以主脉为基线展开,叶子的两半以主脉为轴线对称(图12、图13)。

图 12

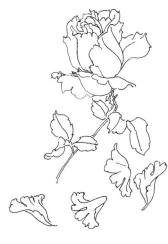

图 13

叶子的形状变化也极丰富。掌状叶形中梧桐、秋葵、葡萄各有特点。月季和茶花的叶子大体外形相似,但翻卷方向不同。

设计人员要掌握各种花形,单靠理性的分析或一般的观察是不够的,具体花形的一些特有的细节,是想象和记忆所无法再现的,因此必须进行写生。

写生可以丰富素材,积累资料,而设计人员的写生则应该考虑设计的需要,善于从一般对象中找出花样设计的构思来。

有些自然界的花卉植物刚好在同一环境中形成颇有"构图"的合理搭配,或是由于阳光的照射,形成很多意想不到的妙处,从而引发我们设计构思的灵感。

有时还可以在写生的基础上,加上以前的感受、印象,将这些分散的东西综合起来,这样就使纯客观的自然对象有了艺术的素质。

将从写生中得到的素材运用于设计常能收到较好的效果,花形比较生动,可以避免概念化的弊病。但创作设计并不受一两张写生稿的局限。月季花上可以具有其他花的特点,如花瓣的边沿可以画得像石竹花一样曲折,本来并不外露的花蕊,只要画面需要,也可以点得像牡丹花蕊一样(图14)。这是一种图案的"新品种",不受自然现象的束缚。

我国传统纹样中的凤凰,是"蛇颈鱼尾、龙文龟背、燕

图 14

颔鸡喙",具有好几种动物的特征。著名花鸟画家于非闇画的牡丹,不受时间、空间限制,常常是"春花、夏叶、秋枝",因为牡丹春天开花,但叶子最丰满是夏天,而秋天枝杆又显得最为苍劲有力。他把牡丹花最美的特点都反映到同一幅画面上去。

有的写生,造形很准,但是缺少想法,画的只是比例、透视、明暗等。还不如寥寥几笔,抓住花卉形象的基本特点,画出自己独特的发现和想法来。尽管既不完整,又无构图,不成其为一幅"作品",甚至在别人看来有些不可理解,但是对花样设计的人来说,因为结合了设计构思,在观察中有了发现,比那种只求完整、为写生而写生的"作品"要有价值得多。

因此,写生的方式应该是多种多样的,不要只局限于程式化的白描,这样才能适应我们在写生中产生的各种想法。黑影写生即是一种颇有价值的方法,借此可以锻炼我们概括、归纳的能力,习惯"落笔成形"的用笔方法。不选好角度,不注意归纳,是很难从黑影中表现出层次的。郑板桥在一篇散文式的《题画》中说,他画竹子,经常通过对黑影的观察而受到启发,"多得于纸窗、粉壁、日光、月影中耳"。当然,写生会有利于加强对花形的记忆,这种记忆在写生过程中又可以回过来弥补难以达意的细部。对于丝绸图案设计来说,这种记忆库存的积累也是十分必要的,因为不可能一花一叶全部都依靠资料,只有在头脑中贮藏了大量生动的花卉形象,才能在考虑销售市场、色彩流行、表现手法、工艺要求的同时去描写生动多变的花形(图15—图18)。

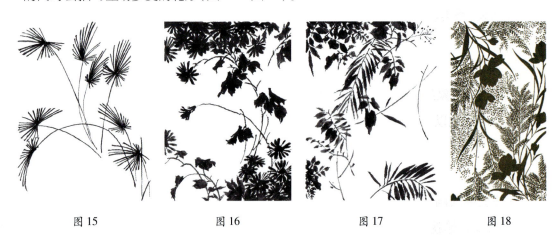

图15　　　　　图16　　　　　图17　　　　　图18

通过写生、观察或是资料的收集,丰富了素材,不等于就有了图案。花卉植物的题材在丝绸图案的设计中还得考虑到工艺上的限制,这种限制在某种程度上决定了花卉的造形方式(如色套不多,一般六七套,而且要求分得明显清晰,不容许水彩晕染的过渡),因此图案的花卉一定得比自然的花卉来得简洁、集中、典型。考虑到装饰艺术的特点以及服用穿着的需要,有必要对自然形象进行取舍、加工,这种加工可能带有想象色彩的变化,但还要以花的基本特征为根据,无论怎样"加工","成品"还应该是花,而不是别的什么,如果完全凭主观想象,离开一定的依据,就只能成为不知所云的东西。西班牙画家戈雅说过:"缺乏智慧的幻想会产生怪物,与智慧结合的幻想才是艺术之源。"我认为这里说的"智慧",就是和客观事实联系在一起的理性认识,因此图案的变化、加工、想象、夸张等,都应是有依据的,合理的。

下面分五个方面试述花卉在丝绸图案上的运用。

1. 抓特征

花卉在图案上的运用,首先是要抓特征,突出花卉造形美的方面。如菊花,花瓣瘦长而潇洒,似有临风飞舞之势,这是菊花引人注目的地方,也是构成姿态的所在。就像画动物图案的人喜欢在蝴蝶的触角、孔雀的尾巴上做文章一样,画菊花的人总是在花瓣上去下功夫的。

月季花,一般成球形,花瓣不如菊花那么飘逸,如果不抓住在姿态上最起作用的几片花瓣,就容易使花形千篇一律。从其他一些花形来看,这种姿态特征也都往往表现在伸出的、相距较远的几片花瓣上,如仙客来、春兰、牡丹都有这样的情况,这种姿态特点的表现极像四肢活动对于舞蹈的动作那样重要。

还有一些花卉,如昙花、萱草、柱顶红、百合,它们的花蕊细长、秀美,描绘这类花必须抓住这个特征,并充分表现出这个特征(图19)。

这种抓住特征加以强调的表现,就是夸张,借此可以使被描绘的对象给人较深的印象。夸张的手法必须对自然的形象加以增、减,或者两者兼用。增,可以理解为对某一部分着重描写,甚至添加上作者的想象和发挥。减,则一般是简化的手法,含有凝练、精简的意思。减法在中国画中表现得十分充分,生动可爱的形象,只用寥寥几笔就刻画得栩栩如生,如柳条可以画成几丝淡绿色的线条,一片叶也不加,欣赏者却完全能够理解。很多花卉只用几笔,就表现得非常充分。因为

图19

自然花卉有时过于繁杂,反而掩盖了它们本身的美感,如月季、牡丹的花瓣重重叠叠,有的又转折太多,如实描写反而显得烦琐。

在丝绸图案上刻画花卉也常常采取简化的方法,略去不必要的重复,去粗存精,去繁就简,选择最有代表性、最美的几片花瓣构成花的外形,从而使花卉的形象更加生动、典型。在花和叶的关系上,也有一个"简化"的过程。自然界的花卉,叶多于花,不可能照单全收。若用一大堆叶去衬托花,将会使人感到过于繁杂,甚至有喧宾夺主的感觉。所以必须选取有代表性的、能构成一束花姿态的几片叶去陪衬主花,同时又必然更加着力地描绘花,强调花形精美生动之处,这样才能使花形突出,主次分明。

2. 讲究姿态

上面已经谈及朵花、枝叶的姿态问题,但因花卉在丝绸图案上常以束花的形式出现,姿态问题显得比较突出,花的大小、位置、深浅,花、叶、梗三者的关系,几束花之间的关系,都会牵涉到姿态的构成,因此这里再着重提一下。

初学者的注意力容易集中到花头上,重视个别的花形,忽略枝、叶与花头的联系。俗话说"好花要有绿叶衬",没有枝叶的陪衬、穿插,花头不可能有优美的动势。

几梗枝条、几片叶子或几株小草,虽然不是主角,但在图案中起着极为重要的调节作用,设计图案时就依靠这些配角去完成画面上的平衡、协调。特别如花梗,它是一束花的姿态所在,一幅图案中的主线。叶,在调整一束花的平衡上很起作用,还可以遮盖过于暴露的梗子。研究一束花的姿态,就好比采集了鲜花在瓶中插放,插花的艺术大有讲究(日本有专门讲授插花的学校、刊物)。这里,平衡和侧重的问题比较突出,单纯求平衡就近乎"对称",显得呆板,没有动势。单纯求侧重,就会头重脚轻,失去稳定。体操动作对称的多,舞蹈动作是平衡中有侧重,姿态生动。对称布局多见于建筑装饰,感觉庄重、稳定,接近于静止的美。丝绸图案上的束花,应该使人感到活泼、流畅,适用舞蹈那种动作的美,所以要处理好平衡和侧重的辩证关系。

中国画用三根线组成兰草的一个基本单元,正好是平衡和侧重富有哲理性的图解。第一根线是主线。第二根是辅线,略短于主线,起加强的作用,和第一根线一起构成兰草的主要倾向,是侧重所在。第三根线名曰"破",即冲破前两根线形成的单一趋向,调节了这一组兰草的姿态,起到一个平衡的作用。

3. 花卉题材中的几何形因素

几何形和花卉,在丝绸图案中是经纬分明的两种类型。几何形图案重视形体比例,组织结构以及线、形、色的美在形式上的体现,并借助于数学规律,具备一定的科学性。传统的花卉图案注重写生,刻画自然花卉的生动造型,追求逼真的形体、灵活的穿插、丰富的层次等等。

但随着审美要求的发展，特别是几何形体现的形式美在实用美术中的地位提升，几何形的一些形式法则正在渗入绘画，渗入同属于图案范畴的"花卉图案"。以花卉为题材的图案吸取了几何形的某些因素，从而也具备一定的时代特点，区别于纯自然的风格。

很多植物的枝、叶，都是按照一定角度、一定比值交叉排列的，如雪松，它的横向分枝由下至上等差递减，逐渐变短形成一个锥形；柳叶、槐树叶，在枝条上也是渐次递减，愈到枝头叶片愈小；铁树的叶子整齐、平衡地排列。这些给人一种富有韵律的美感。

棕榈树叶子，从外形看是一个个圆面，由于透视角度的变化，成为半径不一的椭圆，圆心随着视点的位置变换着，而一个圆中又分明地呈现放射形状，排列十分整齐划一，加上这些叶子的交叉，形成疏密有序的节奏。

菊花的花瓣和向日葵的花心，按一种螺旋状的规律排列，也体现着某种"几何形"的美感。

程式化的竹叶画法，其实也是从实际存在的规律中提炼出来的。竹叶的生长大都呈"个"字形、"介"字形，这个基本的几何符号在重复和交叉中可以形成一片竹林，虽然纷繁，但仍然很有条理。

花卉图案在排列组织上也可以吸取某些几何形的因素。如借助平行线整齐划一的美感去处理一组组花梗；借助流线形的动感去组织花卉的布局，表现出行云流水的趋势；借助放射状的几何形态，使一组组小花形成特殊的排列形式。

一方面是利用花卉植物生态规律中的"几何因素"，另一方面也可以使花卉植物适从某些几何形的规律，从而形成颇具节律的图案。

在我们带有传统色彩的花卉图案上，融入这种形式美的规律，一定会使图案的风格有所更新和发展。

花卉题材中的几何形因素，往往在写生中不容易被发现，这种情况正如罗丹说的那样："生活中不是缺少美，而是缺少发现美的眼睛。"因此图案设计人员的写生不应单一地侧重形的捕捉，而应着重去发掘这种存在于自然之中的图案美，去寻找花卉植物生态规律和几何形因素的联系。

4. 朦胧美的探讨

花卉题材表现形式正在逐渐发展变化，近几年来，那些过于完整、清晰的形象不如先前那么受到欢迎，不少客户都认为花形不要太写实，最好有"似花非花"的感觉。有个别客户则明确地提出要有"朦胧"的感觉。我感到这种提法是值得重视的，往往交代得太清楚，面面俱到，全盘托出，反而味同嚼蜡。"似花非花"，好就好在有明确交代清楚的一面、实的一面,同时又有模糊朦胧的一面、虚的一面,虚实相生,耐人寻味。

朦胧,并非要取消花的形象,也不是追求"抽象"造型,画一些不可理解的东西,而是给人藏头露尾、若隐若现的感觉。这种要求看似寻常,但要表现恰当尚需仔细推敲。

看自然景色有这样的情况:在日间并不为人注意,甚至很零乱的景象,在雾气朦胧的月夜里,会给人一种美好的感受。因为看得不十分真切,反而饶有韵味。

在丝绸图案上表现这种朦胧感觉,常常借助于喷雾似的细点,去冲破原有清晰的轮廓,或是利用密集的线条使花的形体模糊起来,增加画面上统一、含蓄的气氛。

有些图案上的花形是以点、线或部分的块面构成,由几种色相镶嵌成"空心"的朵花,轮廓比较模糊,花中有地,减弱了花和地的对比。总之,"花形突出""宾主分明"这些程式化的标准虽然还在起着一定作用,但"突出"和"分明"的程度减弱了,利用表现形式上的一些特点,以及色相、明度的接近,使花形的一部分和地色靠拢,退隐到地色的同一层次中去,从而造成"朦胧"的感觉。

这种含蓄的处理方法增添了丝绸花卉图案的艺术魅力,使得俏丽多姿的花卉与轻盈飘逸的丝绸质地结合得更加完美,更加恰当。

5. 花卉图案的用笔

中国丝绸上的花卉图案与国外来样常常有着明显的区别,除了工艺、表现形式方面的区别,还主要是因为用笔的习惯不一样。中国人从小就练习毛笔写字,长期受到书法、国画的熏陶,毛笔在中国人手里产生的笔触自有中国的风格。

用笔的技艺在中国书法中达到了登峰造极的地步,一点一划都表现着运动的美、抽象的美;轻重虚实、转折顿挫之间自有韵律节奏。中国画将书法的神髓融化于兰草、竹叶的形象之中,用笔和造型完美地合成一体,画中有书,书如其画,书画同源。中国的各种造型艺术也无不受到这种影响。这种用笔的形式规律同样也深刻地影响着我们的丝绸图案,特别如花卉图案,它不同于几何形图案,后者在形象的刻画上可以借助制图工具,而前者只能用毛笔、油画笔。另外,中国花鸟画由于特定的历史条件,发展成了一种独立的画种,成为中国画的一条重要支脉,形成了一整套技法和规律,自然也影响到我们的花卉图案,而这种影响的突出表现就是用笔:白描勾勒、没骨点写直至泼墨大写,都可以在我们的花卉图案中加以运用。也正因为我们继承了这些传统,中国丝绸图案才不乏自己独特的风格。

此外,丝绸图案和丝绸轻柔华丽的质地应该在风格上协调一致,这就要求在花形刻画的用笔上做到流畅生动、轻松自如。而用笔问题在丝绸图案的线和面这两种表现形式上

最为突出。

线的用笔,在书法和国画中,经过千锤百炼,可谓炉火纯青、别具一格。在描绘形的同时体现着感情的波动,可以是"流利畅快",也可以是"艰涩顿止""剑拔弩张",表现着多样的个性特点,也描绘出多样的形象、质感。

以面去描绘花形,用笔就尤其重要,如果死板地沿着轮廓线去平涂,或是横涂竖抹,反复修补,就很难表现出生动的形象,只能使人感到笨拙啰唆、腻烦杂乱。所以花草枝叶图案在用笔上都应力求简练爽快,以较少的笔触去刻画任何形象,甚至是落笔成形,一气呵成,使之气贯意达、形神兼备。如果能够更多地从我国优秀的传统用笔技法中吸取营养,将前人的创造融合到丝绸花卉图案的创作中去,无疑对进一步创新和提高是有推动作用的。

从图案创新、多变的角度,不仅在形式上要多样化,题材上也应是多样的,但是丝绸离不开花卉图案是一个既成的事实,也是一个今后仍将继续下去的事实。"锦上添花"这句成语,十分贴切地说明了丝织物上花卉图案的合理性和优越性。因此熟悉花,运用好花,仍然是丝绸图案设计的重要课题。

原载《江苏丝绸》,1982 年第 2 期

真丝印花图案的现代特征

从朱钰敏翻译的苏联阿·契卡洛夫《总体设计的基础知识》一文看到,阿·契卡洛夫等人在 20 世纪 60 年代论及的花样趋向,正好在目前(20 世纪 80 年代)的流行花样中得到了印证,很有启发。这是因为他们的分析方法比较正确,能够从当代社会生活和艺术风格的演变中去发现问题,所以能够预测未来,击中要害。

由此忆昔,20 世纪六七十年代,花卉花样占绝对比重,好像非花卉不成为图案,设计人员偏重于花形的刻画和题材的变换。

20 世纪 70 年代后,不少人认识到表现方法的作用,这对花样的创新起了一定的推动作用。

1976 年前后,人们开始重视图案与服用效果的关系,如注意到双绉作为衬衫所需要的几何形图案。

总体而言,我们的认识发展往往是在成交花样和来样的影响下,比较被动地形成的,反映出跟风的多,局部、具体的模仿的多,创新的少,在总体上缺少领先的认识,对时代特征的影响重视不够。

下面试就丝绸印花图案现代特征的形成来进行阐述。

一、现代特征的形成

一种时代风格的形成,包含着多方面的因素,而人们审美情趣的变化是一个重要的方面。审美情趣,属于上层建筑的范畴,它没有永恒的模式,而总是随着社会的发展,发生相应的变化。因此每个时代都具有与之相适应的审美要求。近半个世纪以来,随着工业化、现代化的深入,一种新的审美观点产生了,并迅速地渗透到人们生活的所有领域,不仅使现代的工艺设计带有鲜明的时代特征,同时使现代绘画也流露出这种新的格调。人们开始摆脱摹拟客观真实的具体形象,而单独地体味到形、色、线本身所蕴含的美的价值。简单明快的轮廓和流畅的线条代替了烦琐、多余的装饰。美的因素被不留痕迹地融合到实用的需要中去,因而使现代装饰艺术和工艺设计的面貌鲜明地区别于以往所有的时代。

人们总是按照自己的意愿去改造世界、美化世界，但又不可能完全随心所欲，因为人们的意识还是来之于社会的实践，例如现代的城市规划，首先要服从现代社会的生活方式。合理的采光，科学的结构、比例，适宜的材料选用，必然成为第一位的要求，绝对不会因为设计师的偏爱而去重建中世纪的城堡。

建筑、马路和公共设施的现代化，造就了一个带有现代特征的总环境。这样的一个环境一定会影响到所有的居民，使大家感到有必要和这个环境取得协调，因此从家具、衣着到日用工业品的设计都无不受到这个总环境的影响——仿红木的苏式家具与苏州的旧式建筑是相称的，把它们搬进新建筑里就显得非常别扭。

窗帘、灯罩以及服装的图案都需要和环境取得协调。特别是在消费水平较高的地方，人们注意到在不同场合下衣着的区别，宴会服、运动服、海滩服以及面广量大的日常服装对图案和色彩都有着不同的要求。

不少发达国家人民的生活方式正在变化，他们重视旅游和运动，在衣着上讲求实用、方便，因此对服式和图案也产生了相应的影响。

二、现代特征在丝绸图案上的体现

1. 图案

和其他装潢、工艺美术的设计一样，丝绸图案也趋向于单纯、简洁，笔墨不多而效果明显；重视表现形式上的大胆创新，但又并非草率从事；重视色彩的运用，打破陈旧的"调和"概念，鲜明、响亮，但又并不刺目炫眼。

从具体花样看，格子、直条，以及有利于表现色彩的清地花、块面写意花卉和少套色花样增多。在花形的刻画上较少采用纯写实的手法，更加重视与服装穿着效果的配合。

2. 重视色彩

现代物质基础和色彩的理论为色彩的充分运用创造了空前优越的条件。纺织品被称为一种色彩的商品，特别由于流行色的推广和运用使得色彩成为丝绸生产和贸易的重要课题。

3. 重视织物本身的结构和质地的审美特征

丝绸图案不应湮没织物自身的特点，应该和品种肌理、质感结合成为一个整体。

有的纸样本身似乎并不完整，但配印适当的坯绸，刚好显得恰如其分。同样，作为印花用的提花品种，花形不追求面面俱到反而比较奏效。有些密集的印花花样，在花形的刻画上虽然完整到无以复加的程度,但它表现的应该也仅止于其本身,印到绸上,品种的特点往往被取消殆尽,它的独到作用只剩下遮盖品质的疵点和不足。

4. 配套

跟建筑群体的协调和家具陈设的配套一样,服装也出现了配套的形式,随之对图案和质料的选用也带来了新的要求。

常见的配套方式有:

织物配套——粗犷的品种配轻薄、柔滑的品种,如羊毛与丝绸。

色彩配套——印花色彩与原印花的地色相配套,即印花与染色的配套。如上身穿印花面料加工成的服装,裙子为和该印花地色相同的染色面料。

花形配套——直条与方格,地纹与地纹加花,条、格与散点、色块,正版花样与负版花样,清地花与满地花等。

运用配套图案剪裁的服装,具有单一图案的服装所无法比拟的优点。这类服装从整体上取得一种既有变化又有调和的韵律,在统一的前提下借助于配套图案的微妙对比,消除了单一图案服装上的那种过分"一本正经"的严肃感,从而吸引着广泛的消费者。

从这几年的情况看,丝绸图案确实存在着一种从繁到简的潮流,它反映着一个时代的特征,不会像流行色那样一年一变,但是我们不排斥人们的多种需要,在特殊的场合,那种古典的、丰富多彩的图案仍然会有它们的一席之地,而简洁单纯、朴实无华的现代装饰为多数人在多数时间所适用。简洁、单纯的趋向除了上述的原因以外,和重视色彩表现具有内在的联系。我们最近生产了很多直条花样,成块面的条子之间在色彩对比的选择上十分自由,特别有利于流行色调的表现。如这一届英特斯道夫博览会上风行的"松石绿",配"黄光红",以直条花形去表现,就显得新鲜别致,若用小朵花去表现,则恐怕难免不能"脱俗"。

反映现代特征的图案,在这几年的国外期刊和来样中非常普遍,如单套色的块面花样,少套色的写意花卉,彩色条、格、圆点,以及单纯的小几何形,留出大片地色的件料花样等。在表现方法上高度概括,而艺术构思却平中出奇,因此往往不容易画,特别是块面花,要求落笔有形,处理不当就显得粗糙和空洞,条格和几何形又容易落入俗套,真是"看似寻常最奇崛,成如容易却艰辛"。

一般来说,我们比较习惯于对形象本身的刻画,离开了具体的形,就有点英雄无用武之地的感觉。因此要把握这种时代的倾向,不仅有认识上的问题,还有大量的实践问题。

丝绸图案设计中的抽象手法

抽象(Abstract)，是外来语，含有提炼、提取的意思。广义理解，所有造型艺术都有一个提炼、提取的过程，例如梁揩的简笔画、陈老莲的线条、朱耷的大写意、毕加索的速写、康定斯基的"野兽派"都是艺术的抽象，只是有的偏重装饰性，有的偏重即兴的主观性。

丝绸图案中的所谓抽象，与以上概念不尽相同，但在形的形式组合上，即兴的色彩表现，以及不强调表现某一具体物象等方面是颇为相似的。

前些年，我们片面接受某些国家的"现实主义"文艺思想，甚至将写实、现实主义、社会主义文艺思想等同起来，否定一切非具象的绘画作品。这一现象还一度延伸到图案设计的领域，20世纪60年代后期，竟然严禁所谓抽象派的图案。如画花卉，务须"健康、饱满"，而对圆点、条格图案却未见任何非议，殊不知，这才是真正典型的抽象图案。

现代真丝绸是一种出口高档消费品，为西方上层社会、文化素养较高的阶层所使用和鉴赏，因此也必然要更多地反映当代文化的各种新元素。在丝绸图案中经常可以看到现代绘画的某些特点，例如那些不追求形似的抽象图案。

一、图案的目的——装饰

人类用绘画来表达自己的感受已经历时数万年，迄今能看到的最原始的绘画是法国的"拉斯科克斯"、"尼奥"洞穴和西班牙的"阿尔塔米拉"洞穴中的壁画，两万年前的原始人用木炭、红土精心描绘了许多野牛、山羊的形象。

长期以来，绘画和图案自然而然地分了工，绘画不断地磨炼着再现自然的技能。画，历来是为了像，画得像不像始终是一把标尺，而图案的天地却更为自由，既可以再现具体形象，也可以用最简单的圆点、方块作为题材。人们对装饰美的认识可能比绘画要稍晚一些，新石器时代初期，原始人将石珠、贝壳、兽牙加工成最早的装饰品，在形、色的组合上反映着他们对形式美朦胧的认识，特别在工具制造和建筑方面，注意到光洁、对称，创造了直线和方形的美，从仅能实用，向兼有形式美和几何化的倾向发展。

这一重大历史性进步一直影响到几万年后的今天，我们不难发现：凡有人类的地方都

有几何化的造型（除非真正的原始森林或者荒原、极地），田地、农舍、道路，无不归结于方形和直线。对自然形态来说，几何化的造型本身是一种装饰性的演变，但随着时间的推移，人们感到几何形的格律过于刻板、僵硬，过于"人工气"，因而产生了在几何化造型基础上的装饰，几何化和反僵化、人工气和反人工气，构成了造型发展的历史。

有意识地将图案法则和绘画相结合的尝试，始于20世纪初的一批画家。后期印象派画家塞尚力求把形式美相对独立于具象之外，把一切事物都看作几何形的构成，不满足于绘画最擅长的写实能力，而使抽象形式美的表现能力得到充分的发展。这并非原始人在工具制造时追求几何形趋向的回复，而是一种更高层次的探索和实践，是借原始的外在形式以表现现代人的美感。

塞尚之后，高更、马蒂斯、毕加索发展了这种艺术思想，有不少人还亲自从事实用美术的设计，身体力行地开创了一代新风。这种新兴的绘画流派后来又反过来影响图案的设计。我们在欧洲著名印染厂看过他们百年多来的档案。19世纪末到20世纪初，印花图案比较写实，花卉形象逼真，色彩运用方面吸收了同代绘画的优点。纹样设计严谨、缜密，而近代愈来愈显得奔放洒脱，注重形式的变化，较少受到具象的束缚。人们意识到，作为服装面料的设计必须服从整体的视觉节奏，从形、质、色三个方面去适应现代服装的格局。

20世纪初，欧洲的印花工艺已经具备"再现"自然的较高水平，这种工艺水平本身是商品价值的体现，而近代工艺水平的显现并不限于形象再现的能力。照相制版、转移印花已把写实的技术推向顶峰，人们的注意力转向更加内在的方面——色彩的时代感，色泽的鲜艳度，渗透性能，织物与图案的协调，手感，图案和服装特定式样的结合……

以最常用的花卉图案为例，花形变得不再重要，图案的形式规律才是主要的，花瓣的转折、枝叶的生长规律，只有在不妨碍形式的前提下，才能得到表现。花形仅仅被看作一种音符，本身并不说明什么，它们的特定组合才符合现代装饰的需要。设计师所重视的是整体——是色彩的布局、形体的对比、用笔的气势……花卉已经不像19世纪那样运用广泛，现代家用电器的造型和装饰是如此的简洁和明快，再也不需要像19世纪的座钟和灯台上的精细雕花了。相对而言，花卉在纺织品图案中算是用得较多的，但写实的花形大多被写意或抽象的形式所代替。传统的写实花卉，已经被列入古典风格之例，充其量作为"保留剧目"起着丰富和点缀的作用。

丝绸的图案设计和现代设计一样，目的是功能和装饰的统一。烦琐的细部描写、真实的再现具象，不再束缚我们的观念。力求挣脱自然形态的限制是装饰客体的需要、审美的需要，越接近具象，说明主观的装饰要求越淡薄，因此图案性也就越弱化。

二、丝绸图案的抽象手法

抽象的丝绸图案是丝绸趋向于时代风格的一种表现,为适应变化多样的需求,具体的表现形式是非常丰富的。

1. 保留局部的具象

从视觉生理现象分析,人的眼睛不可能同时集中观察几个事物,必须在纷杂的信息中置90%于不顾,有选择地关注关键事物、关键部位,然后再取舍调整,得到全面的印象。因此在一个画面中,如果有意识地迎合这种规律,将90%的画面处理得较为模糊,精心刻画10%的关键部分,往往可以得到较为舒服的视觉效果。

一幅水彩画法的图案,只看到水迹斑斑,翻云泼墨,而在某几个局部显现出月季花的形态和花瓣的层次,似乎模糊的水迹也变得花团锦簇,留给欣赏者颇多的想象余地。

油画笔的几个自由笔触,看不出模仿了什么自然形象,但加上寥寥几根线条、几瓣叶片,那些原先什么也不是的笔触似乎成了写意的花丛。

信手涂几个鲜艳的色块,无意识的形状随着笔的起落而形成,甚至执笔者也无法解释画的是什么。然后因势利导,在无意识的形状中找到一些花形的影像,勾上几笔简练的轮廓线,原先的色块似乎立即有了新意。

局部的具象之外,还有具象的局部。例如贝壳、蝴蝶、叶脉,在应用到图案中去的时候,舍弃它们原先的外形,只表现它们的局部,将这些局部的纹理不断地重复,也是一种常见的表现手法。

2. 单纯化、简洁化

一朵复瓣的芍药花,以抽象的图案眼光去看,它只剩下最具特征的轮廓,或是两三个简单的色块;一簇兰、竹,则以投影的形式,用一种单色就可以表现出生动的气势……近年来丝绸图案中的少套色,以至单套色花样非常风行,希望用最少的笔墨,最简单的语言来表达出含蓄的、抽象的艺术效果。

3. 突出色彩的作用

纺织品的装饰作用,最突出、最重要的是色彩效果,称之为"色彩的商品"是十分确切的。突出色彩的功能,同时又是装饰艺术的一种现代特征,由此而引起单纯化的趋势,引起时装设计中重视配套和拼配的倾向出现。

配套的时装设计实际上是以色彩对比统一作为主题的。有一段时间流行染色面料的

拼配,看起来就像大色块的几何形图案。只不过这种色块与服装的造型配合得更为默契,色彩的搭配是否成功决定着这种时装设计的成败。

印花与印花、印花与染色的配套,同样取决于色彩的对比和统一。对于印花图案本身来说,图案的造型是否适应色彩功能的发挥也是十分重要的前提。根据流行色的变化,再设计相应的花样,是现代图案的新特点,例如前一两年流行强烈对比的色彩效果,于是平涂色块的图案纷纷出现。要表现浅淡柔和的调子,那种面积宽大的大色块花形就显得不相适应了,于是又推出表现一定层次,甚至带包边的图案。这包边是图案中的最深色,借以使形象不至过分模糊、失神。

总体来说,突出色彩的作用,实质上是削弱造型的烦琐变化和细部雕琢,同时相应地减少色套,避免多种色相在密集的间隔、并列中相互抵消或产生空间混合,而增大色面,使色彩的个性和强度得以充分地显现。另外,重视色彩的面积对比和构图布局,从整体的色彩效果来决定造型的取舍。因此,突出色彩的作用也是图案抽象手法的一个构成。

4. 规整几何骨架的瓦解

纵观古代的几何形图案,其骨架结构大多比较规整。当时能绘制出如此严谨的几何图形来,不亚于今天用电脑绘画一样的先进,所以这本身是一种技术的显现。一直到唐宋、明清,丝织图案上这种规整的几何形仍是主流。近代,由于人们审美情趣的变化、服装款式的变革、科学和艺术的进步,早先那种简单的"数学美"已经显得极为单调和呆板,设计师把立足点放到整体的视觉节奏上来,追求强烈的对比、显示急剧的动态等,于是规整的静态的几何骨骼瓦解了,代之而兴起的是变幻莫测的视觉刺激、动荡的构图和不对称的形体对比。

近年来丝绸上的几何图案,除领带和男衬衫花样仍保留传统的精密、规则形体以外,大多是即兴、随手绘画而成的,规整的骨架趋于瓦解。

5. 打破笔的局限

笔——手的延伸,最传统、最有效的书写和绘画工具。人们借助于这种精良的工具绘制了无数逼真的形象,创造了多少传世的名画。但是,我们太熟悉这些从小就使用的武器了,反而感到难以摆脱这种习惯性的束缚,一旦启用一种简单而陌生的工具,例如一块塑料片、一支粗劣的竹笔、一把刮刀……虽然不如笔那样轻驾就熟,但反而可以迫使我们画出自己也为之惊讶和陌生的质朴的笔触来。郑板桥说,"画到生时是熟时",大约也就是这种心境。

民间蓝印花布，为使花板能多次应用，所雕空的花形必须相互隔开，因此大多数花形是一个个小块面。在这样的工艺限制下，不可能产生特别烦琐和写实的设计。原始的工艺大凡如此，局限性迫使造型的简化和单一，现在看来反而成了一种时髦的特点——充满了简练的装饰情趣。"不择手段"地摆脱笔的束缚，去寻找难以驾驭的陌生工具，原来是画家、设计师们有意识地要把自己逼到一个"置于死地而后生"的境地中去。

原载《丝绸》，1987 年第 9 期

工艺技术对图案设计的影响

染织美术的发展与时代的经济、政治、文化有着十分密切的关系,中国历代纹样和服饰的演变,就鲜明地体现了这一特点。

但是,从图案的具体表现形式看,图案设计的发展与工艺技术的提高有着更为直接的关系。事实上,生产工艺决定着图案的艺术语言。相对而言,印花工艺技术的发展以及由此带来的图案设计的变化,比之织造提花要明显得多,恐怕这是因为近代有机化学的发展,使之更加具有"质的飞跃"的意义。

以印染工艺技术来美化纺织品,在我国有着悠久的历史。除最早出现的"画缋"(即手绘)之外,唐代就广泛采用绞缬、蜡缬和夹缬的方法,类似我们今天所说的扎染或蜡染。由于所用染料主要是天然染料,生产工艺的局限性很大,图案造形和色彩也比较单纯、简朴。再如流传至今的"蓝印花布",仍保留着原始的生产工艺,其图案形式也变化不大。

近百年来,欧洲在有机化学和染料工业方面的进步,为印染的现代化创造了条件,再加上筛网印花代替了木板或纸板的雕刻,各种类型的染化药剂相继问世,使图案的表现形式和造形功能得到了前所未有的发展。

前年,我曾在联邦德国K.B.C.印染厂工作过一段时间,看到了该厂60年前的印花存档,工艺水平已经相当高,如花卉图案,层次丰富,形象逼真,有的在一朵月季花上用了6~8套颜色套印,表现出明暗和冷暖的变化。但是,随着现代审美观念的发展,人们已不满足于以先进的技术去表现图案的真实感,而是以更加精细的印工,使图案具有更加广泛的表现力,如模拟色织的效果、毛料的织纹,印制特别精美的领带、头巾等。

在意大利著名厂商蒙太乐的会客室里,十几幅头巾被当作美术作品,镶上镜框挂在墙上。这些印花头巾充分反映了他们的工艺水平,套版精确、线条细巧,平均为25套色。而法国的列奥娜(LEONARD)公司,则以特大的块面、鲜明的色彩,反映现代绘画的某些特征。

在一些先进国家的研究所里,色泽、渗透以及完美的后整理都已是比较成熟的课题,而正致力于探讨纺织印染工艺与人体工程相结合的最新技术。

近年来,随着先进印染设备和技术的不断引进,我国的工艺技术水平明显提高,给图

案设计增添了新的活力。回顾20世纪60年代至70年代,由于印花技术落后,大平板的图案被视为禁区,稍大的面积就印不好,容易出现深、浅、露底等病症。于是,设计人员只好用线或点来打破单纯的面,借以遮掩技术的缺陷,这些限制到80年代初还在延续。直到近几年,由于新型印花机的引进、种子胶的采用,上述问题才得以完全解决。一些直印花样的"假地"面积极大,只留出极少的花形。若是单套色、留白花的图案,只要开路得当,可以与雕白的印花乱真,特别在某些地色上目前雕白还较困难,就更显示出这种大面积印花的优点。

这两年中,国际上流行块面表现的花样,如果不是工艺上的进步,我们的自绘花样可能仍然是六七十年代的模式。如上面提到的种子胶印花糊料,对提高印花的色彩鲜艳度起了很大作用。原来我国印花行业只习惯用淀粉浆,水洗退浆时需要 $55 \sim 60℃$,30分钟,很多染料在长时间的高温中牢度极差,泻色时即使不产生沾色,也变得灰暗无神;而种子胶糊料只要10分钟平洗就完成了退浆,所以颜色的鲜艳度有了保证,彻底改变了我国丝绸印花的色彩效果。连晒机的引进,无疑为图案设计又插上了一对翅膀。原先精密的规则纹样或几何图形,要靠设计人员、描稿人员的手上功夫,多次重复同一的规整纹样而保持一律,花了极大的努力,也不见得尽如人意。而连晒机的采用,轻而易举地解决了这个难题,为这类风格的图案设计扫除了障碍。圆网印花机,则是从另一个侧面突破了平网印花的局限,不但可以印制各种通匹直条,还可以印制无法开路的花样。在平网印花中,接版是个关键,台板规矩只要有几处不准,或网丝伸缩,平铺的密集图案就会出现档子。而采用圆网印花,就完全避免了这种差错,为图案设计开拓了更加广阔的天地。

技术的发展是无止境的,图案的形式变化也是无穷尽的,旧的问题解决了,新的问题又会出现。例如我们现在的手工印花,套版精度仍然很差,不得不在色套接界之处增加复色,使配色变化受到了很大的限制。有时承接国外来样,他们要求的配色变化很大,原有的深浅顺序,可能在另一个色位中完全颠倒。为了达到来样的要求,有时甚至需要描两副黑稿,做两副花板。

进口印花机械的精确度比较高,但是其他方面还不配套,如网框的金属强度、网丝的伸缩性、感光的精密度都还没有消除误差,各方面的误差积累在一起,致使套版仍然极不准确。另如现在的连晒机,其运动规律是"平行移动",对同一花形、不同朝向的规则图案仍然无能为力。遇到这类来样,只好连晒数份,剪开拼贴。还有,从来样中发现,国外的电子扫描正在逐步代替手工描稿,特别是在表现丰富细腻的层次变化、微妙的水彩效果方面,具有独到的效能。可以断言,这种技术的运用,将对图案设计发生更为深刻的影响。

技术上的变革,往往是局部的、互不相干的,但是它们会同时对花色产生影响,从而使花色的面貌在总体上得到推进。如果把 20 年前的产品拿出来对比,可以明显地看出,现在的花色已经起了多么巨大的变化,而这正反映了所有技术上的进步。

对于设计工作者而言,对现代技术的了解十分必要。只有熟悉新技术、新设备的功能,才能在设计中有针对性地、充分地发挥这些功能,使艺术和技术的结合上升到一个新的高度,创造出新的形式、新的风格。

原载《丝绸》,1987 年第 10 期

 ## 设计和工艺之间

丝绸印花技术不外乎三个方面——化学（染料、助剂、工艺）、物理（机械设备条件）、美术（图案设计、配色）。

由于现在工厂的分工较细，上述三者之间缺少有机的联系和沟通，阻碍着印花水平的提高。

设计人员往往感到，生产上限制很多，画得出，做不出；而工艺人员则可能感到，没有理想的花样来体现和施展他们的设想。当然，有时双方结合得比较好，也可能印制出一些高水平的产品来，但大多数情况是前者而不是后者。

前几年有的同志提出"工艺为设计服务"，对于片面强调"设计结合生产"确是一种"矫枉过正"的快事，但平心而论，比较切实可行的方针仍然应该是"相互结合，共同提高"。

在很多现代工业中，工程师的思索与艺术家的感受已经并列起来，合为一体。正因为如此，才可能制造出既具有现代式样又便于加工，既美观大方又具有良好性能的产品。这一点在建筑行业里可能体现得更为鲜明，建筑设计师不但是一个技术工作者，同时肯定也是一个艺术工作者，否则就不可能建造出美观适用的大厦。这种现代化工业的特征在我们行业还反映得不够，因此工艺技术人员和图案设计人员还需要相互了解和熟悉对方的业务。

一方面，有的图案设计人员缺少生产工艺的知识，把"设计"两字与"绘画"等同理解。诚然，设计中有一个纸面描绘的过程，也需要熟练的绘画本领，但更重要的恐怕是要以美的规律去结合工艺、材料，甚至市场调研……因此，很好的艺术构思，动人的画面效果，常常因缺乏生产知识而成为"纸上谈兵"，不能在最后的成品上体现出来，甚至给生产造成诸多不便。

另一方面，有的工艺技术人员缺少起码的美术眼光，有时对图案不利生产的地方提出的修改意见，使设计人员无法接受，而事实上完全可以找到既利生产又不至破坏图案艺术要求的方案。在印花设计到生产的过程中，有无数事例都说明着两者结合的必要。

生产历史较久的工厂，往往感觉不到这种结合所产生的作用。而结合不良的后果在某些新厂中显得更为突出，经常会在花样到生产的过程中碰到意想不到的问题，出现种种不如人意的现象。据了解，上海的一些老厂，在几十年的生产实践中，已经自然造就了解决该类问题的专家，如第一印绸厂的蔡鹤寿师傅，早年从事设计工作，后来又搞了几十年

配色工作和前准备车间的技术工作；第七印绸厂的王步进同志几十年从事描稿工作，而且在花样设计的艺术鉴赏领域也已经成为行家。这些专家们担当着千百张花样从设计到生产的桥梁作用，积累了大量可贵的经验。但是，他们所碰到的"来样""报样"形形色色，所处理的问题又事无巨细，千头万绪，难以用言辞表达，又谈不上什么高深的理论。看来，如何及时将他们的经验整理出来，应该引起足够的重视，否则对于印花行业是一种损失。

现在刊物上单独介绍工艺或设计经验的文章很多，但两者交接之处还开拓不够，似乎都认为应该由对方来考虑，结果大家都管不上。这当然还谈不上什么"边缘科学"之类的奥秘，却也并不见得可以忽视和空白。

解决设计和工艺之间的一些问题，不但有利于当前生产，而且对确定印染工艺科研项目、攻关方向恐怕也是极有意义的。对于丝绸印花来讲，任何工艺技术的研究最终都将体现在带有艺术观赏效果的成品上，因此技术上要解决哪些问题，是否可以尽量吸取一些设计方面的意见，以免事倍功半，难见成效？

20世纪60年代，上海首先试验成功的氯化亚锡真丝绸雕印工艺，就是受到来样在设计上的新要求而提出的。事实证明，这种受到设计人员欢迎的工艺突破，对此后的印制效果及花样风格起了巨大的推动作用，可以称得上是一种变革。

再如目前各印花厂的内销化纤绸，普遍存在所谓"花色不对路"的问题，而进一步分析，问题不在花色本身。由于台印首先要满足外贸的需要，只能在平网和圆网印花机上生产内销化纤绸，因此花形不够精细，轮廓也较模糊，加上染色不配套，又根本不采用雕印工艺，所以一花五色全是白地，势必不能适应消费者的要求。设想在内销品种上也能够染出深浅不同的地色，再加上化纤雕印工艺，产品面貌必将大大改观。

外销真丝印花其实也同样存在上述问题，如黑地雕印，白不白，红不红，鲜艳度、精确度都较差，也同样严重影响着花样的外观效果。所谓真丝印花绸花色上的差距，在很大程度上是由于工艺技术的落后所引起的。

因此，工艺技术不但制约着图案设计的格局，而且决定着图案在实样上的最后效果；而图案设计不但要符合和利用现有工艺条件，而且要不断对工艺技术提出新的要求。优秀的最终产品是工艺技术和图案设计在绸面上的总体反映。

两者之间，特别是处于边缘地带的问题，很容易被忽略和轻视，但恰恰对当前生产乃至今后的提高都是极有意义的。

原载《丝绸》，1983年第1期

"灰色"的作用

纯粹的灰色在理论上属无色彩系统,其色相应是不偏不倚、不带其他色光的,但这种理论上的灰色很难调合。如染料BL元、秋收元本身都有一定的色相倾向,广告色黑或中国画的墨调成的灰色也不一样,故很难确定一个标准的灰色。然而,一般在实际运用中并不苛求一定要找到这种理想的灰色。

中性灰似乎不偏不倚,不带任何倾向,其实却是互补色的混合,而且是势均力敌的混合,它在视觉上能产生一种完全的平衡状态。德国生理学家埃瓦尔德·赫林认为,眼睛和大脑需要一种平衡,缺少了它,人们的视觉生理就将显得不安静。而中性灰就是这种视觉生理上的平衡色。

虽然这种中性的灰色有其独特的作用,但是用得更多的是带有各种色光、含灰成分不一的灰色。例如含桔黄色光的灰,即米色之类的颜色;含紫酱色的灰,即豆沙、紫灰、红灰之类的颜色;其他如绿灰、蓝灰、黄灰……颜色十分丰富,和纯色一样,也可以形成周而复始的色环。

这些"灰色"在丝绸图案的配色中是经常被广泛采用的。最常见的地色——米色、豆沙色、豆绿、洋灰等,其色泽柔和,在这些地子上比较容易取得稳定协调的配色效果。这是因为这些有各种色相倾向的灰色,常常兼有几个色相的成分,当它们和原色、纯色对比时,具备"我中有你,你中有我"的特点。如紫灰色,它和群青、玫红的对比就显得比较恰当,因为玫红和群青是构成紫色的因素,而紫灰中有紫色的成分,它无形中在对比强烈的蓝和红中间起了缓冲作用。

一般说来,这种灰色和原色之间存在着某种内在的联系,因而它们的配合可以形成比较和谐的对比,这种对比要比纯色、原色之间的对比含蓄得多。因此在真丝印花绸的配色中,为了显示质地的高贵,更倾向于采用这种对比方法。

比较纯粹的中性灰色和原色、纯色之间配得恰当,可以产生一种"同时对比"的效果。例如:在桔红或大红地上,配一个中性灰色,这时,灰色就产生向蓝、绿方向转化的感觉(相反,配在冷色上,就会有转向暖灰的感觉)。一种原来显得缺少生气的灰色,一旦借助原色活跃起来,即能具有一种新的活力,并使对比的双方更加突出各自的色相个性,这种色彩效果常常是其他纯色间的对比所无法比拟的。

为了使灰色和纯色的这种美好的对比奏效,务必注意到两者的明度差异:如果深浅过分悬殊,这种同时对比的效果就势必为强烈的明度对比所取代。因为同时对比是眼睛的错觉形成的,是一种非常微妙的感觉,而明度对比则十分明显,易使人觉察。所以,要使灰色发挥这种微妙的作用,就要用和这个灰色明度相近的纯色去对比。例如大红地上配灰色,真正能起到同时对比作用的,是中间深浅的灰。太浅的灰或近似黑的深灰,和大红地之间突出的是明度对比。

在米色、浅红咖、粉红、豆沙这些略带红调的地色上,配上中性灰色,也常常可以取得令人满意的同时对比效果,此时灰色好像变成一种特殊的蓝,而且比直接用蓝要显得含蓄、耐看。

灰色的运用,在丝绸配色中是一个重要的课题。只要搭配得当,灰色不灰,相反可以使画面得到生动、透明的色彩效果,使丝绸的色彩更加灿丽丰富。

原载《丝绸》,1980 年第 7 期

花卉图案中的几何形因素

几何形和花卉历来是丝绸上经纬分明、互不相干的两种图案类型。

几何形图案总是着眼于本身形体的比例，图案组织结构的安排侧重于线、形、色的美在形式上的体现。

而传统的花卉图案则较多地注意花卉造型的刻画，讲求花形的生动、逼真，或是花卉之间穿插、层次的变化。

这两种类型的图案，随着人们审美要求的发展，正在逐渐携起手来。特别因几何形所体现的形式美在近代实用美术中起着越来越显著的作用，"对称""比例""节奏""线和形的结构"以及某些色彩规律被广泛地采用。

这些规律性的东西正在渗入现代绘画，同时也在渗入花卉图案。以花卉为题材的图案越来越多地吸取几何形所体现的形式美因素，使花卉图案区别于以前偏重写实或比较繁琐的纯自然风格，而明显地带有时代的气质。

几何形所体现的形式美，在自然界广泛地存在着：某些物质特有的结晶体，鸟类的羽毛，蝴蝶翅膀的花纹，蜻蜓、蝉翼的羽状纹样，水的微波，海洋的浪花，山脉的起伏，等等。

这些与自然界并存的现象，原来就具有一定的审美价值，有的可以直接用于装饰，如水的特殊结晶体——雪花，就常常出现在各类图案中。

经过艺术加工而采取其中包涵着形式美的某种因素，用于装饰艺术和绘画的就更多了。

图案设计人员的写生，之所以与绘画写生有所区别，很大程度上就因为他们必须更多地去发现和探求自然界中富有形式美的点、线、面、色之构成因素，这种"形式"的发现和积累，可以丰富图案设计的表达"语言"。

花草植物是自然界的一个组成部分，其中同样包孕着几何形的因素。如森林的轮廓起伏、树木的穿插变化、枝条的交叉规律、藤萝的垂挂气势，其间有起伏的面、交叉的线，线的交叉又形成特有的网状，垂挂的曲线形成游龙、流水般的图案。

我觉得中国画早就注意到这种存在于自然界的几何形因素了，如《芥子园》中画兰竹的"口诀"，山石的皴法，都是从自然界中存在的几何形规律中总结出来的，它不拘泥于自

然对象，而将隐藏在植物生长或山石堆砌中的特定形式揭示出来，加以整理和强调，表现在笔墨之中。

以花卉为题材的丝绸图案，同样在努力发掘这种隐含在具体花形中的形式美，从中寻找几何形的构成因素。如画叶脉或繁密的枝条，注意力常常集中在线条的粗细对比和线条的交叉形式上。一旦离开这种特定的规律，只能使人感到线条的杂乱和烦琐。

很多人喜欢采用丝瓜茎作工具，压印出特有的网状纹理，以表现叶脉或处理地纹。这种纯自然的网纹，似乎杂乱，但细看，可以发现是极有规律的，人为的摹仿常常反而难以达到。

菊花的花瓣和百合科花卉的花蕊，它们放射状的几何形特点也引起我们注意，在自然状态下，往往因为风雨日晒，前后遮掩，层次繁复，使原先存在的"几何状态"变得不十分明显。因此，纯客观地反映对象，装饰效果就会削弱，不如抓住这种几何特征，强调规律性的放射形状来得见效。

棕榈叶、瓜叶菊一类花形，好比一个个圆面，由于透视的缘故，成为半径不一的椭圆，圆心的位置各不一样，加上这些圆的交叉，会得到十分别致的装饰效果。

对于孔雀羽毛或铁树叶子，则常常去强调它们整齐、"平行"的弧线，这一组组整齐的"平行"线在交叉中又形成疏密有序的节奏。

花卉图案在排列组织上吸取几何形因素的机会也是很多的。借助于平行线的美感去处理一组组花卉的枝条，借助于流线型的动态去组织花卉的排列、疏密，表现出流动的趋势，中心向四周放射的形式在花卉图案的排列上也可以得到体现。

几何形体包含的形式美，是"立体派""光效应艺术"的支柱，也是装潢设计、实用美术的主要艺术语言。我们丝绸图案上对花卉的刻画，常常流露着民族传统的特色，如果能更多吸取存在于花卉中的几何形因素，注重形式的变化，一定会使花卉图案的面貌获得进一步更新和发展。

原载《丝绸》，1982年第1期

 **设计思维中的辩证法**

艺术创作中的辩证法,如形式规律方面的"曲与直""疏与密""动与静""拙与巧""形与神""刚与柔"……早就受到人们的重视。设计是一种创造性思维活动,设计的思维方法是否合理、科学,事关成败。

一、如何对待信息

对待信息我们要分析,具体对待,以免把泛指各种纺织品的报道等同于丝绸的流行趋向。同时还要注意信息对于任何一种设计都是至关重要的,我们不能设想一个闭目塞听的人能设计出适销对路的产品。

近年来我们对国际纺织品的流行信息了解得比以前多了,而且有的还很及时,但如何接受这些信息并运用到具体设计工作中去,还需深入探讨。这里不仅有地域的差异,还有时间的差异。例如为了追赶流行的潮头,我们常常是听到风便是雨,把人家刚刚开始预测到的东西抢先用到当前的设计中去,有时反而使客户难以接受。

在1987年8月份的广州小交会上,我们采用了预测的1988年春夏的一些流行色。港、澳客户反应冷淡,反而是已经流行了一段时间的色彩比较好销。另如我们按照《国际纺织》的最新报道,设计了一批海滩花样,画了鹦鹉、热带鱼之类的题材,结果客户仍然要花卉、风景的图案。相反,已经不流行的兽皮纹样,客户却专门前来寻觅……这样说,并不是贬低信息的作用,只是借以说明信息的运用还存在问题。

西欧的有些预测恐怕只适合消费水平特别高、花色变化特别快的发达国家。相对来看,新马、中东以及我国港澳这些地区还有一个时间差。而且客户的情况还各有区别,有的香港商人专门转口欧美,他们在信息方面的反应要来得快一些,而在本港做零售的商人对流行信息的反应就比较迟钝,并偏重于当地的习惯爱好。

此外,在接受外来信息的问题上还有一个一般和特殊的差别。例如国际性的博览会,一般包含所有纺织品的行情,如毛、麻、丝、棉、化纤、针织品,且对数量上占绝对优势的品种倍加重视,信息的发布则侧重于面广量大的化纤、棉布织物。像1984年春夏季预测的

1985年流行的透明浅亮色调,后来确实在市场上风行,但经过仔细观察,发现这些浅亮的颜色大多用于化纤和棉布的服装,而在真丝印花的织物上并没有被采纳。再如多年来INTERSTOFF秋季的预测,一般以深暗而调和的颜色为主,花样则以条格和古典纹样居多,其原因是INTERSTOFF的预测特别注重季节性,因此秋季的色彩主要是针对呢绒、毛料等类厚织物来预测的。而真丝绸质料轻薄,在世界上不少地区只能是春夏季服装的理想面料,而且真丝印花绸的主销地区在新马、中东以及我国港澳一带,那里根本没有严冬,简直可以说是四季如春,因此INTERSTOFF预测的具有秋冬季特征的色彩,在这里就不太适宜了。

由于真丝绸价格昂贵,珠光宝气,因此即使在发达国家也不是日常穿着的品种,只有在宴会、歌剧院等高级交际场所,才能看到人们穿着真丝绸服装,而且穿着的对象也以中年以上的妇女为多,因为她们的经济来源比较稳定、充裕。年轻人则穿化纤、棉布服装为主,却是流行色彩和流行服饰最积极的响应者,所以在化纤、棉布上所反映的流行色要比真丝绸更加敏感,更加及时。

可见,对于来自各种渠道的信息要具体分析,具体对待,以免把泛指各种纺织品的报道等同于丝绸的流行趋向。同时还要注意流行变化在各地区的先后差别,这样多少可以减少接受信息时的盲目性。

二、共性和个性

一种特别流行的花派涌向市场的时候,各个地区确有很明显的同一趋向。例如1984—1986年,纯色的强对比的块面花样几乎打破了地域的分隔;再如近年来双色花样受到各地区客户的广泛欢迎,其中品蓝、翠绿这些颜色几乎成了世界性的流行色。

一次成功的时装表演,一部出了名的电影,很可能在款式和色彩方面影响到整个世界。人类对于美的看法,原本就有相通之处,一束鲜花、一曲歌谣,有时可以被不同阶层的人共同欣赏,炎黄子孙推崇贝多芬、莫扎特,金发碧眼的洋人也爱听《二泉映月》。我们搞丝绸图案设计也是这样,大凡我们自己满意的作品,也可能会受到外商的称赞,有的还可能被不同地区的客户多次选用,这就是共性。正因为有这样的共性,我们才能通过调研去了解市场的趋向,从总体上去构思适销对路的花色品种,并首先从自我感觉出发,设计使自己满意并能为消费者接受的花色。

在外销业务中除了这种共性现象之外,各地区客商根据不同的销售意向,还具有自己

的个性。他们有个人的见解,这里难免带有狭隘的经验主义,有的还强烈地受到地区习惯的影响。例如中东地区,这几年选用的色彩非常鲜明、浅亮,即便是秋冬季的色彩也非常明朗、鲜艳,黑地或深暗的色调在那里根本没有市场。而美国和西欧则强调季节色彩,秋冬季往往需要很深的色调,新加坡的个别客户则专门经销这一类型的花样,我国江、浙、沪的印花厂都承接他们的订单,强烈地反映出这几家客户的个性。最近还有一个西班牙客户,选用了我们设计的倾向于不规整抽象造型的花样,看起来确实很别致,甚至有点残缺美的风格,用我们的行话来讲,真所谓"百花中百客"。所以说,设计的风格还是多一些好,这样才能适应各地客户的不同需求。

这种个性的表现虽然大多是因认识的局限而形成的,但是也有不少经营花色绸的厂商是有意识地要形成自己的个性,特别像欧洲一些有名的公司或工厂。如"拉蒂""蒙太乐""列奥娜""阿勃拉汉姆"等,他们力图显示自己独到的风格,不屑模仿已经开始流行的花派,独辟蹊径,甚至对待流行色的做法,也别具一格,每年制订本公司的流行色卡。当然,这样一种经营战略,必须与高质量的产品和高效率的宣传相结合,还必须具有一定的商业名望和信誉。他们的成功,在一定程度上说明了越具有个性的设计,越可能成为人们普遍承认的东西。

所以在设计和贸易中,我们不但要了解人们审美意识上的共性和带普遍意义的流行倾向,还必须具体分析各种客户的个性,使花色工作更有针对性。另外,在调研和确定某一时期的花派时,除了照顾到一般的流行趋向外,还应该逐步创造自己的风格,以期这种具有个性的设计得到更多的知音。

三、创新和实用

古人说"文似看山不喜平",产品设计也要避免平淡无奇、索然寡味,以引起消费者的注意,并刺激他们的购买欲望。

所谓新,是包含着形象特征和时间特性的综合概念。《国际纺织》主编戴维先生来华演讲时提到,一种派路在市场上多年不露面了,就往往成为新的流行派路。实际上这就是一种时间的概念。例如条子花样,在1981—1982年非常流行,这几年销声匿迹,估计今后很可能会重新登上流行花派的舞台。1983年前后,印花的服装销量锐减,世界印花业处于低谷,1985年以后又开始流行,1986年还被称为"印花年"。这里当然还有一些人为的因素,如意大利印花行业和设计师通力合作,研究了新的对策,搞了一大批新的设计,并经

过著名时装设计师的运用,加上广泛、生动的宣传,促使印花得以盛行。

时间像大浪淘沙,较长时间没见到的事物,在记忆中淡薄了,当重新出现在我们面前时,又会感到陌生和新鲜。

但是,时间所起的作用只是一个方面,我们不可能去等待某种过去的派路重新回来,一成不变地把原来的设计再搬出来。而应该采取主动的姿态,去推动新的潮流,特别是因为流行周期越来越短,新的织物、款式和花色不断涌现,迫使我们不断地增强自己的创新意识,否则就没有突破,没有发展。然而,一味追逐诡奇,完全脱离时代特征和图案规律及服用的要求,就反而显得矫揉造作,甚至怪诞浮夸了。

在我们的设计和贸易实践中,比较成功的做法是创新和实用相结合。这就是在推出一批新花色的同时,仍要保持一定数量的常用花派。这样既能迎合人们的求新要求,又能满足保守心理的消费层次。

粗粗归纳了丝绸花色品种设计思维中的辩证关系,推而广之,其他方面的设计也同样包含着对立统一的规律,认识这些有利于判断决策,提高工作效率。

1987 年 12 月

 **图案韵律感觉的产生**

英国著名评论家斐德在《文艺复兴论》一书中说："一切艺术都倾向音乐状态。"

诗歌、散文等文学艺术乃至舞蹈、戏剧等表现艺术都十分鲜明地体现着音乐的某些特征，富有音韵旋律的美感。绘画也同样包蕴着这种音乐状态。

一千四百多年前，南齐画家谢赫在《古画品录中》就提出了绘画艺术的韵律理论，他把"气韵生动"看作绘画艺术的最高标准，详细地分析了"气韵"与用笔、布局、造型、设色之间的关系。历代中国画家对"气韵"的规律多有探索，"笔笔相生，笔笔相应""乱中不乱""不齐之齐，齐而不齐"都是为了追求生动的气韵。

韵律——这种音乐状态，在以形式美为中心的图案中更是显得必不可少。利用多样统一、对照呼应的规律，使某种形象在有节奏的反复中形成生动的韵律，是图案组织的基本形式。

丝绸图案风格多变，不同花样上韵律感觉的体现各不相同，但多样统一、对照呼应是它们共同的前提。

一般来说，韵律感觉主要来自纹样造型、组织或色彩的同一性以及这种同一性的多样变化。在同一的前提下求变化，在纷繁的局面中求统一，而求得的变化或统一的程度又决定着图案韵律节奏的强弱。

现将我们经常可能接触到的几种处理方法分别论述如下：

1. 造型相同，组织形式变化

以一个或一组纹样作为基本单元进行"四方连续"的形式，在新石器时代的陶器或古代染织图案上就被广泛应用。这种组织形式一般总是使纹样依附于一定的骨架，形成稳定、均衡的节奏。组成骨架的线，可以从数学排列和组合的概念出发，去寻求变化，但总离不开同角度、等距离的线或这些线的交叉，因此组成的图案是绝对规则的排列。

若采用规则中求变异的组织方式，就可以改变原先那种完全等距离的节奏，使韵律感觉显得既均衡又丰富。

规则正方形的骨架是一种比较单纯、稳定的组织形式，如使水平方向或垂直方向的线按一定量增值、渐次扩大间距，由密至疏地变化，则完全区别于原来的方格子骨架，即便填

入完全相同的纹样,也能形成一种运动的节律,从而打破刻板单调的原状。

这种不改变基本形而使疏密、大小逐渐递增或递减的方式,在 20 世纪 60 年代国外"光效应艺术"作品中运用得十分广泛,虽然在绘画艺术中是风行一时的东西,但在视觉效果的研究方面,对装潢、工艺、染织美术等带来深刻的影响。

直到最近,这种图案还常常出现在丝绸上,因为这种排列形式象征着事物运动的规律,具有和音乐节奏相通的美感,使简单、统一的纹样产生鲜明的韵律感觉。

造型相同的纹样,若采用倒顺、倾斜等不规则的散点排法,纹样在图案上的位置就不再受到几何骨架的限制,可以随心所欲、自由灵活地组织,但因此又变得较难捉摸,无据可依。若能在疏密、位置、纹样的方向以及纹样之间空间的对比关系上处理得当,同样也可以在造型相同这种同一性的基础上,形成颇有节律的效果。

2. 造型相同,但大小、虚实或表现方法变化

造型相同的图案,除了组织排列变化,还可以改变纹样的大小或表现形式,求得变化。

如一片枫叶作为图案的唯一题材,可以用大小不一的枫叶组织起来,或者用不同的方法去处理这片枫叶,有的是平涂,有的改用线描或点子,枫叶的形状是同一的,但处理手法产生了对比。

由同一而寻求对比,在对比中包蕴着同一,从而使图案产生一定的韵味。

3. 造型不同但有局部相似

上述的几种处理方式,因为已经有了造型相同这种同一性,因此总是着眼去寻求相异的因素,而在造型不同的情况下则总是去增加统一的成分。

例如,以外形不同的叶子组成一幅图案,为了找到统一的因素,可以将其叶脉形态统一起来。又如以贝壳为题材的图案,有的散点是完整的贝壳,有的散点只画出贝壳的花纹,不成贝壳的外形,这里因外形的差异,散点之间有明显的对比,但因每个散点都有某种共同的因素,而使画面仍能取得协调,产生贯穿的气韵。

另一类图案中,有一个散点的构成比较复杂,其余的散点则较简单,只画出主要散点的某个局部。主要散点像是一台机器,次要散点是这机器上的某个零件。如有一个散点画着一棵树,树上有枝、叶、花、果,而次要散点只画枝、或只画叶、或只画花、或只画果。机械地去看,每个散点之间毫无共同之处,但因次要散点与主要散点都保持着一定的联系,在相异中含有局部的相同,杂乱中寄寓着条理,仍然可能设计成一幅气韵生动的图案。

裙边花样的某些构思和以上的方式颇为相似,如边花有大花、小花、草、叶,其余部位是小花、草、叶组成的小散花,在组织形式上形成鲜明对照,但小散花与边花又保持着一定

的亲缘关系，给人以多样统一、气势相贯的感觉。

4. 造型不同，力求气势相贯

有些图案中描绘的形象各不相同，"形势"复杂，如花卉花样，各类花草同时并存，或几何形花样，各种造型的几何形差别很大，显得丰富多彩，但又难免杂乱无章。为了充实统一的因素，求得相贯的气韵，必然会注意到表现形式的一致，如以同样的笔触、同样素质的线和点去描绘或装饰形象，或以同一的颜色去勾边，从而减弱形象差异带来的尖锐矛盾。

另外，对于造型不同的花卉和几何纹样，还可以对形象本身进行一定的加工和修饰，在刚、柔、方、圆等外形气质上寻求统一的倾向，从而使形象不同的散点之间取得联系。

我国的书法艺术，特别如草书，字的形态各不相同，排列仅基本成行，并不十分规则，但由于字与字之间外形气质的联系，使整幅字有机地融为一体。加上黑字、白纸之间完美均衡的对比，给人以强烈的韵律感觉。

清地或半清地的丝绸图案，跟书法的情况比较相似，散点造型各异，排列也无规则，矛盾的地方多，统一的因素少。要求得生动的气韵，必须照顾到散点之间的呼应关系。

以束花为例，这种呼应关系除了主花的形态、方向以外，主要依靠枝叶、小花草这些可以成线条状态的素材。几株小草，几梗枝条，可以调节一束花本身的姿态，改善整束花的外形和动向，从而使几束花之间无形中联络起来，形成遥相呼应的生动气韵。

有的清地花样，花位极大，空地特多，就更应注意到散点之间的呼应关系。舞蹈中有一种是单人独舞的表现，一个人占领着大片的空间，因为舞姿得当，动势变化，使空旷之处不觉空虚，以一种潜在的力控制局面。

相反，有的花样散点间距甚小，排列组织上则应充分利用有限空间，使之仍然有回旋的余地，保持那种"天高任鸟飞"的气势。

另有一类花样，花形小而密，留出的空地反而成为图案最突出的部分，这就需要把握这些空地的外形、大小之间的对比关系和呼应关系。

在处理散点之间的呼应关系时，还有一种情况值得注意：有的图案中各散点的地位不一，常常有一个或两个是"主题"散点，其余的散点均从属于这个"主题"。次要散点对主要散点有一种"向心"的趋势，在造形、素质、色彩各方面都体现着追随或烘托主要散点的某种从属性，好比"群星烘月""百鸟朝凤"。因此而使图案有一种内在的同一性，但各次要散点都应保持自己的特点，具有相对的独立性，否则就会走到另一个极端，使画面缺少变化。

这种处理方法在绘画、音乐上都广泛地被当作一种普遍规律，例如音乐，有主旋律，同时也有主旋律的变奏，而这种变奏总是紧紧地环绕着主旋律而开展。

5. 色彩布局的韵律感觉

色彩是绘画、装饰艺术中形式美的重要因素，在以上几种多样统一的处理方法中，都可以因色彩的加入而调节和影响图案的韵律感觉。

造型相同的素材，赋予不同的颜色，增加多样性的因素；造型不同的素材，赋予相同的颜色，求得变异中的统一，这是最常见的方式。

"万绿丛中一点红"，即同类色加入少量点缀色，是一种常见的传统配色方法。事实上，这"一点红"是指红的数量较少，并不是真的只有一点，不然这"一点红"将非常孤立，不能构成图案色彩布局的节奏感。因此，应该是"万绿丛中数点红"，这数点还最好有聚有散，它所起的点缀作用才能既突出又自然，既丰富又统一。例如在花芯中用了一个很漂亮的点缀色，那么在小花或叶子亮部也适当用上一些这种色，有时在具体形象上加不上去甚至不考虑形的问题，从色彩呼应的需要出发，加在适当的部位上。

设计人员在一幅图案将要完成时常眯起眼睛远远看去，推敲色彩布局是否合理。

有的少套色花样为这种用色的布局做出很好的范例，如灰地上有黑、白两种块面花，然后在黑花上用白包边，在白花上用黑包边。成面的黑和白，有成线的黑和白与之相呼应，从而使画面的色彩布局多样统一。

这种利用颜色的反复并置，或改变了形状及面积大小的反复交替，使图案的各个局部达到"我中有你，你中有我"的效果，从而使整幅图案表现出多样统一、气韵生动的局面。

另外，利用色相的顺序推移或明度、纯度的等差渐变，将色彩有秩序地排列起来，也可以得到和光效应图案类似的节奏感觉，使形体和色彩在纷繁的对比中显出一定的条理。

6. 某些印花品种可以成为多样统一的因素，增强图案的韵律感觉

有的花样比较杂乱，散点之间缺少呼应，如印在带有缎条的绡类品种上，由于光亮的缎条和透明绡类底子之间在色光上具有较大的差异，打破了原先比较呆板的花形，突出流畅的缎条贯穿画面，增强了图案的节奏感。

现在常见的品种如建春绡、青春绡和蝉条绡等都有这种特殊的作用。

以上只是从丝绸图案设计的角度看造型、组织、表现方法、色彩布局与图案韵律的关系。在设计创作中，更需要我们从自然界，包括被改造的自然界去观察和寻求含有韵律感觉的现象。罗丹说："生活中不是缺少美，而是缺少发现美的眼睛。"因为这种有韵味的形式美常常为一些表面现象所遮盖，并非漫不经心就可以轻易触及，所以图案设计人员的写

生不能单一地侧重形的塑造,而应着重透过纷繁的现象去发现和发掘存在于自然之中的那种美,去积累图案设计最需要的特殊"语言"。

含有韵律美的形式在纷纭万状的自然界里广泛地存在着,蝉翼的网状花纹组织,石英五光十色的结晶体,以及水波、浪花以及山脉的起伏,风在沙漠上留下的轨迹,它们都按一定的规律在变化中显示着韵律的美感。

花草、树木也同样具备这种特点,如杨柳的叶子,叶的形状基本相似,等距离地排列在枝条上,但越到枝头越小,渐次递减;菊花的花瓣、向日葵的花芯,按一定规律排列,在严格的规则中有灵活变化,显示着它们特有的韵律。

国画兰、竹的画法,就是通过对自然界深刻观察在实践中总结出来的。以"介"字形、"个"字形代表一组竹叶最基本的单位,根据需要,使这个基本单位不断重复、交叉,组合成一片竹林,纷繁中见整齐,变化中有条理。海浪的画法也同样如此,无数画家通过对海的深入观察,发现和总结出浪的起伏规律以及浪花的"基本单位",然后才有可能描绘出海浪的气势和动态。这种对事物的认识法则不拘泥于个别的自然对象,而是将隐藏在自然中的一般规律揭示出来,从而强化了韵律的感觉。

有无生动的韵律节奏,直接关系着图案的艺术效果,是衡量图案艺术的一种标准。但从韵律节奏和对立统一法则之间的关系来看,韵律节奏应该是一种表现手段,而在很多并不要求反映一定思想意义的图案上,这种表现形式本身又是图案的一切。

一些简单的符号,不成具体形象的点、线、色块,经过多样统一的组织,就可以成为具有一定审美价值的图案。在图案的构思过程中,具有某种韵味的表现形式甚至还先于图案的题材,常常是先找到某种富有韵味的形式,再"填入"适当的花形。

随着人们审美要求的提高,现代图案风格对形式美的追求,取代着具体形象的精雕细琢。而气韵生动正是图案形式美的充分体现,因此力求在排列组织、色彩布局中,充分运用对立统一法则,去形成生动的韵律,这也正在成为丝绸图案设计的重要课题。

原载《江苏丝绸》,1981 年第 3 期

积存草图

丝绸图案设计是靠形象和色彩来表达的，所以资料的积累对创作大有裨益，好比写文章，写什么是前提，要有材料，不能做无米之炊！设计人员在实际工作中都有这样的认识。

我从事丝绸图案设计四十多年，以勤补拙，日积月累，也积累了一大撂资料，要说出处，已经记不起了，大约有相关大学和植物园的资料，也有国内外展览会的，以及国画、壁纸和其他纺织品的……反正多多益善，不厌其烦。只要看到有参考价值的资料，手头有什么纸也不讲究，只管记录下来，所以难以保存，弄丢的也不在少数……

写生，向自然造化学习，我们一直坚持着，只要有机会绝不放弃，条件再差也乐此不疲。

有一次去山东菏泽画牡丹，那感觉真是太好了，我们从来没见过牡丹会像田里的庄稼，一望无际！对着千万朵竞相争艳的牡丹，我兴奋极了，就在田边席地而坐，整天写生，近黄昏才恋恋不舍地回住处。天一亮就捧着画夹到花间漫步了。用一句苏州话讲最贴切，那就是："老鼠掉在米缸里。"

那时找一些像样的花很困难，观赏植物也一度归为姓"资"，原先的花圃也变菜地了。记得苏州朱邻巷有一住家特别爱花，在自家园子里栽了一片月季，每到春天，我们都去造访，彼此也很熟悉，五月的上旬往往连着去好几天。

还有一次晚餐之后我正在家休息，忽然厂长派人通知去厂里有事。原来是借来一盆昙花，马上要开了，让我当场写生。昙花在当时确实少见，由此也可见领导的重视。

20世纪六七十年代，我们在业余时间也没有什么事可做，下班就带着自己的几册资料本在家里琢磨，思考明天设计什么样的图案，怎么用上这些资料。我觉得这样效率高，不至于临阵磨枪，浪费时间。天天这样做，成了一种习惯。

其实收集资料（包括写生）的过程，就是一个发现和思考的过程，跟收藏现存的画册、照片不一样，当时已经有一定的想法，运用起来得心应手，似有神助。

这种写生有时不讲究章法，甚至不考虑构图，不登大雅之堂，不足为方家道，不成为独立的"作品"。但是因为收集或写生的过程已有所考虑——要吸收、参考资料中哪些有用部分，因而难免敝帚自珍。这种草图只对收集者有用，感觉特别亲切，常常成为他们设计构思的辅佐。

这里粗选了一些多年之前的残稿，权当自己设计创新道路上的念想（图1—图10）。

花间拾得篇

图 1

图 2

图 3

图 4

图 5

图 6

图 7　　　　　　　　　图 8

图 9　　　　　　　　　图 10

2014 年 10 月

来样得失辨

丝绸印花行业近几年来承接来样普遍增多,自绘样成交比例下降,是喜是忧?众说纷纭。

本文试就来样问题,分析得失,提出个人的看法,并希望引起有关方面重视。

一、历史与现状

丝绸印花行业与图案设计从一开始就结下了不解之缘,要生产首先得有花样。新中国成立以前上海有不少私营的印花厂,他们十分重视图案设计,有的重金雇请名师,有的高价收购花样,在行业竞争中造就了不少人才。

20世纪50年代对苏联等社会主义国家出口,完全看自绘花样能否被选中,每年打一大批专门针对社会主义国家的报样。

近年来情况大不一样,如上海第七印绸厂,1980—1986年承接来样2700多只,平均每年390只左右,比20世纪70年代后期(平均每年来样270只)增加了44%,1986年达592只;1987年1—6月已接来样300多只。

苏州丝绸印花厂的情况相似:1980—1987年接来样2740只左右。1982年前每年不足200只,以后逐年递增,大约每年增加100只左右,1987年增多到726只。

烟台、佛山、蛇口等合资厂来样恐怕更多一些。

据了解,国外印花厂大多也以承接来样生产为主,像联邦德国 K.B.C,名义上有40名设计人员,实际上自己很少设计,主要从意大利、法国买进花样,然后按季节特点打成匹样,通过各种渠道推销。

韩国印花发展很快,他们较多地承接"回头样",最快三天可以交货,预收300美元网版费。因此,来样加工是国际通用的一种做法,我们要发展出口印花绸,就必须接受这种方式。

现在除少数几家工厂外,多数工厂对生产来样还不太适应,有些花样还很难做像,特别是仿样、描稿、制版等方面比较薄弱,批量小了嫌太麻烦,批量大了又交不了货。

二、得失与利弊

1. 利的侧面观

（1）做好来样有利于丝绸印花业务的发展。

"文革"中,大家视国外来样为"封、资、修",一律抵制。20世纪70年代开始有转变,认识到在花样上片面强调"以我为主"难免有"强加于人"之嫌,对贸易毫无好处。我们要出口产品,就必须做到适销对路,特别是对于具有一定审美价值的产品,在图案和式样上更需要符合当地消费者的要求。何况外商提供花样并没有向我们索取设计费,做好来样,扩大出口,何乐不为?

为了有利销售,外商在花样上是肯下本钱的,从意大利、法国买一张花样要花几百美元。因此,他们决定生产一只花样是比较慎重的,并且经常注意市场的变化、花色的流行。有的来样,一般事先已得到销售对象的认可,所以把握较大;但印花花色变化甚快,脱期交货就会造成损失,如果我们能按期交货,外商对该生产厂的信任感增强,订货也就源源不绝。一开始,新客户往往带有试探性,带几只花样指定工厂生产,投石问路,如果质量和交期不符合要求,就另请高明;做得好则逐步发展,甚至以这家工厂为基地,长期保持合作伙伴关系。因此,做好来样建立信誉,有利于发展丝绸印花的出口业务。

（2）用好来样带来的新信息,可以提高技术水平。

大多数生产厂对自绘花样工艺上的"合理性"要求很高,稍有难处,就责令修改,谈不上设计促进工艺发展。而来样一旦签约落单就非完成不可,对促进技术、业务水平提高有积极作用。

以设计工作看,来样是一种极为现实的信息。商人说好说坏,订了货才算数,这就可以从来样中看到国际市场的动态。江、浙、沪来样做得多,见的世面多,设计水平比内地提高得快,这是重要的有利因素之一。

2. 不利因素的剖析

（1）承接来样过多,设计人员陷入仿样的事务,没有足够的精力设计自绘花样;再则来样多了,描稿、打样的力量也大多被占,即使有新的设计,也来不及打成绸样。来样越多,自绘样自然减少,自绘少了来样更多。如此循环往复,抑制了我们自己专业设计水平的提高。

（2）生产来样要由仿样、黑稿等工序从头开始,自绘的报样成交,只要找出黑稿、工艺

卡,即可投产,所以生产来样花时间较长。有时各个渠道的来样都要求快交,就免不了顾此失彼。

（3）不少客户要求印"回头样"（这里有两方面原因:一方面,客户难料他们的销售对象能否接受,因此通过匹样去征得认可;另一方面,对生产厂能否做好这只花样也有疑虑）。生产厂打"回头样"实际是以生产当打样,有的只要几米,每道工序却缺一不可,较被动。

（4）"回头样"出去后,客户订货多少不得而知。若是做服装生意,起订量大,四五千米一只配色,甚至更多,手工台印速度慢,交货吃力。若一开始安排大机器打"回头样",好比杀鸡用牛刀,很不经济,所以工厂对打"回头样"非常为难。

（5）有些来样色套多,泥点多,有时描稿要几十天才得完成,快速从何谈起？有的来样原来是照相版印花,实际印出来差距太大,只能勉强凑合,效果不佳;还有来样对鲜艳度要求较高,染化料常常不能满足要求;等等。

当然,来样增多带来的不利因素,大多是我们在安排生产中的暂时困难,在完善装备和管理机制以后可以逐步适应,不能成为否定承接来样的理由。但一个丝绸大国,在图案设计上毫无主动权,是愧对祖宗的。

三、对策的探讨

综上所述,来样增多是发展过程中不可避免的趋势。关键是把握这种趋势,因势利导,一方面增强对来样的适应能力,另一方面提高我们的设计水平,在做好当前工作的同时,兼有较为长远的考虑。

1. 加强调研,提高自绘花样的成交率

虽然近年来样增多的势头较猛,但自绘花样仍有一定数量的成交。从成交只次看,还略高于来样。在花样的选用方面,客户的做法各不相同。一般来说,商人的经营能力愈强,对花样的选择和要求也就愈高。我们的报样一式十几份,发给客户,很可能在同一市场出现,会影响他们的生意。为使自己经营的花色与众不同,不少商人宁可花钱买纸样,有的干脆自己雇用设计师;不愿花钱的则到处搜集他们认为合适的绸样,甚至从画报上剪下一角,让工厂仿样;经营服装的客户则基本上不用我们的报样,由于他们订量大,逐步成为丝绸印花的主要买主,估计今后还会有更大发展,超过原来的绸缎匹料贸易。

目前选用我们报样最多的有中东地区和少数新马以及我国港澳的客户,还有近年来比较活跃的"新花色备货"也主要用我们的自绘花样。因此,仍然应该重视自己的设计工作。首先是要加强对国际市场的调查研究。现在我们较多地依靠间接的传达或文字的报告,缺少感性认识。派出人员调研多为短期,难以深入;即使有长驻人员,要深入当地设计界的圈子也十分困难。再则调研渠道也比较单一,如对美国这样一个消费量最大的市场,设计人员几乎一无所知;我国香港汇聚的信息极多,但也很少组织去调研;苏联、东欧就更加未见派过设计人员过去。应该说我们的设计人员素质是比较好的,在如此闭塞的条件下,能够把花样打入国际市场,有的花样还多次成交,受到客户好评,可见他们充分发挥了自己的想象和分析能力。可以设想,在给予他们更好的条件后,完全可以取得更为理想的成果。

2. 把花色的因素融合到经营活动中去

自绘花样打不开局面,贸易做法上也存在不少问题。向客户寄发报样,是20世纪50年代"对社报样"的延续,具有较大的盲目性,不适合作为高档商品——真丝印花绸的做法。现在连内销纺织品的经营,也讲究花色的独家风格,何况高消费的国际市场。意大利、法国专门经营印花绸的厂商,对花样的宣传方式与我们大不一样,他们每个销售季节从200~300只花样中精选出近百只花样,放成匹样,分寄用户,同时给著名服装设计师寄送绸样,借重他们的名望,让花样随同新的服款推向市场,并通过各种博览会或有影响的时装画报进行宣传。另外,他们根据花样的工艺水平、色套多少、起点量等定出不同的价格,从价格上保证高难度、高水平的花样得以生存,并以高水平的花色形成名牌。

国外经济界人士认为我们在生产技术上很快能够跟上国际水平,目前主要问题在于经营方法。这的确是切中要害的精辟见解。近年来我国引进了所有先进的印染设备、糊料、染料……真丝印花如同"进口组装",生产技术确有提高,但是长期以来我们比较熟悉的是白坯和厂丝的买卖,对于花色给予丝绸的附加价值和由此引起的特殊变化重视不足,用对付白坯的做法来对待花色绸,致使卖价提不高,数量上不去。再加上来样越来越多,信心也越来越不足。前面提到国外的一些印花厂,虽说也做来样,但性质上与我们区别很大。他们从意大利科莫的设计室购买花样,是一种有计划、有目的的组织工作,以他们自己充分的调研分析为基准,以自己特有的认识和见解,用花色来创造本企业的经营形象。所以问题不在于一个工厂是否拥有强大的设计队伍,关键是在花色方面有没有自己的见解,有没有自己的花色体系。作为一个专门生产花色绸缎的企业,能否在商品的外观设计上体现出独到的魅力,这在剧烈的竞争中具有特殊的意

义,将关系到整个企业的兴衰成败。

因此,花色设计的问题,并不只是设计人员的事,经营者必须考虑到花色绸的特殊性,使花色的因素融合在所有的经营活动中。这样,花色将不再成为经营工作中的累赘,反过来,经营者还能利用花色的魅力去维持和开辟更多的市场,同时也促使花色设计水平的提高。

3. 必须重视仿样工作

(1) 仿样中有再创造。

1986年12月,"亚洲纺织设计竞赛优秀图案展"在上海举办。首奖是日本细见英和的一幅抽象几何形花样,以金色铝纸为底板,用排笔扫出色彩丰富的渗化效果。按我们的生产观念,这是一张无法投产的花样。看了同时陈列的绸样,感到远效果和原作相似,走近细看差异极大,色彩的交错渗化均用撇丝、复色表现。可以想见,在纸样和绸样之间,在原稿和黑稿之间,还有一张未被陈列出来的仿样——它既力求体现原稿的意图,又照顾到了描稿的可能性,堪称是一种特殊的翻译,或者是设计艺术和工艺技术之间的桥梁。我们承接来样时,也不时碰上类似的情况,所以仿样并非照搬,而是包含着设计人员的再创造。

(2) 仿样中有大量技术问题。

仿样要根据来样的纸面效果,考虑合理的生产方式,做雕印、直印还是两者的结合,要把前提定下来;还要考虑做机印还是手工,平网还是圆网,一经决定,就成定局,不宜再临时更改。另外,来样的配色变化特别大,往往要一一查对之后才能具体决定生产方式,个别配色还会给我们的套版精确度带来严峻的考验,迫使我们以两副黑稿去对付,或个别配色染地雕印等。有时还要事先考虑到病疵的预防,如密集的小花、小几何形,稍不注意,出现档子,常常要反复修改才能奏效。总之,仿样和生产的质量关系密切,要求设计人员通晓本厂的生产方式、工艺流程。对于快速交货,则必须一次完成,投产以后发现问题,再要返工就没有时间了。

4. 有必要另立门户

国内几家主要的印花厂,来样占全部投产花样的一半,今后还可能增多。来样一经落单,就要投产,要求准确、及时地仿样,迫使工厂势必把来样安排在首位;但是设计人员还有自己创作设计的任务,不可能把全部精力放在仿样上。为了更好地配合生产、出口,有必要配置专业的仿样班子。对于仿样人员,恐怕要更多地偏重与生产的结合,了解生产工艺。将来可以从中等专业学校分配的学生中调配,组成一个设计和黑稿之间的技术层次。

设计人员就可以在调研基础上,更加专心地致力于艺术水平的提高,在适销对路的前提下创造我们自己的风格,从而在国际市场上树立自己的形象,从花色方面提高出口产品的档次,增强中国丝绸的竞争能力。

在可能的条件下,还可以进一步从设计队伍中分出一部分人员,专门从事更高层次的研究工作,比较集中地进行创造性的劳动,赶超国际设计水平。

原载《丝绸》,1988 年第 7 期

面料视觉效应与服装设计

织物面料是服装基本材料,面料的选择密切地关系到服装设计和穿着效果,服装设计师必须充分利用面料的不同特点来体现自己的设计思想。

人们对面料的不同特征主要通过视觉和触觉来感知,视觉感知的范围包括肌理(织纹和一切织物的表面效应)、形(图案)和色(色彩),触觉感知的范围包括硬、软、粗、细、光、毛、厚、薄等。面料制成服装后,面料的特点就与服装款式的造型相结合,产生一种综合性的效果。

服装设计师十分重视织物的"悬垂感",其实这是织物的一种内在素质,只有一定的纤维,一定的织造规格,才能使织物具有这种特点,但这种内在的素质最终仍然表现为外在的视觉感受。以真丝绸为例,比较厚重的绉缎或双绉、丝绒才具有明显的悬垂感,纱、绡、电力纺轻薄飘逸,悬垂感则差一些,它们在服装上扮演的角色因之而有区别。某些织物的悬垂感差,人们用新的后处理工艺进行"增重",来获得理想的效果。如国外用斜纹绸做领带,就常常通过"增重"处理来改善"悬垂性"。涤纶长丝织物,一般因纤维不够柔软,悬垂性差,经碱减量处理之后,就能得到明显的改进。

"悬垂性"及织物的弹性是一种内在的力学因素,关系到服装的轮廓和动态中的曲面、线形。服装穿在人身上,衣褶线条绮丽多姿,变化无穷。现代的服装设计师非常了解这一点,在画效果图时使衣褶线条尽量表现出质料的特点,把服装的造型设想和面料的特点同时表现在轮廓和转折之中。

面料内在质地给予视觉的感受,毕竟属于一种"暗示",或必须借助于人们以往的经验。最直观的感觉是色彩和图案。形和色鲜明地体现着各种情调——或是热烈、华丽,或是典雅、朴素,适合不同的对象、场合和季节。

优秀的图案和配色使服装光彩显耀、引人注目,甚至使很一般的质料因之增辉。但事物总是一分为二,图案和配色如果运用不当,则反而掩盖了材料原有的优点,或破坏了服装设计的原构思。日本设计师杉野芳子说:"服装是布的雕塑。"给雕塑涂上花里胡哨的花饰就成了泥塑的玩偶了,所以越是高档的时装、礼服,对图案和色彩的运用越是谨慎。连续纹样有一个致命的缺点:在不需要装饰的部位也有花形。它对于服装设计来说简直是一种累赘。于是"件料"的图案应运而生，而件料的布局则往往由服装设计师来确定，这样才能使图案和服式得到比较理想的统一。为了避免装饰图案"因多生厌"，在服装设计中常用相应的染色(素色)面料作为印花面料的衬托、分割，起到调剂和稳定的作用。近年来用黑、白较多，使色彩对比强烈的图案获得统一的效果。而染织图案设计本身，也越来越重视面料的最终效果。图案作为服装形式美的一个部分，它自身的欣赏价值，如构图、层次、完整性等，应该和服装的形式相协调，而不是突出图案本身。所以近年来，单套色的、形象简练的图案多起来了，甚至有些图案看起来像是未完成的作品，然而一旦它和织物的肌理、服装的款式相结合，就会感到恰如其分。

服装面料的装饰图案或材料本身的审美情趣，归结到一点是形、质、色的对比和统一。

上面提到，染色面料和印花面料的镶拼，就是利用色彩的感觉来达到对比、统一的目的。当然色彩的运用是十分广泛的，它常常和图案的造型、服装的造型结合在一起，难分难解，无处不在。

不同质料在服装设计中被作为对比、统一对象的构思也是屡见不鲜的，如双绉和真丝缎镶拼，丝绒和乔其纱镶拼……国外的真丝服装，甚至把皮革也作为一种镶拼材料。

染织图案设计中充分地运用着对比统一的手法，而服装设计在选用面料时，更加丰富了对比统一的形式。如直条图案做成服装后显得整齐划一，为了求得变化，采用拼裁手法，使直条在服装的不同部位形成不同角度的倾斜，感觉十分丰富。另外，同一种图案可以用缩放的技术印制成两种面料，在服装上配套使用，别有情趣。当然还可以印制成花形相同、疏密不同，配色相同、花形不同的图案，经服装设计师安排，显得既协调统一又丰富多变(图1—图8)。

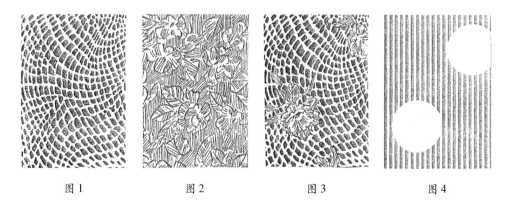

图1　　　　图2　　　　图3　　　　图4

花间拾得篇

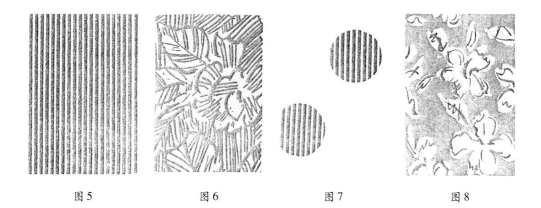

图 5　　　　　图 6　　　　　图 7　　　　　图 8

丝绸服装与花色设计

现代工业生产中的必要分工，对工艺技术的提高是一种有力的促进，但过细的分工对进一步的发展也造成了某些障碍，只有不断冲破行业之间的隔膜，才有可能得到新的进展。

在我国丝绸行业中，服装、品种花色设计、织造印染，基本上是各自为政的，至今尚有"隔行如隔山"的缺陷。如搞花色设计的人，一般只关心33厘米的咫尺天地，对图案在服装上的穿着效果往往不太清楚，特别是出口产品，就更加无从考察。由于长期从事花色设计，往往将自己的视野禁锢在本专业的圈子里，在很大程度上阻碍着进一步的提高。例如我们也研究丝绸的"服用性"，但并不是从服装去看花色，而是从花色设计的角度去照顾到服用的要求。我想，如果从丝绸服装设计的角度去看图案花色，可能会得到一些新的认识。

服装是丝绸的最终产品，对丝绸生产和贸易发展起着突出的推动作用，因此丝绸面料花色品种的改进必须从这个基点出发，才能够有的放矢。

从服装的要求来看，图案设计并不是必不可少的因素。近年来染色服装的数量大大超出印花、提花服装。服装只不过是借助于图案花纹来达到多样化的目的，使之更加适合于多方面的要求。

现代丝绸服装以款式和质料的特点见长，轻盈飘逸、华丽细腻，总是力求体现绸缎的特点，而避免多余的累赘，并不需要过于繁琐的装饰图案。例如有的服装只需要一束胸花，或是在裙角的一侧有一组纹样就已经足够了。但我们目前印花、织造的生产方式尚不适应，只能连续循环，在几十厘米的距离之后花形必然重复出现，在根本不需要装饰的部位偏偏出现了图案花形。在图案设计上不适应服装需要的地方也许就更多。近几年来丝绸服装生产和贸易的发展迅速，原来经营匹料贸易的客户纷纷转向成衣服装的交易，对图案花色产生了强烈的影响。如运动服的推广对色彩的影响就是一个明显的例子——人们重视体育锻炼，以健康为美，穿着方便、适宜人体活动的服装愈来愈受到欢迎，包括夹克衫之类带有运动服特点的款式已经成为国内外特别普及的日常服装，像冬季穿着的登山服、滑雪衫在我国一些大中城市也蔚然成风。这类服装在色彩上理所当然地带有运动服的特

点——艳丽、鲜明，如大红、浅米黄这些颜色，原来在我国外衣的用色中是较为少见的，这两年在青年中也开始流行起来。从季节特点看，冬季的自然环境色彩比较单调，艳丽、鲜明的色彩正好成为生动活泼的点缀。

看来，现代服装对图案花色的影响常常是从"色彩表现"开始的，然后再延伸到图案的造型、布局。特别在时装的设计上，需要以流行色的风采来强化新颖款式的魅力，而这种流行色的运用就要求有能够舒展"色彩表现"的图案来体现。例如笔调流畅的"抽象花派"，将富有动感的中、小色块构成似花非花的艺术效果，为色彩的选择提供着充分的回旋余地——可以配置浅淡典雅的色调，也可以自由选用艳丽的流行色彩，与这种图案的造型气质融合在一起，表现出富丽热烈的情调，去烘托流行服装的独特风貌。

另如一些造型单纯的少套色图案，有时是稀疏的圆点，有时只以寥寥数笔，洗练地勾画出某种花卉的"印象"；对颜色选用也十分有利，可以强调花与地的明度对比，像我国民间的蓝印花布一样，给人以朴素清新的感受，也可以突出地色的艳丽色泽，有的还可以利用相近明度的色相对比，表现出一种微妙的色彩情调。而近年来流行的直条花样，就更算得上是一种"纯色彩表现"的图案了。此类花样的变化全在于条子的粗细疏密，完全依赖色彩的组合来形成不同的装饰风味。整齐划一的垂直线是一种有力的统一因素，使对比强烈的色彩也趋于稳定和谐。从意大利、法国、联邦德国的时装杂志上可以看到这种以"彩色表现"为宗旨的花样，对于很多新颖的丝绸服装款式，确实是一种恰到好处的装饰。而原先那些着重模仿自然形象，讲究复杂层次的花样，在色彩的选择上确实有较大的局限——必须保持原来的层次关系，因此将色彩配置引导到明度的递差上去，非如此就无法表现出原来的"素描"关系。

再则，由于近代丝绸服装式样和其他装饰艺术一样，趋于单纯、简洁，放弃了束缚动作的"支托""衬垫"以及啰唆的附件，美的特征不加雕琢地结合在实用的需要之中，因此，用于此类服装的面料图案也势必受到影响，纯写实的、过于繁复的设计往往显得不相适应，在模仿自然花卉方面即使十分成功，甚至具有独立的欣赏价值也不一定能适应服装款式的需要。相反，概括简练的花样，条格、块面的表现形式，成为近年来的突出趋向。

配套服装是服装设计艺术的一大进步，既不拘泥在局部的细节刻画之中，也不满足于单一的重复，而是从整体着眼，力求总体和局部的过渡和衔接，同时也不排斥富有生机的对比、点缀，因此对该类服装的丝绸面料图案设计，产生着直接的影响。这种影响同样首先表现在色彩的运用上，如原先我们比较重视一花五色及各个色位之间的区别，但对于配套而言，色位之间的联系正好是一种新的配色形式。最简单的方法是花、地的用色互换，

如黑地白花和白地黑花可以用作配套服装的恰当材料。在3~4套的块面花样中,也同样可以采用这种色彩移位的方法,使不同的配色去适应配套的需要。黑地、红花、白叶,可以配成红地、白花、黑叶,或是白地、红花、黑叶。相同的色种保持了几个色位的联系,而面积、位置的变化又增添了它们之间的微妙差异。

此外,在形和色的关联上也产生了相应的影响,如同花形、同色种而利用排列疏密进行配套,或同色种而不同花形的配套。近一年来还有"地纹加花"和抽去地纹的清地花配套,以及多套色花形和相同形的单色花样配套等等。

丝绸服装对花色的影响,有时还与服装面料的选择有关。如近代的服装设计非常讲究面料质感的风格,经常利用粗和细、厚与薄、平滑和疙瘩或闪光和无光的对比去表现独到的构思。为了突出这种质感的自然特点,要求选择那些排列较为稀疏、表现手法比较简洁的花样。有些密集、繁复的图案,往往会使织物的原有特点消失殆尽。特别近年来提花加印花的服装比较流行,因此留出大片地色的清地花样或块面表现的花样就显得较为突出。

人们在长期的实践中认识到,服装设计的艺术性并不单靠用料的奢华或图案设计的精美,关键在于形、质、色的合理搭配。所以作为从属于服装的图案花色,必须从服装的效果出发,才能找到自己恰当的定位,成为服装的理想"伴侣"。否则就往往会事倍功半、劳而无功。

原载《丝绸》,1983年第7期

图案的形式变化

画什么？怎样画？——这便是从内容到形式的基本逻辑。但内容决定形式、形式为内容服务的一般规律，对于从事实际创作的画家往往不尽适用，画家常常越出常规，先找到新的形式，再填入恰当的内容。

俄国画家苏里柯夫的名画《女贵族莫洛卓娃》，就是如此。在赵无极、吴金狮的作品中，内容也往往服从于特殊的表现形式，根据形式去寻找题材。从马蒂斯到毕加索，几乎都是全神贯注于形式的发展，与画家同代的艺术评论家又发展了关于形式的理论。

克莱夫·贝尔和赫伯特·里德特别关心形式美的研究，认为艺术就在于创造"具有愉悦性的形式"，"艺术乃是具有意味的形式"——这一论断被西方现代美学界视为权威性的解释。当然，完全离开了内容的形式，可能成为不可理解的东西，但对于长期以来习惯以"形似"为唯一艺术标准的否定，并相对独立地来研究形式，欣赏形、色、线的构成美，这是一种认识上的巨大进步。

对于图案，形式的重要性则更加突出。纵观国际市场的纺织品流行花样，不同程度地受到现代绘画的影响，重视画面的形式美及色彩的装饰美，形式对于图案的意义，越来越引起设计人员的注意。我们在丝绸图案的设计中曾经过分重视花形的刻画，过多强调"写生变化"，这在某种程度上恰恰削弱了对形式的把握能力和应有的敏锐感觉。例如设计写实花卉图案，花的体积感一般由深浅几种颜色构成，若是蓝地红花，从图案大效果看，与蓝地上画几个红色圆形块面没有什么区别，也许干脆画成圆形可能还更加突出，更加简练、明快。康定斯基说过："绘画中的一个圆形块面要比一个人体更有意义。"这里所谓的"意义"，完全是从形式感觉出发的，这对于图案设计就显得十分贴切。

记得20世纪60年代的丝绸图案，大多以写实花卉为题材，以花卉塑造的好坏来评价图案的优劣，以至在表现形式方面很少出现新的突破。在技法上，分块撇丝及线条撇丝延续了十多年的时间。到70年代，真丝拔染工艺采用之后，才逐步吸收了国外的表现形式，像不同颜色的线条交叉相叠，不同颜色的泥点镶嵌成花……近年又流行平涂色块、鲜明对比，表现形式更趋丰富。

图案的内容无非是花卉、几何形，所以要创造新作非得花大力气于形式的开拓不可。

如同我国古代的诗词,其思想内容颇多雷同,唯形式的推敲颇费心思,不经千锤百炼很难形成工整的对仗和脍炙人口的佳句。所以有些艺术劳动,在形式上所下的功夫,不比思想内容的构思容易。

近年来丝绸图案的形式变化千姿百态,不胜枚举,粗略归类,大体有以下几个方面:

1. 排列

染织图案中的四方连续,是最常见的组织形式,一个单元不断重复形成总体效果,而原来单元的独立性被湮没了。当一块布料做成服装以后,连续起来的纹样就以服装的外轮廓为界,原来的单元以及形式的支柱——构图,已经失去了意义。所以构图只是对有限的画面而言的,如染织图案中的件料、头巾、手帕设计,构图诚然是一种重要的形式因素,但排列却不然,它是连续图案形式美的重要特征。排列组织所形成的视觉印象常常超过纹样本身。在简单的重复中,单元纹样本身的结构和形象变得无关紧要了,人们甚至不去追究它的内容和细节,但无法回避排列所形成的视觉效果。

四方连续、规则排列的方式,在新石器时代的陶器和古代的其他图案中早被广泛采用,纹样依附于稳定的骨架,造成一种均衡的节奏。这种原始的排列形式至今在最时髦的图案中还在运用,在意大利或美国的图案中也屡见不鲜,只不过借助于现代技术,转向连缀,使相同的花形加以方向的变动罢了。(图1)

20世纪60年代始,受到光效应艺术的影响,在图案中出现了"规则渐变"的排列,静态中注入了带有节奏的动感,使图案出现一种前所未有的新意。(图2、图3、图4)。

图1

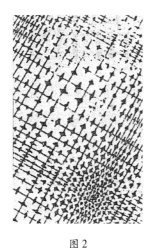

图2

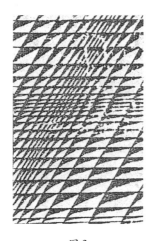

图3

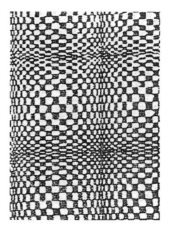

图4

与规则排列并行不悖的是不规则排列,它追求强烈的空间对比、面积对比,显示急剧的动态,这似乎与现代抽象绘画有着某种潜在的联系。克莱夫·贝尔推崇与感情意象相统一的形式,同时贬低按固定规律去创作的方法,他认为:"艺术家的手必定是受到了将他强烈而确切地感觉到的东西表现出来的需要的指导……他一定还在追求把在一阵心醉神迷之中所感受的东西变换成物质形式。"颇如我国的书法艺术,笔到之处错列成章,均衡有度,气韵生动。(图5)

图5

排列的疏密、清满也是形式构成中的一种因素。大部分图案以点或集结成点状的图形为一基元,也叫做散点,经过多种形式的重复,形成图案的节律。清地或极清地的排列,象征着一种缓慢而清晰的节奏,而满地的排列表现出紧凑、含糊的节奏。

2. 表现方法

表现方法的多变是图案形式变化的重要因素,它可以借鉴各种视觉艺术的表现手法来丰富自己的语言。无论模仿哪一种风格,点、线、面始终是最关键的构成因素,为了突出一定的形式感觉,常常有意识地突出其中之一。以明暗处理为例,可以用水粉画中"归纳法"的形式,以深浅色块来显示花卉的体积感,也可以用铜板画中的细腻细条,或用泥点来衬出层次,使同一形象表现出迥然不同的效果。

各种表现方法的运用,体现着作者对形式的理解、想象、思考的深度和灵活的构思,同时又强调了各种视觉效果,例如画面的透明感、空间感、立体感、运动感、质感等。

表现方法体现在整体构思中是繁、简、虚、实的选择和侧重。繁花似锦、处处精致,是一种形式;言简意赅、明快生动,又是一种意境。写实和抽象也可以归入不同的表现方法,即使是在抽象绘画非常流行的时候,写实仍然具有很强的生命力。抽象绘画创始人康定斯基从亨利·卢梭的绘画中看到了新现实主义的崛起,对于图案设计者来说更不应该存在个人的偏见,相反要尽可能掌握多种方法,不断丰富自己的语言。

3. 组合

组合之于图案,好像烹调配菜,不同材料的配合可以产生意想不到的妙处。如两只花样套叠在一起,或不同纹理图形剪辑拼贴(像克里姆特人物画中的衣着),或把一只花样切开后错位、拼贴,都可以在形式变化方面创造新意。又如,提花加印花,色织加印花,轧纹加印花，印花加烂花……也是一种组合的方式，只要运用得当，便会产生一种复合美，犹如音乐中的合奏不同于齐奏，有一种交响效果。（图6—图9）。

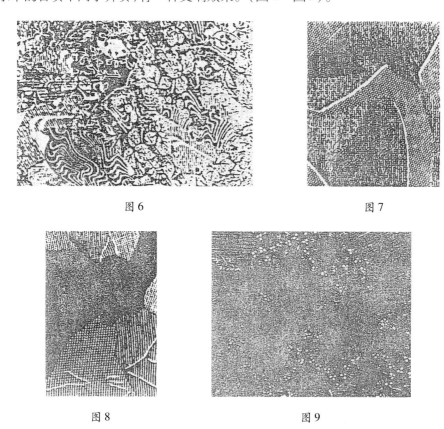

图6　　　　　　　　　　　图7

图8　　　　　　　　　　　图9

配色，虽然是在既定的图样色套基础上进行的色彩组合，但仍然存在形式变化的回旋余地，如通过花、地色互换位置，正、负处理，抽套，并套，就能使同一图案产生出风格完全不同的效果。

一般来说，染织图案不需要反映社会生活或历史情节，其审美价值主要在于形式的美。这种对形式的侧重，特别明显地体现在非具象的几何图案上，但抽象构成怎样才算美，至今仍有些扑朔迷离。历代哲学家、美学家都曾作过研究，现今为大多数人认可的原则是：变化—统一，对比—调和及矛盾的统一。染织图案的形式变化始终依据这样的规律在进行和深化。

染织图案设计的关键在于创新，善于在同一市场、同一品种、同一工艺甚至同一派路的范围里，不断推出新作。像主销苏联的人造丝织物花样，几年来花派要求一直未变。所以设计新的花样重要的一着就是要在形式上下功夫，否则设计工作会陷入盲目和被动，天天设计新花样，但不知怎样算新，即使偶有佳作，也是碰巧而已。

创　新

依附丝绸或其他纺织品的图案,是为了装饰和丰富人们的穿着。陈旧过时的花色常常成为压仓的存货,只有新颖的设计,才会博得人们的喜爱。新设计的产品推动了新的需求,不断出现的新需求继而又促进新的设计,所以我们特别看重新旧更替。创新成为设计人员的首要任务,他们致力于追求新,千方百计地出新,不断设计出新产品,淘汰旧产品。

有的画家常常绘制多幅基本相同的花鸟画,可以分别收藏在不同的美术馆。一个画熟的题材,反复使用,大同小异的作品丝毫不会因此降低了身价,讲的是名人效应。

纺织美术设计则不然,每设计一幅图案都在不断摆脱旧框框的束缚,否则就不能适应变化中的市场,所以设计师们一直有一种很强的紧迫感,好像始终被追赶着,一刻也不容停留。

如何创新是一个难题。这里试将实际工作中的思维路径做一分析,把大题目分解开,从各种构成因素来看,先想到的是内容翻新。

一、素材的变化

丝绸图案素材丰富,不同的素材就形成了区别。一眼看去,形态、内容有了变化,给人的感觉就不一样,原来是牡丹,变成月季,焕然一新,所以寻求不同的素材是我们的首选。

例如各种花卉植物、中外传统纹样、动物皮毛斑纹、飞鸟翠蝶色彩,深入微观世界,发现新奇纹理,吸收抽象画精髓,熟悉几何形构成,博采众长,广积资料,自然会发现绝妙佳境。在这么多素材中,最为常见的是花卉植物,设计人员常会通过写生,熟悉花的形象和生长规律,做到能信手默写多种花形和植物。其他题材有时可以和花卉同时运用,交替出演主角,变换搭配方式,构成千变万化的图案。

例如以花为主,传统纹样或其他纹理作陪衬;也可采用花卉的简化形象,处理成陪衬的地纹,突出几组色彩鲜艳、刻画精细的佩兹利纹样……所以素材运用方式的变化是一种常见的创新途径。

传统纹样是图案设计人员的无尽宝藏,完全可以古为今用,用当代的艺术眼光来处理

表现方式和色彩配置,推陈出新。

在高度工业化的时代,有一种逆反的想法,启发了向古典美回归的思潮,叫作"老返新",传统的装饰纹样重新受到青睐。

关于纹理,笔者在本书中已有专题论及,此处不赘。

有关几何形的知识,我们重点介绍德国装饰美术前辈费兰兹·萨雷斯·玛雅(1894—1926)的著述。他在《装饰艺术手册》一书中专门用一个章节,详述和图解有关几何形图案的设计方法,依照几何学规定画出各种类型的辅助线,从最简单的四方形、等边三角形、圆,发展为波纹线、扇形、放射形、菱形、蜂巢纹、鱼鳞纹……

这些基本线形,构成各种图案的骨架,如将不同类型的骨架线有机地组合、交叉,就会产生千变万化的几何图案(图1—图8①)。

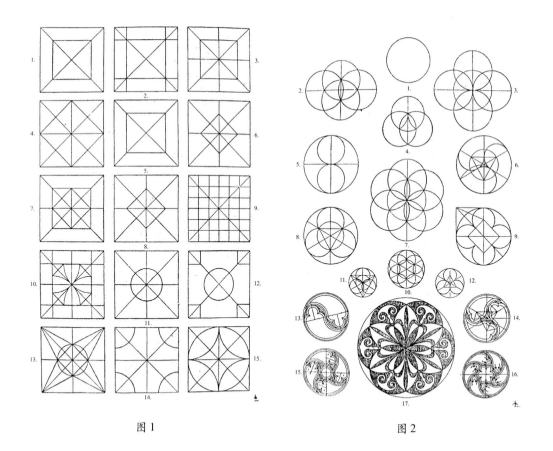

图1　　　　　　　　　　图2

---

① [德]弗兰兹·萨雷斯·玛雅:《装饰艺术手册》,上海:上海人民美术出版社,1995年。

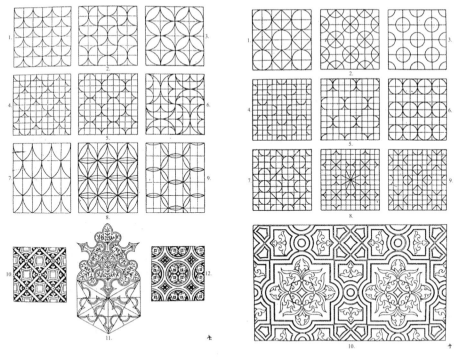

图 3   图 4

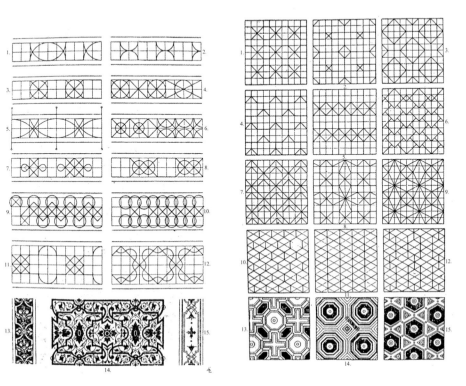

图 5   图 6

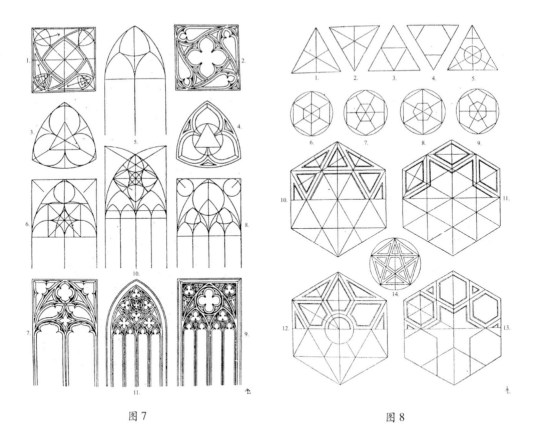

图 7　　　　　　　　　　　　图 8

电脑绘图出现后,这种几何形状骨架的作用得到了新的升华,线的组合采用渐变、放射、聚散、重叠、错位、密集等手段,形成精密几何级数的阶梯式增减——由密变疏的排列、从粗到细的线条、逐渐加大的错位,令人眼花缭乱。

有人把这类设计称为"光效应图案",这是一种时代的产物。

当然,就几何形素材来说,除了上述规则骨架构成的图形,还有不受拘束的抽象几何形,像康定斯基、蒙德利安,以点、线、面、色块、构图,表现一种感觉、情绪或节奏,不模拟具体的形。这种抽象美术是现代艺术的重要组成,看惯具象再现绘画的群体很难理解,视为异类,甚至挞伐……但用在织物图案上,则刚好匹配,通行无阻。纺织物图案历来就适合一些非具象的内容,一直受到人们的认可,与现代艺术潮流影响没有直接关联。有趣的是有些国外的抽象画家,原本就从事过染织图案的设计,难怪看他们的作品,还误认为是一幅染织图案!看来纺织品图案和抽象绘画有点亲缘关系(图9—图13①)!特别是他们的

---

① 诸葛铠:《图案设计原理》,南京:江苏美术出版社,1991年。图9:《金属线构成》,毕加索;图10:抽象绘画,康定斯基油画《红色的小梦》线形结构;图11:透叠的共用形,上图为E.麦克奈特·考弗的招贴画《耳起的鸟》(原图彩色),下图为美国瓦尔特·麦勒斯的设计。

形式语言、构图、色彩和线的动态,可以作为图案设计的借鉴,有助于我们丰富素材,促进创新(图14—图26①)。

图9　　　　　图10　　　　　图11

图12　　　　　图13　　　　　图14

图15　　　　　图16

图17　　　　　图18

---

① 王庆珍、陈连富、陈连庆:《壁饰艺术》,沈阳:辽宁美术出版社,1994年。

图19

图20

图21

图22

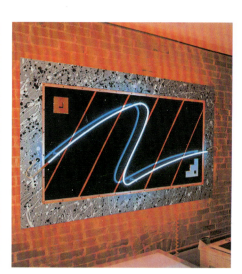

图23

图24

图25

图26

二、表现技法的变化

不同的表现方法，可以有效地更新图案的面貌。例如用点绘制的花卉改用线，两幅图案形象相同，但效果不一样。由此可见，不同的图案语汇应用，是一种图案变化的有效手段。

1. 点

这里所说的点，指可视的点状，区别于数学概念，也不是喷笔或电脑绘制的云纹。

在纺织图案中，常用点去表现花形，造成明暗推移，或形成层次、虚实远近……

从密到疏的钢笔点或海绵点，点子大小均等，造成渐变效果（又称泥点）。

除此之外点的样式甚多，可以是断续的虚线点，随意的泼洒点、飞溅点、雪花点……风格各异，不拘一格，主要用于装饰、点缀，根据画面需要进行选择（图27）。

2. 线

规则的直线、弧线、曲线，适合几何形图案。不规则的线用得更多，其长短、粗细、疏密不等，常用于地纹或花形刻画，或者明暗过渡。

白描式的线较多用于色边，强化描绘对象的轮廓。

为了表现线的多种风格，选用多种画笔，有制图专用的鸭嘴笔、各种彩色笔、签字笔、钢笔、叶筋笔、羊毛笔、小号狼圭、鼠须等。

油画笔、排笔用来刷出一丛丛聚集的线，随用笔的轻重，画出疏密。狼圭等小号的笔用于修饰细部，整合撇丝的精微之处，使先前羊毛笔画的撇丝效果更加到位。

3. 面

在表现形式的创新中常常忽视面的存在，其实花、叶这些图案的主角留出的地色就是面，清地小花留出的面更大。这种面，在图案整体的色彩效果上反而是最突出的、最有影响力的因素。在一花五色配色时，不同的地色选择，使得各自的特色非常鲜明。

用块面来表达花形的明暗，为早期设计人员较多采用，感觉爽利，笔触清晰，区别于

图27

点、线给人的琐碎感,显得明确、肯定。因为现在熟悉这种画法的人极少,偶尔见到反而感觉是一种创新的形式(图28、图29)。

图28

图29

4. 工具

为了使画面能出现新奇的效果,设计人员苦心孤诣,在设计工作中不断改进,创造了不少新式武器,去补足笔的功能。笔是手的延伸,是祖先千百年来不断优化筛选出来的最佳工具,但为了表现更具特色的纹理和风格,人们往往暂时放弃熟悉的套路,转而去寻找陌生的路径,强迫自己去否定已经习惯的方法。如有人用左手写毛笔字,风格大变,焕然一新。

我见过一位同事,故意放弃常用的几种毛笔,单用一支小排笔完成整幅图案的绘制,感觉真的就不大一样。

否定熟悉的过去,从否定中求变,达到新的境界。应了板桥的一句诗:画到生时是熟时。

在此介绍几种工具:

丝瓜茎,具有天然的脉络纹理,蘸色按压,纹理斑斓。

棉线,线形柔软自然,曲折变化,蘸色后接触纸面,呈现若即若离的线纹。

油画棒,先画出粗细线条花形,再涂盖较薄的水粉色,因油画棒的防水作用,会呈现断续点子的线形(图30、图31)。

图30

图31

防白胶水,用这种胶水在纸上画出需留白的流畅细线花形,干后涂上较薄的水粉色或水彩色,干透后用橡皮擦去被覆盖的部分,显现出留白线形,比之用白颜色在深色上描绘白线更显流畅,白度也更好。

刮刀,借用这种油画工具,造成区别于用笔的效果,颇有斧劈刀削之感,别开生面。

表现技法的选择是很灵活的,除各自表现特色外,更多的是综合运用。

把工具的创造也视作一种技法,是因为新工具起了一种不可替代的作用,产生了很多变异的点、线、面。

三、形式的变化

形式的变化与上述表现技法的变化不同,比较注重整体的图案格局改变,例如花形的排列变化或用色方法的创新。以小花为素材,按以往的定势思维,通常设计成满地小花或清地小花,偶然看到小花大排列的画稿,就感觉非常别致。

密集的花丛渐次散开,直到留出少许明亮的底色,缀以几个散点,虚实相间、疏密有致。

画面上虽然全是形态相似的小花,但一点也不显得单调,小花以一定法则布阵,犹如大场面的团体操,颇有动感(图32—图36)。

图 32　　　　　　　　图 33

图 34　　　　　图 35　　　　　图 36

还以花卉图案为例，为突破那种四平八稳的布局，由一大束花组成一个主要散点，饰以枝蔓、小花，塑造一定姿态，保持和其他散点在气势上有一种联系。然后在恰当位置安排一两簇小花，花形似取自主要散点，以呈呼应之势。这里特别要关注经四方连续铺满整幅织物后的整体效果，各散点的动态、趋向和所处位置要相互照应，在突出主次的同时，求得协调统

图 37

一。从布局结构方面去突破，应该也是一种形式变化（图37）。

黑白图案的形式另辟蹊径，受到国内外消费者的广泛青睐，特别是现在穿着打扮，讲

究搭配,印有黑白图案的织物与黑或白的单色织物相配是最佳拍档。

黑白图案用色简单大方,摒弃了对视觉最有影响力的色彩,就像绘画中的黑白木刻,它在五彩缤纷的各画种里一枝独秀。

黑白图案充分利用黑白反差相互依托、互为依存的特点,对比强烈,感觉明快。

黑、白两色描绘花卉图案,是一种高度概括,把原来层次复杂的形象归纳为黑、白,有时简直像民间剪纸,是描绘对象的一个侧面剪影。

板桥的墨竹(图38),有时极像一幅剪影,他自己也说:"往往得之于日光月影之中耳。"可见观察、领会花卉植物的黑影也不失为一种可循的方法。黑影只一种色,不但去除冗繁,又刚好把正反转侧不同视角的投影同时反映出来,比凭空概念化的塑造形象要生动得多(图39)。

图38　　　　　　　　　　　　　　　　图39

黑白图案依据黑、白各占空间的大小,可划分为三种类型:

(1)黑、白相当,不分伯仲,在同一个画面中,黑衬白,白衬黑,可以互换角色。

(2)黑多白少,一般为黑地上衬出白色线、点构成的花形,或白花只作点缀,占空间不多。

(3)白多黑少,一般为白地上黑色花形,占空间不多,比较单调。

三种情况往往交错出现,或组合运用,造成光影斑驳、多样变化的效果,从而突出黑、白对比的韵味(图40—图47)。

图 40　　　　　图 41

图 42　　　图 43　　　图 44

图 45　　　图 46　　　图 47

　　黑、白图案在丝绸上会配成一花五色，除黑、白外，还有黑—大红、黑—翠绿、黑—金黄等，所以称为双色花样。色彩加进来之后，面貌又是一番光景，更加适合不同地区的要求。

花间拾得篇

黑白图案历久弥新,还不断有新的发展。例如用黑白图案作地纹或其中一些片段去陪衬色彩艳丽的主花,或其他素材,形成又一种新的形式。色彩虽然艳丽,却因黑、白的间隔不致艳俗。

黑、白衬彩花这种图案,一般黑、白双方各占面积相当,图形间距几近相等,有些近似斑马纹和豹皮纹,分不清是白地上黑色纹,还是黑地上白色纹,久看有点眼花缭乱(图48—图54)。

图48　　　　　图49　　　　　图50　　　　　图51

图52　　　　　图53　　　　　图54

四、工艺进步促进设计创新

染织美术属工业美术范畴,物质生产与美的创造相结合,实用和审美相结合。

一幅选定的图案,要经过多道工序才能成为合格的成品,染织生产技术、制造工艺决定着设计的表现方式和基本面貌。

例如前述关于用块面塑造花形的明暗,当时并不把这作为一种风格,因为在20世纪的50年代,我国丝绸印染行业还没有掌握丝网印花的成套技术,基本采用雕版浆印工艺,块面的画法是不得已而为之,后来丝网印开始推广,浆印画法很快被其他形式代替。

镶嵌画法也同样,它的生产源于印花技术、设备的进步,在套版精度极差的条件下,花形深浅变化只能采用撇丝、泥点遮掩误差,当套版精确了,才能采用不同色相镶嵌的形式,不用担心套歪,产生丑陋的复色。

有些新研发成功的技术对花形设计影响更大,甚至一时蔚为风气,设计人员纷纷紧跟,由此造就了一大批创新佳作。

例如20世纪70年代初开始,真丝绸雕印工艺得到推广应用。原先只有直接印花一种工艺,局限很大,只能在白地或浅地上,由浅到深地表达层次。雕印的成功,使得图案的面貌发生了很大的改变,在深色地或深色花形上可以印出色彩丰富的各种点、线,显得十分细致,甚至可以让各种色相对比的点、线密集交错,呈现出五彩缤纷的效果。

染地雕印的同时又发展到雕、直混合印,在直接印的同时,穿插雕印色套,如直印花形加上雕印的包边,或加上装饰性的各种点、线,使图案更加丰富(图55—图58)。

图55　　　　　　图56　　　　　　图57　　　　　　图58

现成的各种印花工艺,习惯使用在一些对口的品种上,假如扩展一下思路,打破常规,可能会产生意想不到的效果。例如有一段时间流行丝绒,其印花流程和一般丝绸品种相同,但因丝绒品种的特殊性,表面短毛立起,刮印难,用浆多,花形模糊,特别是后处理退浆难,色泽暗。

我想起以前用油画颜料画黑丝绒,绘制风景装饰画,一组暖色代表夕阳照亮的树林,枯笔画在丝绒上,呈现一片片泥点,表示受光部分。黑色丝绒特别乌黑,是最好的衬托,使画上去的油画颜料富有阳光感……

由此联想何不用涂料来印丝绒?也许也有类似效果。于是用涂料印了一块小样,以一套泥点表现花朵的明暗,提供生产厂家参考。不料一炮打响,江苏、浙江的不少厂家都开始采用这种印法,丝绒品种出现了新的风貌,还节约了大批原材料,减少了水污染。

涂料的应用还不止这些。20世纪80年代,外销流行提花加印花,一时提花绸来不及

补充花色,供货也跟不上。

有一次打样试验时发现,在缎面织物上印涂料白,有一种消光效应。分析提花织物的特点,就是在绉织物的绸面上突出肥亮的缎组织花形,不同的反光构成提花的图案。多次试验证实,在缎面织物上印一套涂料白,效果酷似提花织物,如果印上去的图形近似提花图案的风格,效果更佳。

进一步发现,在印花过程中先安排这套涂白,不影响正常的印花工艺,印花加"提花"一次完成。生产出的成品非常相似于正规的提花加印花,甚至有些行家一时也没有分清。后来得到国外客户的订货。为此,还申请了专利。

此外,品种更新也为创新提供了契机。例如一度流行的缎条绡类品种,有时还夹杂着金线、缎条和透明的薄纱,上色之后反差极大,使原图案变得虚虚实实、时隐时现,加上金线的闪烁,华丽高贵、别具一格。同一幅图案如果印在一般织物上可能就显不出什么新意。

烂花绒也是这样,丝绒的朵花饱满、立体,比较突出,而透明的底板轻薄飘逸,两者对比鲜明。品种的特色给图案带来了新的思路、新的设计。

20世纪七八十年代,丝绸印花图案的创作是一个高峰期。那时正好面临转折,由原来以出口苏联、东欧为主,转向对欧美和我国港澳地区出口,争取为国家换回更多的外汇。当时,设计人员对新的市场缺乏了解,常常仅凭外贸方面的行情介绍,去琢磨人家的需求,这是一个艰难的过程。后来订阅了欧洲的几种样本,好像找到了一个宝贵的窗口,借以遥测西方的流行趋向。

西方市场花色翻新快,讲究个性,所以批量很小,一个花样只生产500米,一种配色只有两三匹,因此,我们必须提供数量较多的新花色。在这种需求的刺激下,设计人员用足心思、苦心经营,经过一代人的努力,终于掌握了西方人的要求,打开了一个陌生的市场。

这里充分体现了一个群体努力创新的成果,没有创新精神是根本办不到的。

近代科技的发展,学科横向交叉,加上技术与设计艺术的结合,为设计创新提供了更加有力的推动。如这几年电脑印花的崛起,创出了一个崭新的天地,花形逼真、色彩丰富,完全摆脱了原来丝网印花的技术藩篱。

创新是图案设计的一个永恒的主题。只有不断创新,设计的艺术生命才能长青。

2014年10月

丝绸印花图案设计

前几年苏州丝绸博物馆编印《苏州百年丝绸纹样》一书,以不同时期的丝绸纹样彩图为主,文字部分由王晨馆长和我分别撰稿,我写印花设计部分。

这次编书,将这部分抽出,定名为"丝绸印花图案设计",并补充一些插图。

本文试对丝绸纹样设计进行全面的综述,所以难免和其他专题性的文章在内容上有所重复,请读者见谅。

2014 年 11 月

回顾苏州近现代丝绸印花织物设计历程可以看到,印花图案设计的发展,总是和印染工业发展、科技进步以及大众审美水平提高相辅相成、相互促进的,同时也是设计人员创新求变、结合生产、研究市场不懈努力的过程。

20世纪60年代初我国高等院校初创染织美术专业,"文革"之前陆续有毕业生分配到有关工厂和研究单位,逐渐成为丝绸印花织物设计的主要力量。

改革开放以后,丝绸行业蓬勃发展,设计水平明显提高。

20世纪80年代前后,政府扶持丝绸行业技术改造,有计划地引进设备,丝绸印花技术水平得到提高,产品面目一新,解除了由于技术条件带来的限制,从物质上保证了图案设计的创新空间(图1—图9)。

图1　照相制版

图2　自动印花走车

图3　贸易洽谈

图4　5V布动平网印花机

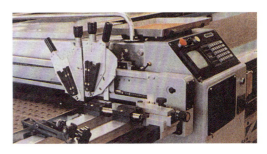
图5　维埃罗印花机

图6　圆网印花机

图7　成品检验

图8　荣获国家质量金奖的真丝印花绸

图9　真丝方巾

据统计,80年代中期,仅苏州丝绸印花厂,每年被外商选用投产的花样就有约350只,此外还有300只左右的内销设计花样。苏州丝绸印花设计作品多次在全国性评比中名列前茅。由此可以看出当时的设计、打样能力。

一、丝绸印花生产工艺

生产工艺是染织美术设计的物质条件,工艺和设计关系密切,有时生产工艺甚至起到决定性作用。

例如传统的扎染印花，花纹形成完全出自结扎操作人员手艺，存在较多的偶然因素，因而很难表现具象的图案造型。

又如民间蓝印花布，花形取决于纸板雕刻，只能以断断续续的块面为主要表现形式。它的生产工艺决定了只能以单色为主，留出底布的白色图形，所以不少传统的民间印花形式色彩单一，花形也比较简单，不适合印制十分写实的具象花形。当然，技术的局限并不等于艺术水平的低下。局限，也形成了各自特有的风格。

近代印花技术提高了印制的精细度、精确度和色彩的鲜艳度，使设计人员较少受到技术上的限制，从设计题材到表现形式更加多样，不但能模拟传统的印花风格，更能体现现代绘画的特点，在色彩的冷暖对比和花形的明暗刻画方面更为逼真，更加细腻，产品质量也更有保证。

所以深入了解印花的工艺过程，对图案设计至关重要，只有把这种依存关系弄清楚，才能使设计符合实际的生产可能，并最充分地利用工艺技术所提供的条件，使设计思想在织物上得到最佳的体现。

1. 丝网印花

20世纪初英法和日本的纺织印染产业渗入上海。抗战之后，上海已有好几家上规模的印染厂，但丝绸印花技术仍较落后，直到50年代后才开始采用丝网印花技术（丝网印花也称筛网印花）。它作为一种新技术很快就替代了之前的水印、浆印等印花方式，在江、浙、沪一带迅速推广。50多年来，丝网印花生产效率不断提高，从手工的丝网印发展到先进的平网印花机、圆网印花机，但印花制版和刮印的基本原理没有太大的改变，都是将感光胶质固着在筛网上，留出所需印花纹样，然后把色浆透过网孔刮印到织物上去。

印花过程可通过实例说明——例如印花图案是白地上一朵红色月季，花形由深、中、浅三套色组成。经过绘制黑白稿和制版工序，做成相应的三只筛网，在同一位置上用模拟彩稿的三种红色套印出来，相似于原稿的图案就印到了织物上去。

筛网印花花框所用网丝一般由涤纶单丝织成，网丝密度及网丝直径关系到印花色浆层的厚薄、给色量，以及花形轮廓的清晰度和线条、泥点的精细度。所以必须根据不同织物的花形要求，选择适当的网丝规格。

为控制印花的成本，丝网印花的色套有一定的限制，一般以7~8套为宜，设计时应分清色种，便于黑白稿制作中能够明确分辨。有经验的设计人员对用色有通盘考虑，善于以较少的色套，表现足够的层次和丰富的色彩效果。

丝绸印花较多采用平网印花，印制时将织物贴在一个平面状态的台板上（或是印花机的导带上），将做好的花板一板一板连续套印在织物上，便制成匹料。为了避免出现拼接的痕迹，设计时设法用不同色种的花形去隔断地色，印花行业称为"开路"，这是在直接印花的过程中常用的方法。

2. 直接印花和雕印印花

直接印花（简称直印）和雕印印花（简称雕印）是丝绸印花最常用的两种工艺。直印是把印花色浆直接印到白色织物上，织物只经过精炼就可以用来印花。直印程序简单，成本较低，色彩一般不受染色地的影响，所用染料以直接染料和酸性染料为主。

如果在浅色地上直印，印花工艺和印在白地上相同，但因织物已经染色，印花会受地色影响，所以采用地色的同类色效果较好。

雕印，也称"拔染印花"，指在已经染色的织物上，印上含有还原剂的浆料，局部破坏原来的地色，取而代之，形成花色。

雕白粉是工业还原剂，用于人造丝、人造棉等织物的还原染料雕印，使染色地被破坏的同时，士林染料被还原而上染，有时用于真丝绸元色、藏青等深色地雕白印花，使该类双色花样中的白度得到保障。

在真丝织物雕印中，因为真丝对碱的抗力较差，还原染料雕印用得很少，氯化亚锡的运用较为广泛，一般选择不耐氯化亚锡的染料来染地，而耐氯化亚锡的染料用作花浆。

雕印工艺复杂，成本高，所以能用直印的图案尽可能采用直印工艺，必要时才雕印。

雕印和直印这两种工艺对花形设计有不同要求，设计人员，对于所设计的花样究竟采用哪一种工艺，事先应该心中有数。如果直印，设计时一般在一张白纸上由浅入手，层层加深。需要注意的是，纹样中的白色部分是留出的织物本色，即使所设计图案需要有地色，这种地色称为"假地"，即并非染色地，而是和其他花形一样，是直接印上去的颜色。

这里还应考虑增加留白花形或其他花形，去削减"假地"的面积，防止直印地色面积过大，致使印制不均匀而造成病疵。

设计雕印花样，先确定染色地，如是中间深浅地色，可画上深于或浅于地色的花形。

设计时应充分利用这两种工艺的特点，趋利避害。

由于设备和生产品种不同，生产厂家一般会形成具有各自特色的工艺流程，所以设计人员必须熟悉所在单位的情况，结合实际，发挥自己的设计才能。

二、丝绸印花织物纹样的素材

丝绸印花织物纹样的素材非常丰富,花卉植物、雪花、冰纹、水浪、云纹等自然素材较为常见,其他从姐妹艺术、国内外传统纹样、民间艺术和绘画书法中都可以得到借鉴,所以设计人员应该接触各种造型艺术,培养多方面兴趣。

纵观古今中外的织物纹样,花卉植物一直是最常见的图案素材,也许是因为花卉植物和人类在漫长的进化过程中早就结下了不解之缘,人们在刀耕火种的原始时期就和植物有着特别密切的关系。花卉造型和色彩的美,花序、叶序等自然规律中所蕴含的数学美,加上人们对花卉品格的想象之美,使花卉植物很早就成为装饰美术的常用语汇。

花卉植物用于纺织物顺理成章,历来如此,如果一定要分析原因的话,可能是花卉植物的形象适应性较强。当织物制成服装后,有倒、顺、折皱的变化,花草图案怎么摆放都可以,而人物、风景这些题材有较强的方向感,颠倒过来不太适宜。

设计人员对花卉植物素材都比较重视,在观察、熟悉的过程中,还注意研究植物的生长规律,如木本与草木、单瓣与复瓣、对生与互生之间的区别,花瓣展开的秩序,向心规律,花瓣边缘翻卷特点等。

写生是熟悉素材的重要手段,设计人员通过写生去认识花卉植物,并提高塑造花形的表现能力,同时也收集和积累设计的素材。

有些自然界的花卉植物,错杂攀附,相互穿插,形成颇有"构图"的搭配,或是由于阳光照射,形成意想不到的光影,从而使设计人员产生设计的灵感。有时在写生的基础上叠加以前的印象,将原来分散的素材综合起来,产生新的感觉。

从写生中得到的素材运用于设计常能收到较好的效果,花形比较生动,有利于避免概念化的弊病。

写生不是单纯的依样画葫芦,如果造型很准,但是缺少想法,画的只是比例、明暗、透视……还不如寥寥几笔,抓住花卉的基本特点,画出自己独特的发现,尽管并不完整,也无构图,不能称其为"作品",甚至在外人看来不可理解,但是对于设计人员来说,因为结合了设计构想,在观察中有所发现,比那些只

图10

求完整、为写生而写生的"作品"要有价值得多。所以写生的方式是多样的,不只限于程式化的白描。例如黑影的画法,概括性很强,黑影中所反映的形象舍弃了烦琐的枝节,体现出生动的透视变化和花形动态,多画黑影还可以练习落笔成形的用笔方法。前人画竹得益于日光月影的说法是很有启发意义的(图10、图11)。

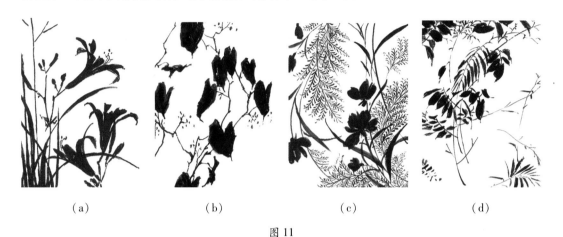

(a)　　　　　　(b)　　　　　　(c)　　　　　　(d)

图 11

坚持写生有利于加强对花形的记忆,积累库存的形象。因为在动手设计时不可能一花、一叶都依赖资料,只有在头脑中贮藏大量的生动形象,才能在考虑市场、色彩、表现技法和工艺要求的同时,随心所欲地去描绘生动多姿的花形。

花卉植物素材除通过写生外,很多时候来自一些绘画作品,如西方不少静物画以花卉为主题,刻画细腻逼真,而我国花鸟画对我们影响更大,工笔或写意花卉是历代画家创造的艺术形式,为我们提供了借鉴和学习的宝库。

例如"白描"花卉以勾线为主,既是一种实用的写生方法,也成为纹样设计常用的表现形式。写意花卉追求意境,突出笔墨和气韵,深刻影响着丝绸图案设计的艺术气质。

从图案设计的角度去观察自然,可以吸取的素材非常丰富,如罗丹所说:"生活中不缺少美,而是缺少发现。"我们原来很少注意到的自然界的各种纹理,经过放大处理,往往是一些绝佳的底纹。条条格格,各种几何形体,看似寻常,经过组织形式的变化,在排列上产生新的律动,也常常成为图案创新的绝妙素材(图12、图13)。

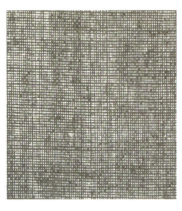
图 12

图 13

国外传统纹样也是丝绸设计常用的素材,特别如"佩兹利"纹样,起源于印度,后流行欧洲,近代由于意大利设计师的完善、提高,成为欧洲高档丝绸秋冬面料的一大特色,并以此显示他们的精良技术,特别是套版精确,色彩浓重,是一种长销不败的风格(图14—图19)。

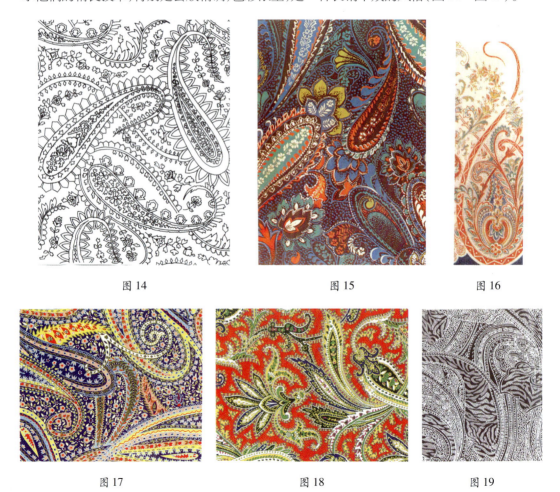

图 14　　　　　　　图 15　　　　　　　图 16

图 17　　　　　　　图 18　　　　　　　图 19

三、布局、排列

1. 连续

一组纹样或图案题材,在丝绸印花中一般以反复循环的形式连续展开,借以将花形铺满匹料。

匹料印花采用四方连续(即平接和跳接的两种连续方法),裙料、伞绸等采用两方连续。受绘画影响,设计人员处理图案布局时都会把注意力放在构图的经营上,总想给人一种很有新意的印象,却往往忘记所设计的画稿只是整匹织物花纹中的一个最基本的单元,将来印花的成品是这个单元在不断连续展开后造成的整体视觉效果,这个基本单元的构图已经荡然无存了。确立这个观念很重要,织物图案设计要关心的是连续效果,画稿的四周实际是不存在边界的,认识到这一点才能解决好排列、布局问题。

具体来说,平接是纵向垂直平移重复,横向水平平移重复,即基本单元的上边线与下边线对接,左边线和右边线对接。跳接是纵向垂直平移重复;横向作错位重复,习惯使用二分之一错位,即将原稿截为相等的上、下两半,上半部左边和下半部右边对接,上半部右边和下半部左边对接,这样可以打破平接呆板的连接效果,使纹样在水平方向上有一个间隔,再出现重复,排列显得比较灵活。为了准确地对接和连续,设计时可将画稿等分为上、下两部分,移动、相接和修正(图20、图21)。

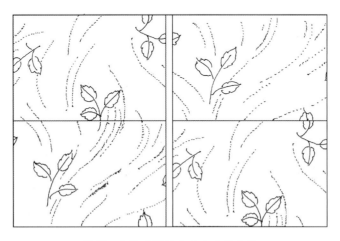

图20　1/2跳接纵向垂直平移重复

图 21　1/2 跳接横向错位重复

2. 布局

一簇花草、一束玫瑰、几朵花、一片叶或是其他形象，都可以成为图案中的一个散点，与其他相应的散点呼应，构成一幅散点排列的图案。图案中的散点布局有疏密之分，即清地、满地和混地。

清地图案，地色面积大，花清地明，适合雕印工艺，以染地为主。

满地图案，层次繁复，花团锦簇，地色的空间被挤压得可有可无，以直印工艺为宜。

混地花样，界于以上两者之间。

丝绸印花纹样设计原稿的幅面大小对图案布局有直接的影响。早先为保证印花操作质量，手工印花的花板较为狭小，使得图案的基本单元在匹料纵向的循环尺寸受到限制，一般都只有 33cm，如果花形稍大，纵向连接后短距离就会出现重复，花形的布局就非常困难，显得局促、拥塞。

印花机械出现之后，打破了这种限制，基本单元纵向循环尺寸扩展到 100cm 左右。这对印花纹样设计布局是一种解放，为画面的视觉构成提供了比较舒畅的回旋余地，使得经营布局时可以更加强调花形大小和虚实聚散的变化，制成匹料和成衣后更加可以感觉到布局效果的舒展和灵活，近距离出现重复花形的问题也得到了克服。

当然，这对设计人员也提出了更高的要求，不单是幅面大因而花的功夫多，在统筹全局、协调整体结构方面也增了难度。

3. 排列

散点排列有规则和不规则之分。

(1) 规则散点排列。

按几何学方法画出辅助线构成的方格、斜方格和米字形格,以及在这些基本格形上变异出来的其他格形,它们成为规则图案的排列依据(详见德国弗兰兹·萨雷斯·玛雅著于1883年的《装饰艺术手册》)。这种按规则格式设计的图案,很早就出现在古代中国、欧洲的建筑和器物装饰上,丰富多变的花纹统一在整齐划一的格式中,给人均齐稳定的感觉。

在丝绸印花纹样中,规则排列的圆点、几何形或是条、格图案,风格素雅、稳重,是一种不受流行风潮影响的常用花派。

(2) 不规则散点排列。

大多丝绸印花纹样的花形位置摆放采用灵活、自由的形式,在布局上追求聚散、虚实的变化,但很忌讳纵向或横向出现直线状的聚集或空档。初学者为保持排列的均衡也可以参考一些经典格式(图22、图23)作为依据,但不应受到这些格式的限制,可以发挥自己的想象力和创造力,对散点的大小、位置加以变动。

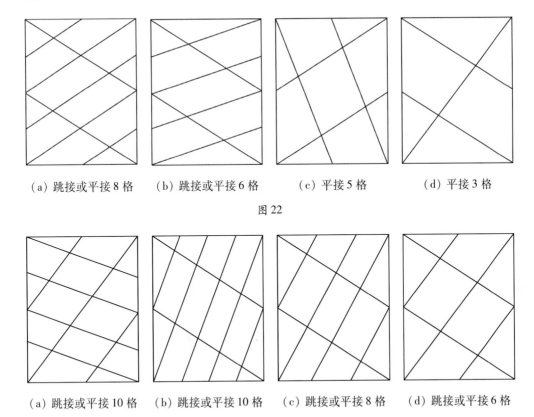

(a) 跳接或平接8格　(b) 跳接或平接6格　(c) 平接5格　(d) 平接3格

图 22

(a) 跳接或平接10格　(b) 跳接或平接10格　(c) 跳接或平接8格　(d) 跳接或平接6格

图 23

除了明显突出散点感觉的图案,还有一些设计,有意识地削弱这种散点的特征,使花形连绵不断地延展开来,用自然的枝蔓或其他线条连接、穿插。

还有一些花样,没有明显的散点,满地细碎的小花或纹理平铺着散布开来,有人称之为"地子型花样"。

四、创　新

丝绸印花织物设计的目的就是以新的图案去替代原有的产品设计,所以创新一直是设计人员最基本的任务。

素材的更新固然是最容易想到的途径,利用技法或新工艺、新品种的特色来创新,更是设计人员常用的手法。

1. 技法

图案设计历来重视表现技法,恰当的技法运用可以增强形象的艺术感染力,创造新颖的图案效果。尽管所表现的内容早已被人们熟知,但只要形式上有突破,就能出新。

(1) 点。

点是丝绸印花织物纹样设计常用的技法,用于表现各种花形的形象、明暗、色彩变化,或是塑造地纹层次、虚实远近等,从而强调因为点的运用所形成的特殊装饰效果(图24、图25)。

(a)

(b)

图24

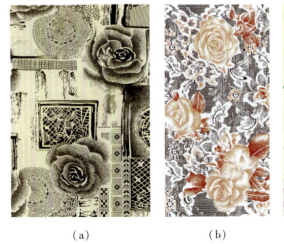

(a) (b) (c)

图 25

这里说的点,一般指肉眼可视的点(不包括电脑喷绘或是喷笔绘制的雾一样的细点),如钢笔、毛笔、鸭嘴笔、油画笔绘制的点,或采取洒、弹、刮、刷各种手段,以及用丝瓜茎、海绵等其他工具压印而成的点。

染地雕印工艺出现后,深色地彩点是设计人员广泛运用的画法,有时像夜空烟花,有时强调聚散、对比,把色彩构图的作用发挥到极致,风靡一时。

中外画家也善用点。国画中的点,有时纯粹是形式的需要,被用来补空白、破呆板、平衡画面,也广泛用于点染山水、描绘层林,如米芾创造的点的画法,被称为"米点"。西洋画有"点彩派",用点来表现印象派观念中的光、色效应,在色彩的认知方面有突出创造。

(2) 线。

图案绘制中常常由线来组成形象,突出画面的视觉效果。如密集排列的线构成花的明暗;疏密渐变的线表现花瓣的层次、转折;用撇丝线条描绘花形(图26);用一排排线铺成的面来组成形象或地纹。

(a) (b) (c)

图 26

设计人员一般用勾线笔、叶筋笔、鸭嘴笔、签字笔、钢笔等各种工具去绘制线条,甚至用棉线蘸上颜色在纸上拖、印出斑斑驳驳的线。线的用法和点一样,被设计人员发掘出各种表现方法,运用在各种工艺的印花中。

(3)面。

点或线的积聚、合并就是面,而块面达到一定的量就产生比点和线更强大的视觉效果,善用面,往往还能使画面突出,色彩鲜明。

一张白纸,或是一匹染色绸,本身就是一个大色块,一个面。如果花形占的面积很少,留下的地色就是一个很大的面;如果花形比较密集,就需要注意留出地色部分的形状和空间(图27)。

(a)　　　　　　　　(b)

图 27

例如染地雕印的图案,花形之间空出的地色是一个突出的面,染色地的色彩选择常常是这种图案最起作用的因素。

在丝绸印花织物设计中,花、叶的造型或地纹中的块面,常常用较粗的毛笔,以写意的手法信手涂抹,较少依照勾好的轮廓线去填色,以期画出生动的形态和奔放的笔触。这种画法要求胸有成竹,每一笔下去就是一瓣花、一片叶,同时画出透视和结构转折,需要一定的笔墨功夫。

(4)表现方法的组合和创新。

以上几种表现方法常常组合使用,以线为主并不排斥面的铺垫和点的错杂。例如,在面的基础上,吸取刺绣中"乱针绣"的方法,经不同色相的短线条密集交织、重叠,去描绘花卉或风景图案,呈现出纷繁的色彩变化,创作出风格新颖的图案作品。

又如,多彩的并排线条组成地纹,缀以灵活的小花,用染地雕印工艺表现出细腻、流畅的装饰效果,极富丝绸轻柔的特质。

2. 工艺

工艺变革对创新有显著的作用,如真丝印花,开始只能直印,设计受到一定限制,后来染地雕印试验成功,设计面貌出现了全新的变化,很多原先想也不敢想的设计都得到了实现。

之后又开始采用直印和雕印混合工艺,设计的风格又为之一变,在原来颜色较深的直印花形上,可以雕出浅色的线条和细点,增强了图案的表现力。浅色线条或细点在深色块面上产生了一种复合交织的感觉,使层次变得更为丰富,并出现了像景泰蓝工艺品特有的浅色包边花样,显得富丽和精致(图28、图29)。

图28

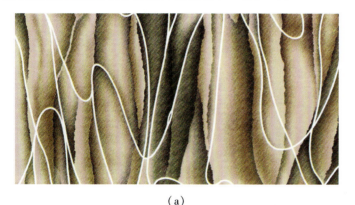

(a)

(b)

图29

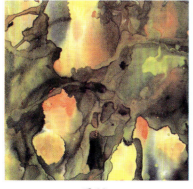

图30

一种新的工艺出现,会推倒一些原来的限制,造就新的画法,开创一批新的花样。例如雕白工艺改进,黑地雕白的白度有了提高,就出现了一批精细的黑白图案。还有,云纹印制的出现,使水彩、晕染效果的设计成为可能(图30)。此外,精密印花设备的引进,带来精密几何形的花型问世,让领带及男式衬衣的印花纹样迅速兴起。近年来电脑描稿技术的普及和印花精细程度的提高,使四色平网印技术得到开发,进一步开拓了设计创新的空间。

3. 品种

丝绸印花织物品种繁多,印花和不同风格织物结合得到"1+1>2"的效果。例如提花绉缎品种,花形为缎面,绉地的质感等同双绉类织物,配上印花之后,肥亮的提花部分隐约闪亮,更加丰富了印花的层次感。其他如缎条绡类、烂花丝绒,加上合适的印花,都有很好的效果。

为印制高质量的织印结合产品,甚至专门针对某一种提花花形设计相应的印花图案,力求两者相互映衬、相得益彰。

为突出提花,印花的配色明度差不宜过大,否则就掩盖了提花的视觉效果。此外,在色织或交织织物上印花,由于不同纤维上染性能的区别,可以印制出富有织纹变化的多层次效果,营造丰富的复合感觉。

创新并不限于上述三方面的改善,常常需要突破常规,做一些突发奇想的尝试。例如,在印花套板的操作过程中,同一套花形错位重叠,原来是一种失误,但是如果用不同颜色有意错开叠印,就会造成一种意想不到的立体浮雕效果,如果是规则几何形花样,还能形成一种光效应感觉的图形(图31)。

设计人员在长期实践中还创造出了很多新的画法,如拓印、浆糊粘吸、涂蜡防印、撒盐等,借鉴一些妙趣横生的自然肌理,去充实图案创新的语言。

图31

五、色　彩

设计界的前辈告诉我们:销售者选择一段衣料,总是"远看颜色,近看花"。如果颜色不满意,就不再细看纹样了。有不少织物能够畅销,主要因为色彩得到认可。所以色彩运用是印花织物设计应该特别重视的课题,尤其是真丝绸,高贵华丽,珠光宝气,在国际上被誉为"纺织品皇后",对真丝绸的色彩配置也就格外考究,会有意识地和化纤、棉布区别对待,力求显现丝绸特有的高雅格调。

丝绸色彩受流行色影响,但也较多采用常用色,例如在欧洲,黑、白、藏青、米色、咖啡、灰色等都是经久不衰的色调。一般春夏季用色比较明快、亮丽,秋冬季则沉郁、浓重,不同销售地区也具有各自的习惯和喜好,需要在实践中熟悉和探索。

1. 对比与调和

单独的色块是静止的,当其他色相靠近时,它就会活跃起来,改变着自身,也影响其他的颜色。颜色存在对比时才能鲜明地体现出各自的性格。在色环上相距较远且明度相近的两种颜色进行对比,就使彼此的色相特征趋于鲜明。如果对比双方明度悬殊,就会削弱色彩对比效果。

最能表现火焰炽热的橙红色和象征流水寒冷的蓝绿色,是冷暖对比的两个极端,凡趋近上述两种颜色的色彩对比,都呈现出冷暖对比的感觉。

在丝绸印花织物设计中,常用浅灰色去和偏暖的颜色对比,例如明度接近的浅灰和浅红两色并列,浅灰显得有偏蓝的感觉,浅红则更为鲜明;浅灰和米色靠在一起也同样,双方都显得更为鲜明。这种带有冷暖意味的对比,比纯色之间的对比更为含蓄典雅,这种用色方法在丝绸上经常出现,重要的是掌握色彩冷暖对比的尺度。

高纯度的色相对比效果热烈、鲜明,使用时一般都比较谨慎,常常借助黑、白、金、银、灰色来缓和过于强烈的对比,也常常用减弱纯度或降低明度的办法来取得调和的效果。

造型的同一性,也能使强烈对比的色彩更容易被人接受。例如直条花样,即便用强烈的对比色,感觉也会比较协调;或者都是大圆点的形状,颜色对比非常鲜明也会有一种认同感。有的抽象图案,各处大面积色块在造型和动态气质方面具有趋同倾向,因而虽然各种配色迥异,却异常和谐,且更能彰显奔放浪漫的流行情趣。

回顾 20 世纪六七十年代的丝绸印花产品,受当时认识水平和工艺的局限,很少采用鲜艳明快的色彩,常以含灰的同类色作为基调,暗中透亮才算高雅,深沉的"咸菜色"大行其道,好像非如此不足以体现真丝的档次。

20 世纪 90 年代之后,设计思想有了明显进步。色彩运用有了新的突破,色调变得明朗、艳丽,不再局限于"灰暗即高雅"的观念。

对比、调和复杂关系的调控,使我们的注意力集中在五彩缤纷的色相选择上,相对忽视明度的重要性,其实一些造型具体的图案,主要由明度来塑造形象和构成层次。例如白地图案,黑色或较深的颜色最为突出,接近白色的浅色退隐在远处;相反,黑地上白色最显眼,接近黑的深色成为背景、远景。依此类推,次序就可以分清,层次就可以把握,形象就可以突出。

色相对比的同时,拉开明度的反差,画面就显得鲜明;反之,画面相反就变得平淡、含

混。明度接近的深色相互搭配或是浅色相互搭配,即使色相在色环上相距很远,对比效果也显得稳定、柔和。

色彩的运用总是处在一种矛盾状态——为打破过分的平淡,要增加对比的因素,但对比过分强烈时又采取各种调和的手段,好像始终是一架难以平衡的天平,而就在这种对立统一的调整中,图案的色彩效果得以不断刷新。

2. 形与色

选用哪些颜色搭配在一起才能获得良好的配色效果?这一直是设计人员所思考的问题。依靠狭隘的经验或某些理论的推演,列出配色处方,认定某些颜色适合相互搭配,常常是一种误导。因为不同画面的结构千变万化,颜色所占面积、所处位置以及色块的存在形式都不一样,在一幅图案上很成功的配色,搬用到另一幅图案上,色彩效果则大不一样,不一定完全适合。

形和色始终是相互依存的,色彩必须落实到一定的形象上才产生色彩效果。假如排除形的因素,色彩研究将流于空谈。其实设计人员很清楚这一点,他们从来不作"纯色彩"的设计,而总是将形和色结合在一起来处理画面,并不断地从形和色两方面同时去调整色彩关系。

(1)面积。

面积对色彩效果有不可低估的影响。面积大,视觉效果就比较突出;相反,细线、细点等面积小的形状就显得退隐。所以色彩运用中必然会考虑面积因素。例如染地雕印花样,主题纹样琐碎细小,如果用色不当,未能在明度和色相上与地色拉开距离,花形就无法突出,色彩也显得平淡。

对待大面积部位,则一般选择比较柔和的色彩,只在小面积的地方缀以鲜艳的色彩。这种稳健的用色方法主要用于男式衬衫或中老年妇女服饰,特别是选用地色时,常常用含灰的颜色,使主色调比较沉稳、文静。

但是审美要求是发展的,在近代绘画和装饰艺术中常常反其道而用之,鲜艳的高纯度颜色出现在大面积的部位,作为主题的装饰形象倒是采用含灰的颜色,给人以一种强烈的视觉冲击。

在丝绸印花织物设计中也经常用十分鲜艳的大红、翠绿、湖蓝、鹅黄来做地色,所印小面积的花形用灰色调的颜色,感觉鲜明突出。

(2)位置和存在形式。

大红地色上雕印绿色块面,两种近乎互补的纯色形成强烈对比。如果将这绿色块面分散成无数的泥点,疏疏密密地分布在红色地上,对比效果就完全不一样了。密集的泥点群使红与绿产生了空间混合,在视觉中调和成一种新色感,已经不再是原来大红、大绿的简单对比效果。由此可见,对比中颜色的存在方式,明显影响视觉的感受。

色彩关系随着图案结构的变化而变化,对比中的各种颜色相邻、紧靠、包围、疏离……很难一言以蔽之。多套色花样更加复杂一些,高纯度颜色之间或者各自与黑、白、灰的位置关系,都会明显改变配色的整体效果。

丝绸印花织物纹样设计中色彩布局非常重要,在画面上比较突出的颜色分布过于集中或者过于均匀,都不可取。"万绿丛中一点红"虽然是一种配色方式,但容易使人感到这"一点红"过于突兀孤立,在实际操作时还是"数点红"更合理,而且是不同形状的"数点红",有聚有散,相互呼应。

自然界的色彩有时也给我们提供着很好的借鉴,例如翠鸟、鹦鹉、蝴蝶,色彩艳丽,搭配巧妙,鬼斧神工。仔细观察蝴蝶的色彩发现,其结构非常合理,最鲜艳的颜色常常被黑色包围或由黑作为间隔,然后再与其他色对比,因此既绚丽夺目,又并不过分刺激。早年出版的《蝴蝶色彩的应用》①,专门分析蝴蝶色彩的构成,为我们学习自然、摹拟自然提供了比较科学的研究方法,在图例中既标明色相变化,更突出了色块面积和位置的作用。所以离开色块面积和存在形式就很难掌握色彩运用的规律,而作画的过程就是不断调整色彩布局的过程,处理形、色关系的过程。

正如英国美术评论家约翰·拉斯金所说:"每一块颜色都会由于在别的部位添加一笔颜色而变样。"

3. 配色

为适应市场消费习惯,印花丝绸产品要求一个图案有多种配色。以双色花样为例,一个红地白花的图案,除原稿配色外,还可印成黑地白花、藏青地白花、酱色地白花和米色地白花等不同的配色。

为了使设计人员的配色设想接近实际生产效果,由生产厂印制色谱,即按颜色变化规律有次序地以不同染料成分调成色浆,刮印绸样,制订图册,以备选用。

设计人员在色谱提供的范围内选择所需色种,在对图案充分理解分析的基础上,通过想象制订配色方案。

多套色纹样,靠空间想象比较困难,选定的一个个单独的色种,在织物上套印而组成

---

① 王之屏:《蝴蝶色彩的应用》,北京:中国纺织出版社,1994 年。

的色彩效果是否能和预期一致呢？从设想到实现难免有距离,所以针对印好的小样进行调整,修改原来的方案,是一个重要过程。只有不断积累经验,不断使想象和现实靠近,熟悉色彩变化的规律,提高配色技巧,才能减少失误和返工。为了减少失误,也可手工画出配色的效果图,即在原稿上划定一个有代表性的区间(约12cm×8cm,在这个区间内应能包括图案所有色套),以这个区间的花形为蓝本,手工画出其他几种不同的配色,这样就易于临时调整颜色,比较直观。

有的花样容易配出好效果,有的却不然,这是由花样的结构所决定的。我们经常收集一些较成功的配色绸样,在具体配色过程中却总感到很难摹仿,因为每一幅新的图案总是具有自身的特点和对配色的独特要求。配色效果较好的作品通常有以下几个特点：

(1) 注意色块面积大小的对比,避免色块面积的对比过分悬殊或过分一致。

(2) 色块分布照顾到呼应关系。

突出的颜色要有聚散,防止生硬、突兀,避免像一个不相干的色块被剪贴到一个画面上一样。

有些花样,色彩运用缺少想象,主花和陪衬阵线分明,没有联系。形状没有变化的几朵主花,显然是一种生硬的拼贴,配色也难入佳境。相反,如果最突出的颜色并不都以同一形状、同样大小的花形出现,情况就大不一样。例如一幅黑地花卉图案,用于主花的粉红色有时是白玫瑰的暗部,有时是芍药的亮部,有时是一丛疏疏密密的小花,有时甚至是菊花的花心或黑地上星星点点的花蕾……作为点睛的鲜艳颜色在画面上就不会显得生硬孤立,配色就可以左右逢源,柳暗花明(图32、图33、图34)。

图32

图33

图34

(3) 为色彩对比创造有利条件。

花样结构关系到对比色的运用,例如一朵花,可以用多种表现方法去画。在套板精度较差的工艺限制下,用深、中、浅撒丝或泥点的方法较多,在配色时就只能用深、中、浅同类色、同种色。后来套板精度提高了,可以用镶嵌的方式去画,在区分深、中、浅明暗关系的同时,还能让冷暖对比加入进来,从而使色彩对比活跃起来。

有的雕、直混合印花样,在强烈对比的色块接界处画上灰色的包边线条,这就有利于尽量发挥色彩的对比,既鲜明又协调。

(4) 为适当的明度对比提供有利条件。

有不少中浅色的图案容易灰暗无神,主要是明度上拉不开距离,缺少一点"最强音"(即最深色或最浅色)。在设计花样时应该充分考虑到这种画龙点睛之处,这些点睛之处在造型上应该经得起推敲,否则就会变成"蛇足"。在中浅色调花样中,最深处的笔触非常突出,应该"有笔有形",力戒粗糙。

配色的实践,会加深我们对纹样设计中形、色关系的认识。花样的合理结构,为配色的再创造预留空间,而恰当的配色为花样倍添风采。

据笔者长期从事配色工作的体会,色彩的选择不能光靠想象和虚构,必须有实在的依据,各工厂的色谱大多缺少科学系统的开发,远不能满足丝绸印花配色的需要。

20世纪80年代后,我国引进了美国"PANTONE"色谱。该色谱依据色立体原理,结合纺织业的特点,选择有代表性的1700多个色种,几乎囊括了印染所需的所有颜色,在全世界纺织业通用。

"PANTONE"色谱全面地印制出微妙的浅色含灰系列,扩展了配色选择的范围,对提高配色质量能起到明显作用,建议参考使用。

2010 年 4 月

丝路寻芳篇

篇首语

20世纪七八十年代，丝绸是我国外贸出口的主要产品。为了改进品质和外观设计，做到适销对路，必须在花色品种方面了解国际流行趋向。

加强调查研究，及时搞清楚市场行情，是工贸双方的共识。主管部门对此非常支持，经常让设计人员直接参与贸易活动，直观了解市场动态，还派人参加各种洽谈，甚至去国外调研。笔者有幸多次忝列其中，当然要尽力将了解到的点滴行情向国内汇报。

当年信息传递方式落后，一封信从欧洲寄回北京要十天半月，但是别无途径。汇报信息主要靠文字描述，想多拍些照片，又因胶卷太贵，不敢多用，因而涉及形象、色彩时，常常言不达意，很难说得明白。用现在的眼光来看，文章啰唆乏味，不值一顾，真可谓明日黄花。

现在再整理出来，一是敝帚自珍，二是还可以作为对纺织品流行演变、历史沿革的研究工作中的分析材料。例如，以前流行的花色经过几十年的变迁，有不少表现形式仍在沿用，有的甚至还大行其道，表明着新旧之间的某种联系和发展规律……

我们在当年的丝绸之路上，做过传递信息的通讯兵，努力地去寻找源头，像踏雪寻梅一样——循着花的芬芳远行……但愿能折到一枝鲜艳的小花。

沟通信息和贸易的桥梁
——国际博览会简介

自1979年始,我国纺织、丝绸行业参加德国法兰克福的INTERSTOFF国际织物博览会,六年以来多次传达有关信息,行业内外对此都较清楚了。笔者在西欧一年多的调研工作中接触了另外一些博览会,感到还可作一些补充介绍,以便大家全面了解博览会的情况。

西欧最重要的纺织品博览会,除INTERSTOFF之外,还有意大利的IDEAL COMO和巴黎的PREMIERE VISION。据联邦德国报纸介绍,织物和时装的国际博览会1985年有230个,其中在联邦德国举办的48个,瑞士举办的28个,英国举办的20个,其余在纽约、巴黎、佛罗伦萨等地举办。在国际贸易高度发展的今天,博览会已经成为西方社会活跃经济的一种主要方式,也可以说是沟通信息的重要桥梁。近几十年中博览会迅速发展,已经形成一种特殊的行业。

我们在联邦德国的科隆、杜塞道夫、慕尼黑、法兰克福,法国的巴黎,英国的伦敦,比利时的布鲁塞尔以及瑞士的苏黎世,都看到规模宏大的展览设施。以法兰克福的展馆为例,这几年的变化很大,主要展馆全部翻造,并设置了很多自动通道,增加了多种服务项目,如电讯、咨询、客运机票代售、银行和各种风味的餐厅,甚至可以在馆内买到正在上演的歌剧票,简直是一个完备的展览城。1985年将在那里举行"家用织物博览""自动售货装置展览""面料展览""皮裘博览""旅游和水上运动博览"等21个国际博览会。每个博览会不过三到四天,平均半个月就有一个新的展览,由于内容完全不同,形式也相应变化。

中国丝绸公司驻德国代表处所在地——科隆,也是一个展览中心,展馆规模很大,至少在10万平方米以上,每年在这里举办的"国际男装博览会""家具博览会""园艺博览会"等闻名于世。

科隆附近的新兴城市——杜塞道夫,是时装展览的中心,每年两次在这里举办的IGEDO吸引着整个欧洲的时装界。

博览会已经成为产品的橱窗,贸易竞争和信息交流的中心。来自世界各地的厂商在这里租用场地,精心布置。为扩大宣传,厂商一般都备有宣传资料,有的还放映录像、电

影。在时装博览会上,还各自聘请模特儿,穿上新设计的款样,成为一种直观的广告。各种服装面料博览会专设有"中心台",陈列各种流行花色的预测图例,发售各种专业书刊资料。

同行厂商在这里高度集中,因而不少商人都把博览会当作一个理想的经商场所,借以广泛了解信息,确定经营方针。柏林有一个名叫"MARKWALD"的时装公司,去年仅8月到10月就连续参加了各种博览会28次。瑞士的ABRAHAM,意大利的RATTI、MANTERO,西德的K.B.C等厂商则更是有会必到,而且不惜重金,租用大面积的展览场地。

目前我们国家内地正式参加的博览会还不多,在很多时装博览会上,还仅以"观察员"身份参加,而韩国以及我国香港、台湾等地却有不少厂商设有展馆;再则我们都是以国家名义出面,展览规模、水平反不如国外某些私人企业,显得极不相称。因此一方面还要创造条件使更多行业参加到这个世界行列中去,同时还可以以地方或企业的名义参加,可能更加主动、灵活。

博览会所以能成为一个特殊行业,并得到各方面的普遍重视,除了方便商人的经营之外,给所在国也带来很多好处。首先是有利于获取该专业的最新行情和技术信息,不需要到世界各地即可了解情况,自有人带着最先进的产品、设计上门展出,正是"足不出户,知天下事",促进了这个专业在展览的所在国更快发展。其次是便于接触世界各地的用户,推动了这个国家的对外贸易。另外,不但使举办博览会的企业家赚取巨额的租金,还因为成千上万与会者、参观者的光临,使博览会所在城市的各种服务业兴旺起来,使国家的收汇大大增加。据了解,由于这种新兴行业的获利明显,不同国家同专业的博览会之间正在展开竞争,力争在服务、信息等方面超过对方。

我们在一年多时间里先后参观了在法国巴黎、联邦德国法兰克福和慕尼黑等地的16家博览会,感到它们之间有一种内在的联系。例如织物面料和时装之间关系十分密切,在各种面料的博览会上,最活跃的往往是服装厂商,他们委派时装设计师前往选购面料。设计师们在与会之前对下一季节的款式、面料、花色早有设想,上千家展出单位的样品为他们提供了极大的选择余地。他们所选中的面料制成时装后在时装博览会上展出,争取订货,面料是否得到真正的承认全看时装的订货。因此,面料博览会是时装的基础,为时装提供材料,而时装博览会则反映了面料和款式结合之后的最终效果。

在现代化生活中,织物的使用面很广,除了用于服装,在家用装饰、家具设计中用量极大,不少纺织厂商除了搞服装面料还经营其他织物。今年初我们参观了在法兰克福举办的"国际家用织物展览",看到了我们以前不太了解的另外一个织物世界,图案设计、生产

技术水平、经销数量都非常可观,有很多地方值得我们借鉴。如大花回、多品种的家装布设计和生产所表现出来的高超工艺水平,利用纤维短头制成的糊墙新材料……都出现了我们意想不到的突破。即便从名称上看与织物无关的博览会,如园艺或家具博览,也展示了在这些领域中纺织物的地位,各种形式的沙发布料、旅游帐篷、海滨靠椅、充气软垫……不少都饰有华丽的图案。可见行业之间是相互联系着的,若使设计、生产、调研、决策能深入到这种关联中去,就一定能获得更好的成效。

原载《丝绸》,1985 年第 12 期

西欧丝绸花色品种情况介绍

  1984—1985 年的一年半时间中,笔者随中国丝绸公司西欧代表处,去过英、法、德、意、瑞士、比利时等国,参观了不少工厂、设计室、博览会、时装会。当时就及时把了解到的信息整理后发回国内,有些发表在《丝绸》杂志上。杂志社对此非常重视,把分散的材料汇编成《西欧衣料和时装》一书。当时印数不多,又过去多年,大约早已流散。近日编写《花间晚照》,找到这本资料,整理后改名《西欧丝绸花色品种情况介绍》,作为书中的一个篇章。

2014 年 10 月

第 51 届 INTERSTOFF 国际衣料博览会

一、流行色预测

  来自各国的与会者在这里观摩、探讨未来的流行趋势。这次陈列与丝绸直接有关的版面(每块版面大小约 100cm×70cm)共 11 块:1—3 是"色调"预测,4—6 是"色域"预测,7—11 是"流行面料品种"预测。

  1. 色调

  布置者称之为"色彩的旋律(The Colour Themes)",指色彩的透明度、纯度所形成的不同色彩情调。第一组为透明色调,由六种浅色组成:带绿味的浅嫩黄,带果绿味的粉绿,浅湖绿、浅湖蓝和浅洋蓝,浅血牙和浅粉红,浅莲和浅灰紫。这一组的颜色柔和而文雅。第二组为亮色调,有三群颜色:柠檬黄、黄绿、果绿到粉绿,深浅桔红、血牙、深浅茜红,中间深浅的湖蓝、翠蓝、洋蓝。若将每个色一一细分,共有 50 多个色种,总的倾向是鲜明、热烈,有一种夏日里阳光灿灿的感觉。第三组为深色调,由变化微妙的、比较饱和的深沉色彩组成,主要是紫味的深藏青,紫黑、酱色和灰味的黑藏青,红味的栗咖、深酱和沉着的咖啡色,黑绿色灰而带有蓝色色素的绿,共三群颜色。

  2. 色域

  布置者称之为"色彩的区间(Colour Area)",指几个色相的跨度。三个关于色域的版面实际上是亮色调,三群颜色分别加上与它们明度、纯度不同的相应色彩组成的不同色组,因此可以看作是亮色调的展开和演化。第一群是绿和黄的色组,其中代表性的色种是翠绿、姜黄、浅果绿、葱绿以及少量的橘黄、浅湖蓝、灰味秋香,以浅果绿的皱纸作为衬底。第二群是红的色组,具有代表性的是桔红、大红、朱红、酱红和少量的黑、姜黄,以枣红色织物为衬底。第三群是蓝的色组,代表性的色种是翠蓝、莲、藏青、灰蓝、浅洋蓝,以及少量的浅玫红、浅黄白,以绿灰色花纸和深蓝色布料作为衬底。

这几个色域的版面具有明显的色调倾向,除了较多地采用同类色的变化外,也不排斥对比色的搭配,并恰当地选用了含灰的色种以取得稳定的色彩效果。蓝色组包含从紫到蓝(以蓝为主)多种深浅不同色相的色彩,以多种不同的灰绿色作为中间调和,加上红莲、浅玫和白色的点缀,形成一种柔和的冷色调。红色组是从大红到桔红、桔黄之间各种不同深浅的色彩,以黑、白、玫红作为搭配,姜黄、黄作为点缀。大面积的枣红背景成为这组色彩的基调,因此很明显地呈现出一种暧昧的、富丽的红色调。绿和黄色组,不同色阶的翠绿和姜黄在浅苹果绿的陪衬下,显得明亮、舒畅,生机盎然。

每一组色犹如画完一幅画之后的调色板,从而可以想象一幅画的情调和意境。

3. 与第 49 届博览会流行色的对比

第 49 届的流行色分"浅""中间""深""明亮"四组。本届取消了"中间"组,只有其余三组,但增加了三个色域介绍。总的感觉比第 49 届要纯得多,灰类色彩减少,色调明朗。亮色调中原来的紫红色被牙红、茜红和绿色所取代,暗色调的纯度也明显提高。因此色相倾向比较肯定,同时在明度上却比第 49 届的色彩更加深。

4. 与"色彩权威"1985 年春夏季流行色对比

绿和黄的色组与伊斯法罕色族相接近,红色组与君士坦丁堡色族相接近。只有在个别的具体色种上有所区别,总的色调才具有共性。虽然"色彩权威"雷佛纳色族从黄到橙的颜色这项预测没有专门列出,但已将主要色种穿插到三个色组之中。

5. 与日本"织物指导"色彩预测对比

"织物指导"配合 INTERSTOFF 博览会,一年两期。这一期对 1985 年春夏色彩的预测认为,原来流行的无色彩系颜色将转向明亮、活泼、漂亮、文雅的颜色,黑色退居到从属地位,将作为一种搭配色继续使用,因此与本届博览会的色彩倾向也有相同之处。

通过对比,可以看到"中心台"的色彩预测并非主观臆断,而是经过大量调查研究,与国际上有关流行色的研究、预测工作密切相联系。

据了解,负责近几届博览会"中心台"布置的专家,是联邦德国流行色协会的主要人员,同时又是国际流行色协会的中坚,他在国际流行色协会决定发布下一年流行色的研究中,经常起到左右形势的作用。因此,博览会流行色预测,在一定程度上反映了世界范围的流行趋向。

二、各展馆和商店橱窗中的色彩面貌

博览会各展馆的陈列产品,虽有某些共性,但主调不甚分明。各公司(单位)对流行信息的掌握和反映,有快慢和水平高低之分。较为普通的是黑、大红、白的配色,不但用于绸样,在卖纸样的几十家公司中也同样可以看到。此外,白地彩配的印花图案以及黑与白、大红与白的配色占相当大的比例。其他如第49届博览会以来的流行色调在各馆也有所反映。

湖蓝、松石绿等颜色仍有出现。

中国馆的橱窗和展台布置,由 ISPERT 公司代办,主要有红、黑、白、大红、烟色、松石绿、黑、白,中间深浅的灰紫色调,绿和偏灰的黄色调以及一组深色调。杭州赶制的三只新安排回头样正好及时送到,花色都比较适时,因此当即全部参加了展出。

总的看来,由于各地所供产品缺少统一规划,全靠布置时临时搭配,因而虽然提供的总数不少,但展出效果却不太理想。

通过对本届流行色的了解,以及与其他情况的对比,感到这一套色彩的预测,不但鲜明地体现了季节的特征,而且吸收了其他具有国际影响的色彩信息,对纺织品色彩的运用具有较强的针对性、实用性。但是,关于如何在丝绸织物上体现这样的流行色调,仍需根据实际情况,结合品种、花形的特点,针对不同市场的具体需要,发挥自己的想象而妥善运用。如果一成不变地加以搬用,反会作茧自缚,受其限制。例如,"透明色调"的体现,未必要把六种色都放上去;"蓝色组"的运用,也不一定从紫到蓝,从深到浅,面面俱到。如果吸收其中某些区间,能够体现这种色彩的情调,就可以说是一种恰当的运用。

"中心台"介绍印花品种的版面,贴有十几块真丝双绉的绸样,全部是黑白或黑白加灰咖的色调。

黑色虽未列入流行色的预测,但对于真丝绸仍是一种可以继续采用的配色。

由于提花加印花的绉类织物比较流行,为了使提花的微妙光泽不被强烈的印花色彩所掩蔽,印花各套色之间的明度以相近为佳,避免琐碎和过分的对比,尽量使印花效果趋于同一层次,以保证提花花形的显露。意大利几个展馆中,可以较多地看到这种用色特点。

三、流行花派

这次衣料博览会不仅推出 1985 年春夏季的流行色调,也介绍了 1985 年春夏季流行的印花花派。从各国展馆公开展出的真丝印花绸,还有意大利几家大公司展馆内部的样片,可归纳出以下几个特点。

(1) 花样设计与服装款式有机结合。花色、面料、款式成为统一的整体,是目前时装设计的一种倾向。设计师在调查研究的基础上,根据丰富的想象,设计出平面服装款式效果图。对花色面料要以时装款式为前提来设计花样,多数以抽象花形为主,采用大方简练的块面平涂处理手法。独幅裙料的花派大致有以下几种构成法:

① 构图式:采用类似中国画构图的原理,有意境但又不失其服装装饰美的实用效果。其特点是有气势,有疏密,感觉清新。

② 散点式:作为独幅裙料花的散点排列,不是 33 厘米或 66 厘米回头的放大,而是以成衣后的服装穿着效果为前提,组织花形的散点排列,很符合人们的欣赏习惯,但又不落俗套。

③ 条格式:粗细线条和大面积的方块组合成条型和方格。条格花派已流行了一段时间,由于裁剪和缝制的创新,增添了新的生命力;又以它固有的稳重特点,与人体的曲线美形成对比,给人以十分协调的感觉。

④ 点缀式:件料的某一部位,如胸部或其他部位,印上一组花形,起到装饰效果,别具一格。

⑤ 拼配式:两只大小不同而花形相同的花样,进行巧妙的拼配,风格新颖,效果别致。

独幅裙料的规格有两种,一种是 145cm×145cm,另一种是 145cm×36cm(一大一小的拼配花样)。

(2) 双色花派不仅在独幅裙料上大量出现,而且在衬衫上也较多见,甚至连帽子、围巾、手提包、皮鞋等也以双色花型与服装融合为一体,整体感强,高雅大方。双色花派又以黑白色和深藏青、白居多,题材以大块面的叶子、抽象花卉,以及几何块面为主;处理手法上以密集的细线条形成一只灰色来协调色度悬殊的双色,是一个特点。双色花派给人们的视觉效果,有人认为套色少,更能显示真丝绸的高贵典雅;但也有人认为愈是高档织物,花样的色套愈应该多,才能显示其高贵华丽。

(3) 花卉题材仍然较多,其造型特征为似花非花,缺枝少叶,形体抽象,与现代的建筑工艺设计和室内装饰设计的造型流派一脉相承,与我们花明地清的写实花卉截然不同。在花样风格上,用粗细线条组成的多种几何形嵌花占一定比重。

（4）曾流行一时的条格花派，在独幅件料中还占一定比重。其总的倾向是变化更为丰富，但又不失其条型和格型的基本特点。人们常见的点点块块、粗细线条构成的各种形体，仍是衬衫花样的基本派路。

据几位有经验的商人反映，真丝提花绸用来做印花坯绸，将会有明显的增加。意大利展馆内部样片和国际丝绸协会绸组副组长法埃斯（Faes）推荐的 *Harper's Bazaar* 3月号时装画报也证实了这一点。其特征是提花和印花结合得很好。有的提花并不完整，印花也不完整，但两者结合在一起则相得益彰，别有一番风味；有的提花布局较满，而印花布局松动，在不同强弱的光照下，既显露出提花的特点，又丰富了印花的效果。

我们的自绘花样与流行花派差距很大。从价格上看，法兰克福陈列的匹料，我国02双绉印花每码39马克，提花加印花品种49马克，建春绡29马克；而意大利、法国的上述品种均在100马克以上，最高达189马克。从内在质量上看，我国产品除渗透性差以外，花样繁杂，处理拘谨。

四、品种和提花花样

博览会中心台在介绍流行色和印花花样的同时，也推出了织物趋向，按顺序分有五类：① 透明轻薄的纱、绡、提花修背织物；② 粗犷的、富有趣味的疙瘩纤维织物；③ 绉缎、提花绉缎为代表的缎类织物；④ 变化繁多的各种色织织物；⑤ 素绉类织物，适合作印花坯绸。

1. 品种特点

丝绸产品不仅作为衣着用绸（包括内外衣）和装饰用绸（头巾、领带等），还把洋纺、电力纺扯成绸条来编制成衣，以达到外观别具一格的新颖效果。

拼料成衣是一种新的潮流。拼的方法多种多样：有不同原料、不同品种相拼，同一原料、不同组织的品种相拼，不同品种、不同颜色相拼，同一品种、不同颜色相拼，提花和印花相拼。

不少客户反映，提花绸大量用来做印花坯，提花染色不会增加，理由是提花染色变化少，提花加印花变化多。

真丝与毛、麻等短纤维交织品中，针织绸要求供货，畅销的"10151"真丝绡门幅为55英寸。

2. 织物组织特点

透明轻薄、富有弹性的绡及纱类、修背织物仍是畅销的流行品种。地纹组织有绡、纱、网性乔其纱组织；提花花形以几何块面、点子为主，排列自由。缎条绡的缎条边缘嵌以金银线，或者在缎条上再提花。宽缎条的条型达7厘米，有时缎条面积多于绡的品种仍有销路。缎条绡有时还出现在与其他品种拼配的服装上。

真丝提花织物仍有上升之势,主要品种有绉地起缎花,以及正反双面缎提花,重量要求在 19 姆米(约合 $82g/m^2$)左右;提花花样仍以抽象的块面花派为主,由于使用者的要求不同,花型大的有如苏州大麻饼的大圆点,小的则像常用铅字般的小方块。

平纹组织的绉类和绵绸已畅销多年,而至今仍为基本的骨干品种,特别是绵绸仍供不应求。但因我们提价幅度大而频繁,绵绸缩水率又大,经营者获利不多,上升趋势也有变化的可能。展馆内还有交织绵绸,经为䌷丝,纬为毛与麻混纺成的疙瘩线;也有用厂丝作经、双宫丝或疙瘩花线作纬的色织双宫绸、疙瘩绸,均仍为好销品种。

五、"艺术廊"的精品

INTERSTOFF 专辟有"艺术廊",展品由法国一些历史悠久的丝绸厂所提供,全部为真丝绸印花精品。织物大都采用真丝绡,或带缎条,或䌷背加金银丝;另外是绉地提花、绉缎和双绉。展出效果精彩非凡,引起各国丝绸界人士的瞩目。

这些独幅的印花花样印工精美,构图性强,成为一幅完整的画面,并各附有彩色照片,表明创作构思的来源。

有的图案像一张几何形体的装饰画,色彩和形体比例显得十分协调和谐:大片黑地上有一条绿色的垂线,穿过一个透明晶亮的黄色圆球,球边还有一条飘带,色彩绚丽动人。看了其构思来源才知道,原来绸面的形象完全是依据一张彩色照片——一梗草叶上的两滴露珠,放大加工而成的。

另一幅图案,以极细的泥点群,构成起伏的波浪形,线形的趋势富于动感。构思来源于一个古雕像的衣褶局部。这种从"微观"而得到启示的创作方法,表现异常新奇,然而又完全在情理之中。

以类似的方式,在这种丝绸印花的大幅面上,还呈现出古代教堂的穹顶、埃及的石雕,以及各种文物的某一局部;有的侧重于色彩的再现和模拟,有的则着重在造型的仿效。

由此不能不令人发出由衷的赞叹:丝绸印花的工艺具有无穷的表现效果,竟能惟妙惟肖地表现出如此多种的形象和色彩!

根据自然景色印制的图案,也处处引人入胜。有的呈现月夜朦胧、幽静典雅的诗般意境;有的取自瀑布飞溅、似花非花的奇幻景象;还有"晚霞归鸟"、自然花卉等画面,更是峥嵘烂漫,色彩纷呈,美不胜收。

现代光学仪器中所反映的光波图像,也被应用于这种印花图案。

以镜框装帧的40幅画面,全部采用特大网框手工印制。单就设计图稿和黑白稿的绘制来看,所花工夫就十分惊人,在1.3m×1m的幅面中,以精细的泥点线条刻画出各种形象和丰富的层次,可谓精巧绝伦。有一幅以日本古代丝织图案为题材的荷花图案,色彩古朴含蓄,层次细腻委婉,全部用泥点表现,工程浩大。

同时,这样大的网框,其刮印过程想来也是不同寻常的,显示了极为高超的印花工艺。

印花与提花品种的配合也颇具特色。如模仿教堂穹顶的图案,闪闪烁烁,加上提花的衬托,更显得华丽奇特,堪称织印结合的优秀范例。

这样精妙的丝绸印花产品虽然不能直接用于穿着,其欣赏价值大于实用价值,却充分显示了现代的工艺水平和艺术水平,并且将两者完美地融合于一体,使丝绸印花进入了真正的艺术宫殿。INTERSTOFF"艺术廊"的一份宣传品 *Vibration-the art of silk* 中有如下一段描述:

"这些诱人的真丝精品,是世界上最古老的丝绸企业之一积数百年辛勤和经验的结晶。精湛的丝织艺术,充分体现出这种光敏织物独具的动人色光,其发光强度几乎是无与伦比的。

真丝绸兼有双重魅力:她不仅使穿着者神气十足,室内挂帏四壁增辉,而且也使目睹者赞羡不已。不论你多么想保持冷漠不为所动,都仍难逃脱那色光对你既温存又晕眩的挑逗,使你终于难以自制,不经意之间,如同游历了一番仙山胜境。

真丝绸具有能使色泽得以纯真显现的特性。真丝纤维通过并捻、拔染和套印,变得越发逗人喜爱,令人感觉到历史始终是处于动态之中;她永远是活生生的,传送到人们眼前的总是一派栩栩如生的景象……"

通过这样的展出,真丝绸的印花水平被提到了一个新的高度,更能显示她的高贵特色,对真丝绸的宣传也获得了最佳艺术效果。

第140届IGEDO国际时装博览会

第140届IGEDO春季时装博览会于1984年4月11日至4月14日展出。参加单位共有一千多个,来自28个国家和地区,其中以法国、意大利、联邦德国、荷兰、奥地利和瑞士等国最为引人瞩目。馆展有11个,其中6个馆展出服装并洽谈业务,其他各馆经营与服装有关的各种配件辅料,如头巾、手套、鞋类、雨伞、皮带、手提包、饰品、钮扣等。

一、服装款式

本届博览会以秋冬季女装为重点,陈列产品多数为外衣类服装,如女大衣、外套、猎装

等,由此决定了品种选择的侧重,如毛织物和化纤仿毛、仿麻类织物显得较多,总的感觉是轻柔、松软但又比较挺括。衬衣、裙、内衣等也有相当数量,从式样到花色都与外衣存在着有机联系,因此对丝绸服装也有一定参考价值。

1. 款式

从陈列的服装式样,特别是时装表演中看到,松身、宽腰仍是基本的流行款式。服装的式样适应现代人实用、方便的要求,如蝙蝠袖已经流行了一两年,但目前仍然较多;时装袖(泡泡袖)、灯笼袖、中袖、无袖也很风行。

领式的特征仍然趋向小领,如男士领、小方领(另加活络领)、西装领等。

2. 缝制特点

采用染色面料镶拼、条子印花斜拼及黑白镶对格对花,重视花形和色彩在镶拼中产生的各种装饰效果。缝制的工艺要求较高,并以暗缝为主。

3. 绣衣的图案与布局

从展览中看到,联邦德国的机绣女衬衣,图案设计新颖别致,服装上的主花突出,位置变化较多。如肩幅、门襟、领口周围加绣花,前胸加圆形图案,袖子上加直条图案,袖口周围用横条图案。另外在刺绣花形中留出一定部位,加上手绘色彩,增强花形的立体感,丰富了绣衣的外观效果。绣衣纹样以花、叶与几何图案为主,以雕绣作衬托,使主花突出。至于睡袍、夜衣、长裙的图案,则多数采用机织布边装饰。

二、秋冬服装的花色趋向

秋冬服装的主要花色情况为:乳白、象牙色、奶黄,以及类似天然纤维本白的色彩,用得比较普遍;灰色调以中性灰为主,加黑白作点缀,有的在黑和灰的基调上配以偏冷的大红、藏青,从而取得变化;米色调的变化层出不穷,从偏暖的米色到偏冷的米色,种类甚多,但大多数用于外套、风衣、大衣……

与奶黄、乳灰、米色以及灰色等温和的色调呈对比,湖蓝、中浅紫色、浅玫红等冷色调的鲜明色彩仍不断出现,但用于薄型织物较多。适用于秋冬季的毛织物或仿毛织物的色彩较为低沉,明度相近而色相对比稍弱,因此显得柔和、浑厚。

三、色彩运用

1. 服装

拼配的表现形式较为多见。有些服装将几种不同的染色面料拼缝在适当部位,成为一种新颖的装饰方法;更多的是服装设计与印花件料设计相结合,以避免一般"四方连续"印花的局限。如选择十来种不同色彩的染色料子,可以根据不同时令、不同需要翻新装饰格局,变换色彩情调,具有突出的色彩效果和现代装饰的艺术风格。有的还将条、格印花和与印花底色相同的染色布料相拼缝,形式繁多。

2. 服装与鞋帽色彩的配合

色种虽少却变化无穷。有一组表演服装色彩运用颇为典型,出场的七八人中,从色种看仅有奶黄、棕色两种,但使用各不相同:浅黄色帽子、浅奶黄大衣、浅奶黄手套、浅奶黄围巾,配以棕色衬衫、奶黄色裤子、棕色皮鞋;棕色帽子、浅奶黄大衣、浅奶黄手套、浅奶黄围巾,配以浅奶黄衬衫、棕色裤子、浅奶黄皮鞋;浅奶黄帽子、棕色大衣、浅奶黄手套、浅奶黄围巾,配以浅奶黄衬衫、浅奶黄裤子、棕色皮鞋、棕色腰带。几种颜色变换着出现在不同部位,在协调中富有变化。

此外,黑、白、灰色的运用,也颇有可取之处,如黑白格子的外套配以白衬衫、黑裤子;黑白相间的印花头巾与黑皮鞋、白袜子、黑手套相配。黑白相间以灰色调为主,但并不缺少深浅的对比。因此,尽管用的是"无色彩"系的颜色,感觉仍然比较明亮。

同样几种颜色在服装位置上的交替,表现出良好的效果,使这一组七八个人的穿着协调美观,毫无单调贫乏之感。

四、花样特点

几何形、条、格、块面占绝大多数,但较多采用件料印花的形式,组织变化丰富多彩。虽然仍采用有规则的直条,但有些条子只出现在服装的某些局部,其他部位则是呈方格形、线条形的平面色块。这类印花不同于简单、机械、重复的几何形,而是从服装穿着时的整体效果考虑,图案和颜色的位置更加妥帖合理。

另外,值得引起注意的是,这种件料的印花方式,不仅用于高档服装,而且在化纤、针织和各类织物上已经普遍采用。其表现方法与现代装饰艺术的风格更为接近,色套少而效果突出,具有以少胜多、雍容大方的优点。

写实的花卉图案较少,特别像平铺直叙的花卉图案,仅出现于低档的化纤服装。

慕尼黑国际时装周

慕尼黑国际时装周(MWM)每年春秋各举行一次。1985年3月27日举行的第49届

MWM 有 45 个国家和地区的 1 500 多家企业参加。其中欧洲国家占多数,另外还有印度、泰国、马来西亚、巴西、南斯拉夫、波兰等发展中国家。

MWM 在服装、款式等方面具有一定的国际影响,是有关行业重要的宣传、推销和调查研究场所。展览形式类似 IGEDO,但布置更为精美,服装用料也更为广泛,花色和款式显得更加丰富多彩。

本届 MWM 以秋冬季时装为主,其他薄型织物的服装(包括真丝绸)在展出和时装表演中也颇为突出,估计这与欧洲人的生活习惯有关。他们在室内穿得比较单薄,外出时穿大衣,到社交场所则往往是一身丝绸服装。因此,秋冬季薄型织物的服装仍有一定的销路。

一、服装款式

展出的秋冬季服装,所用面料品种繁多,款式多样。这里重点介绍与丝绸服装有关的几种流行款式的缝制特点。

1. 总体特点

丝绸服装流行款式的总体特点是松身宽腰,结构简练,穿着舒适、自由;又因季节关系,一般偏长。

2. 衬衫两件套

上衣(或衬衫)松身宽腰。领型以小领型为最多见,另有男士小方领、立领,还有无领、西装领、摊领,并在领口下配上领结、领带。在开襟形式上有斜、直的变化。钮扣则明、暗都有。袖式有泡袖、装袖和灯笼袖、套裤袖等。裙子有松身、直身、钟形等数种,并流行打各种褶。直身裙有的左右开叉,露腿裙为左面开叉。

3. 连衣裙

连衣裙穿着普遍,款式较多,主要变化在于领式、袖子和腰身。领式有方圆领、一字领、圆领、V 形领、立领等。袖子的结构比较舒坦,如袖笼特大从腰间连起的蝙蝠袖,袖子肥大、袖口收紧的灯笼袖。袖长一般过肘。此外还有短袖、联袖或肩架开缝的形式,使双臂裸露。直身、无领、无袖的筒式连衣裙,线条简洁,穿着舒适;紧身旗袍式样的则比较贴体,线形突出。有的在腰间系上皮革和金属饰品嵌制的宽大腰带,作为一种装饰。

二、缝制特点

根据服装设计的需要,分别采用镶、拼、滚、嵌等各种缝制技术,丰富了时装的形式和外观。

镶、拼有印花和染色相拼，不同染色料相拼以及不同质料相拼。

滚、嵌在服装上运用较多。时装表演中有一件奶白色的上装，采用深咖啡的滚边，突出了服装结构的线条，具有浓重的装饰风味；另一件男式领白色女上衣，袖山头中间打有一只补褶，沿两条褶边镶上两条蓝色滚边。为了形式上的统一，在领围、袖口、门襟处也镶上蓝色滚边，整套服装虽然没有图案装饰，却非常醒目，在平淡之中显出高贵典雅，与众不同。

三、色彩

多年来对于色彩的调查分析，常常停留在面料本身，或局限于一幅图案、一匹绸料，而对"最后成品"的色彩运用，却不甚了解。通过参观，我们的认识有了一些新的提高。

本届 MWM 所展示的流行服装，其色彩趋向与 IGEDO 相仿，奶白色以及稍稍含有各种色相偏向的"白色"非常突出，似乎有意识地要使秋冬时装和冬季的环境、背景、天空融为一体，显得素净优雅，感觉新颖。

女装色彩，以黑色为基调，加上协调的中性色搭配，黑与中灰、深灰、黑与铁锈色，黑与偏灰的蛋青等。

以上情况与"国际色彩权威"所预测的秋冬季流行色基本相符。

黑白配色组合成的服装，不单指黑白图案的组合，常常只是用黑、白的染色匹料借助于巧妙的裁剪、拼排，以形成对比的节奏；同时，还有赖于各种饰品、配件，如皮鞋、皮包、皮带等，都服从于服装的色彩。

在工作服、职业服式样的展出中，较多出现灰味的蓝色调，如劳动布蓝、灰、蛋青、灰蟹青……有的配有浅蓝、浅鹅黄的流行色衬衫，并用黑色皮带、靴子等作为点缀。

总的色彩气氛显得活跃、丰富，有时出现粉调的浅红、浅湖绿、浅鹅黄，以及在深色中用少量的品蓝、孔雀蓝、玫红作为点缀。

栗咖、锈咖与浅米色搭配，紫味灰色起桥梁作用。另外，用大红作为灰、米色调的点缀色，也很普遍。

在作为整个时装周点睛之笔的服装表演中，金、银与黑、白的配合，给人以深刻的印象。金银线织造或金色涂料加工的晚礼服，配上乌黑的丝绒、洁白的双绉，显得庄重典雅、高贵华丽。最后一场服装表演将气氛推向高潮，黑、白与极为鲜艳的玫红相配合，以黑为主，玫红出现在各套服装上有面积大小之分，因此艳而不俗，光彩照人。

时装展出表演，采集了适合当前需要的所有面料，充分显示出时代的特色。从外衣到内衣,从品种到花色,无不经过精心的选择与配合。因此,我们丝绸匹料的色彩运用,也应该服从这一整体要求。

四、MWM 真丝绸服装

真丝绸手绘服装,有三个不同单位进行了展出。Vina von Schlippe 是联邦德国慕尼黑的一家公司,在陈列的服装中,有不少手绘的真丝连衣裙、衬衫,色彩鲜艳,异常突出;花形奔放写意,与连衣裙结合妥帖协调。估计是按件料形式绘制,然后再缝制的。联邦德国汉堡的 Titik 公司的展出中,几乎全部是真丝绸手绘时装。有茄克衫形式的上衣和衬衫两种形式,用柔软细薄的皮革与全真丝双绉拼配(部分肩背、胸侧用皮革,其余部分为双绉,有一层洋纺里子)。手绘花形与当前的流行花色相符合,而且显得更为灵活。一般为宽直条,宽色条之间嵌有浅色细线条;有的呈块面的写意花卉、飞禽草木。色彩浓重艳丽,而色相对比控制有度,镶嵌的皮革色彩与手绘色彩相呼应,在协调中呈现奢华富丽,别具一格。令人羡慕的是大面积色块非常均匀,看不到笔触的痕迹。在每件衣服前胸下侧都附有画家签名,以示产品之名贵。

另一家奥地利的 Paul 公司,展出服装全部为真丝绸衬衫,题材也不外乎花卉、几何,但有的也出现卡通式的熊猫和飞鸟,用色明朗洁净,富有生气。手绘的色彩面积很大,根据不同的需要,有时可呈均匀色块,也可如水彩晕染,墨分五色。

有的在花形背后加上一层薄的涤棉衬,再踏花绣出边线。全真丝面料加上工艺性很强的装饰,价格就比一般服装贵得多,如镶嵌皮革的一类,每件高达 600 马克,一般也需 300 多马克。

据 Titik 公司反映,原先也订购我国的真丝印花绸,但由于市场花样变化快,厂家交货期长,风险太大,未能继续经营,而改做手绘服装生意。近年来国内手绘丝绸也很多,但还没有跟服装很好地配合。若能吸取他们的工艺技术,解决绘制中的大面积色泽均匀、鲜艳度、色牢度及手感等问题,想必会有更大的发展余地。

S. Leshgold and Son 公司专门经营晚礼服等高档真丝绸服装。面料从香港购进,有不少是浙江产的真丝绡(品号 10151),增白和黑色居多,也有些黑、白印花乔其纱。

时装表演中,有一组称为 High Society,适销上层社会,用增白双绉一类绸料制成裙、衫,以真丝纤维特有的珍珠光泽显示出重垂而又飘逸、柔软且不失身骨的质感。时装表演的最后几组是富有东方色彩的晚礼服,面料有真丝双绉、真丝缎、绉缎和真丝绡。

联邦德国 Melasie 公司经营各类绣衣、衬衫。在展出服装中,也有上海产真丝印花衬衫,客户反映地色很好,但印花花形太陈旧(大多是染色吊印的小散花、小块、小点),不如染色的或本白的好销。花绉缎一类衬衫也较好销,但价格太贵。

MWM 重视与服装配套的头巾、领带、雨伞等附属品,专门有一两个馆展出陈列,我们重点参观了三家生产头巾的公司,大多数为真丝电力纺和双绉。头巾是服装的重要点缀品,既有实用意义,又起装饰作用。披、围、包、结,形式各异,有时甚至成为服装中的一部分。用几块头巾制成一套服装的式样,目前已不多见,但头巾仍然是各类女装不可缺少的一个从属部分,如果其色彩和图案形式能与服装相呼应,效果就更为理想。我们所见到的头巾,几乎全部是印花的,花样题材主要是几何块面,面积较大,色彩鲜明,渗透良好,套版准确;其次也有花卉和动物,以块面为主,生动概括。

从上述情况可以了解到真丝绸在秋冬服装中所处的地位。用得最多的是衬衫,其次是晚礼服(纱、绡类),而真丝衬衫和晚礼服大多又以染色为主,印花的很少看到。真丝印花用得最多的却是头巾。因此,进一步提高我国头巾印花的生产水平,对发展真丝印花事业具有积极意义。

五、MWM 时装表演

MWM 在服装展出的同时,举办时装表演。除由各单位分别安排外,另辟会场集中整个展览内容的精华,专门进行表演,具有一定的指导意义。表演共分七个类型,二十四组。

第一类"Polar",有六组。运用羊毛或羊毛混纺等保暖性良好的面料制成轻便的冬装,如披风、大衣和长裙。大衣外套比较宽松,腰围较大;裙子呈钟形,最长的74~86厘米,外加特长围巾及帽子等附属品构成整套服装。色彩偏向浅淡,有时一组服装全都是奶白色调,偶或也间杂水蓝、浅鹅黄、浅妃色,具有北国风味,适合青年妇女户外穿着。

第二类"Worker Style",有五组。大体为工作服式样,面料一般较为厚实坚牢,在易损部位有的还嵌有橡胶、塑料,适合各种工种的特殊需要。职业服装、工作服跻身于国际性的时装表演,是一个值得注意的动向。

第三类"Trans Mongolia",有三组。是富有田园风味的时装,以皮毛为主,色彩倾向于自然环境色,如羊毛白、木材色、锈色、橄榄色等。

第四类"Romantic Dandy",有两组。富有浪漫气息,适合时髦人士穿着。披风和大衣都很宽大,领式袖式变化多样,裤子则比较合体紧小;有时用长围巾和流行的帽子作装饰。

第五类"High Society",有四组。消费对象是上层社会,选用面料考究,如双绉一类柔软而富有弹性的织物。以衬衫和裙子为主。衬衫领式多样,有的还嵌有柔软的皮革。色彩以黑、白、灰为主,灰色的色阶和色相有很多微妙的变化,有时加上品蓝、孔雀蓝的点缀。

第六类"Astro Future",仅一组。式样新奇活泼,在黑色调中带有星光闪烁的装饰品,适合于喜欢猎奇的人士。

第七类"Dynasty",有三组。为正式场合用的晚礼服。带有东方色彩,金、银、黑、白是主要色种,面料较为高档,如织锦、双绉、绉缎、缎子、绡以及加金银线的织物。款式一般是紧身长裙,但下摆设计得很宽,是二十年来一贯延续的式样,着重在领式和胸口部位进行装饰变化。

巴黎 Pret-A-Rorter 时装博览会

Pret-A-Rorter 时装博览会于 1984 年 9 月 22 日至 26 日在巴黎举行,有九百多个时装厂商参加,规模和影响较大。展馆分三层楼面:一楼陈列比较高档的巴黎时装,有不少是真丝绸衣、裙和礼服;二楼为适合年轻人穿着的中、低档服饰,面料以化纤、棉布为主,花色格调与 IGEDO 相仿;三楼为来自欧洲诸国及东南欧一些国家的厂商生产的服装。

展馆一般都不大公开,各自在自己的展馆里进行小型的时装表演,向用户展示他们的服装效果,同时洽谈业务。

会场布置不如联邦德国举办的博览会那样精美,只是统一用白色化纤布分隔,但款式和面料、花色的设计水平,明显地超过联邦德国的几个博览会,特别是在这里可以较多地看到真丝绸的各种春夏季时装,显示出著名的巴黎时装特色。据称,有二十多家著名时装公司为封锁情报而未来参加,在这期间另选地点展出其产品,并洽谈业务。可见时装行业竞争之激烈。

一、花 色

真丝绸印花花样主要用于各种款式的连衣裙,因此大花形、大排列和件料印花所占比重较大。花样的表现手法和基本形式,与在德国、意大利所见略同,以平涂色块为主,很少用线、点去精雕细琢,用笔奔放,花形刻画自由,不求形似。套色以二至三套为多数,双色花样仍占一定比例。

真丝绸印花品种以提花绉缎为重点,双绉和纱类次之。常见的提花花形是中等大小的散排圆点或清地大花。花形抽象,块面为主。另外,宽条或锯齿的几何型花样也用得很多。印花与提花配合默契,显现出各自的特点。

件料印花在连衣裙上普遍采用,有的是根据服款设计,也有些是先有花样,再裁制成不同形式的款样。现今所见到的件料花样,与以前所不同的是排列较疏,清地和极清地占相当比重。

一件黑色长裙,从肩头到胸前,稀疏断续地印有呈条状的图案,恰到好处,其余全为地色,花形部分更觉鲜明突出。

有的件料左胸和腰以下的整个右半边以同一色印上特大块面(同时形成两个特大的留白块面),再从下摆部位向上长出一枝花来,用笔十分大胆,虽然只用了一套颜色,但富有装饰效果,感觉舒畅。

有些件料利用花样排列的疏密,在款式上突出这种对比,效果新颖。

二、手绘花样

手绘件料在本届博览会上非常突出,至少有五六个单位展出。从陈列品看,在数量和艺术水平方面,比以前在联邦德国慕尼黑时装周所看到的,都要高出一筹。

高级的真丝绸面料,加上高档的服装设计和精美的绘制艺术,使该类服装显得特别名贵、富丽。

花样与款式的结合,比件料印花又进了一步。一般画上去的花形不多,留出的空地非常空旷。有的只有一束胸花,有的在裙子下摆加上极为整齐划一的几道色边,色与色之间,一般都会有防染的色边,因此颇似中国传统的图案风味。大面积的地色非常均匀,与染色的毫无差别,地色一般较深,元色地用得极多。所用面料以双绉为主。

对于名贵的真丝绸服装来说,发展手绘工艺非常适宜,它使丝绸服装带有高级工艺品的性质,从而可以得到更高的经济效益。

三、头巾、领带

在一楼两侧,有十几家专门展出头巾、领带的厂商。头巾花色主要分三类:

(1) 大块色,少套色,风格类似前述的印花图案,便于与服装配套使用。

(2) 以传统的皮带、马鞍、猎具等为题,刻画精细、地道、色彩浓重、富丽。

(3) 花卉图案,有写实和抽象的块面。领带花样以精细的小几何形和斜条为主。

四、色 彩

博览会中真丝绸服装的色彩,与在德国、意大利所获印象相近,也以白地彩配为最突出,其次是翠绿、大红、品蓝、姜黄和玫红、紫色。

在配色方法上较有共性的是,以黑、白(或藏青、白)为基调,再配上翠绿、玫红、姜黄等非常饱和的色彩。至少看到十几只花样都是运用这种方式配色。如在白地较大空间印上散排的黑色方块或圆点,在某些部位印彩色的方块或条子,色彩效果特别醒目,艳丽的大色块,对比强烈,但因黑白搭配,仍趋于平衡。

有的展出单位强调三种色相:大红、翠绿和黑白。远远看去,一排衣架上全部是大红色调。染色绸也同样:大红地加雕印的花样,或白地印大红色块。第二排则全是翠绿色调的,配法除在形式上与大红色调相同外,常与黑、品蓝两种色相配,令人印象深刻。

在巴黎各时装商店看到的真丝绸服装色彩,基本与展馆的陈列相仿,只是除春夏季时装外,还有不少适合于秋冬季的服装,以羊毛为主;真丝绸主要用于衬衫,以染色占多数,色调比较沉着。

五、几点体会

真丝绸流行色自成体系,国际上各种流行色卡,要经过分析判断,才能为我所用。

将这次博览会展出的陈列品,与第51届INTERSTOFF色彩预测及市场的实际情况进行对照,发现两者差异很大。真正与"预测"吻合的是面广、量大的中低档产品。如博览会二楼适合年轻人穿着的各种服装,其大致色调与这一届IGEDO相似——白色比重最大,其次是浅桔、肉色、浅茜红、浅洋灰等浅亮透明的色彩。

虽然前面提及的真丝绸时装中突出的翠绿、大红、品蓝也包括在"预测"之中,但"预测"是将它们掺和多种颜色而构成色彩的群体,这三个色本身并不突出。从表现方法和色彩的整体效果看,现在真丝绸时装上突出的色调,并不是这种"预测"的体现。

由此可见,INTERSTOFF的预测并没有把真丝绸的色彩作为重点,而是将数量上占压倒优势的化纤、棉布作为研究问题的基本出发点。

回顾第 51 届 INTERSTOFF"中心台"关于织物趋势的预测，真丝绸所占比例很少，如印花的大都是黑白图案，所谓"透明、浅亮色彩"，主要是以化纤、棉布的织物来体现，说明预测本身是正确的，问题在于我们如何理解、如何运用。

从 ISPERT 的配色要求和以 U.M.T 的配色工作看，他们在具体确定真丝绸花样配色时，并没有把"预测"作为基准，经常是临时参考一些法国印花厂商的配色，或自己确定一个大概的方案，注意到保持真丝绸的特色，以及与中低档品种的区别。因此，我们认为真丝绸的流行色彩自成体系，与国际上的流行色有一定联系，但并不是各种"预测"的翻版。

科莫 LINEA ELLE 设计室负责人认为，对于各种形形色色的流行色卡，只能当作一种情况去了解，是辅助性的参考。这些色卡的适用面很广，不完全适合真丝绸。而应注视意大利、法国的一些重要丝绸厂商的动向。半年来在西欧市场上所观察到的衣着情况，也可以进一步证实以上的判断。

真丝绸时装很少出现在一般场合，也很少出现在年轻人身上，只有在歌剧院、宴会、舞会，以及社交活动的特定场合才能见到，而且一般是中年或中年以上的妇女穿着。真丝绸时装虽也讲流行，但并非年轻人的那种流行。最近在联邦德国"金色纺车时装奖"颁奖仪式上，看到大多数真丝绸礼服，仍以黑色和较为庄重的色彩为主体。

变化较快的流行色彩，最适合不断追求新奇的年轻人的要求，因此与他们购买力相适应的化纤、棉布服装，特别敏感地反映着瞬息万变的流行色彩。相对来说，真丝绸服装的色彩变化更多地带有她自己的特色，在色种的选择上保持一定的范围，以免与中低档品种相混淆，并始终与中年妇女的欣赏习惯相协调。

巴黎的真丝绸服装，比欧洲其他任何城市都更为丰富多彩。据了解，法国有成衣工人六万七千人，仅巴黎一地就占 22%。巴黎的时装历史悠久，设计水平为世界所公认，只要是巴黎的牌子，就能得到欧洲消费者的倾心。虽然巴黎消费的女装、连衣裙分别有 43% 和 66% 从国外进口，但出口始终超过进口的 12.8%，其中高级时装所占比重不小。

目前，巴黎时装业进一步向专业化发展，集中精力于创新设计和行销业务，将所有的生产制作分包给专业性工厂完成，以此保持其在竞争中的领先地位。

设计室、设计师

一、科莫 LINEA ELLE 设计室

意大利科莫市是欧洲丝绸生产的中心。据西欧丝绸业反映，近年来丝绸的花色流行

起源逐渐由法国巴黎移向科莫。科莫也是丝绸图案设计人员非常集中的地方,共有大小设计室500家,但专业设计真丝绸花样的极少。

LINEA ELLE是其中比较著名的一家。该设计室有设计人员五名,在工作特别繁忙时,会将部分仿样复制工作外发给一些临时工作人员在家中完成。设计室负责人员是资方,负责沟通销售渠道,联系业务,了解行情,传达信息,确定设计方案,并安排具体的设计任务,考核设计人员的工作成绩。人员不多,效率很高,每个人都了解:自己的工作好坏,直接关系到业务的盛衰和这个小单位的生存。每人每月设计数约二三十张,但突击性的设计任务较多,一批新花样的设计往往要求在三四日内交货,因此工作十分紧张。

除承接有明确要求的仿样、修改设计外,LINEA ELLE自己设计的花样主要有四方面去路:服装厂、服装设计师、印花厂和匹头商,有时也参加博览会的卖纸样业务。

为了维持在竞争中的生存,他们不单设计丝绸匹头印花图案,还兼搞头巾、领带、浴衣、运动装、化纤、棉布、装饰布,有时甚至还画提花用的花稿,因此有较强的适应能力。

二、重视信息　立足创新

走进设计室,墙上挂满了各种画报剪贴、流行色卡,琳琅满目。据说这些都是根据流行信息挑选的,借以造成一种气氛,引导设计人员去领会新的倾向,而并非要设计人员照搬照抄。

据了解,他们早先的设计只着眼于花样本身的变化,不很重视流行色彩的运用。而近年来纸样的选用率和流行色运用的关系日益密切,因此他们力求在设计中体现出流行色调,突出时新的感觉。但他们并不只注意几种"权威"色卡,而是对意大利主要厂商的动态更为重视,认为这才是最现实的、最确切的信息来源。对于"国际流行色协会""色彩权威"或法国的流行色,取博采和参考的态度,他们认为有些国际性的色卡适应面广,不完全适合真丝印花绸印花的色彩。意大利和其他较大的丝绸厂往往根据各种资料所反映的情况,加上自己的经验和观点,进行分析和预测。如联邦德国K.B.C.设计室就有自己的流行色卡,他们选用各种色卡上比较一致的色彩,加上他们认为可能适用的色彩。如这一次各种流行色卡,对1985年秋冬色彩的预测色调偏浅,K.B.C.的色卡就加上几个深色,显得别具风格。

LINEA ELLE的设计人员认为,流行色彩所以有吸引消费者的魅力,在于时间的间隔,某些曾经流行的色彩,长时间较少出现,那么过了一段时间,很可能重新成为流行的颜色。如1979年特别流行的紫色调,在1985年秋冬很可能重新流行,而具体的色相却不一定和以前一样。

关于流行色的运用,主要是设法在图案中反映出流行色调,不可能完全按照色卡的颜色去拼凑。必须注意到明度和冷暖的对比关系,有时必须有黑地和白地去衬托,才能取得理想的效果。当然,也有个别颜色成为特别突出的流行色种,如这两年松石绿确实非常突出,但不可能长久地延用。

作为花样设计室,LINEA ELLE 对流行花派的反映显得更加敏感。花派的流行在某些方面和流行色演变有相似之处。如某一部卖座特别好的电影,为人们喜爱的角色穿着某种风格的图案花色,这种花派因此而流行起来;有时也将几十年前曾经流行的花派再度推出,如现在一些有名的服装设计师,提出"60 年代风格",据说是因为人们对目前欧洲社会生活、经济生活不满,怀念相对安定的 60 年代的欧洲,于是当时曾经广泛采用的图案风格,经过一番筛选,重新登场。特别是在当前的棉布、化纤织物上,已经可以明显地感到这一倾向。用得较多的题材是热带丛林、海滩风光,色彩单纯、热烈,类似我们富春纺印花的一些图案,也可以在真丝印花中少量尝试。

从 LINEA ELLE 设计的花样看,流行花派的确得到了反映,但更重视发挥自己的想象。及时了解花派的变化,并不等于找到了可以代替创新的"样板"。

三、图案设计与服装款式相结合

LINEA ELLE 设计室除设计一般匹料印花图案外,还有一部分花样是与服装相结合起来而设计的。有时客户对匹料花样制成服装后的效果难以估计,要求画出花样在模特儿身上的穿着效果图,一般幅面为 50 厘米×70 厘米,用黑线条简单地勾出人物形象,服装的图案则完全和一般设计时同样精致地道。

另一种与服装结合的设计,是为了减少件料印花设计的工作量。如画一幅 140 厘米见方的件料花样,费时费工,假如不被选中,就非常可惜。因此一开始先在 50 厘米见方的幅度中画出件料的穿着效果图,若被选中,再放样,画成正规的件料花样。游泳衣、运动衫等则全部按照衣服的平面、片样绘制。因此花样设计人员具有一般的服装知识,熟悉图案在服装上的穿着效果,是十分必要的,有了这样的基础,在一般匹料印花设计中,就同样能表现良好的服用效果。

四、丰富多彩的表现方法和工具使用

因意大利印花厂的工艺水平较高,图案很少碰到无法生产的问题,不管用何种方法设

计出来的花样,一般经过工艺的努力都可以投入生产,所以花样设计受工艺的限制较少,表现方法比较丰富。

此外,花样设计单位和选买花样的用户最关心的是花样是否新颖别致,是否适销对路,而并不在乎如何生产等细节问题,因此更促使设计人员在表现方法上创新。

从 K.B.C. 所设计的花样看,表现手法的变化除设想的新奇外,常和工具的运用有一定关系。有时使用工具的变化,本身就是一种新的设计构思。

例如 K.B.C. 用得很多的一种绘画胶水 Drawing-gum pédéo,是一种呈灰蓝色的胶质,可用毛笔或鸭嘴笔勾画各种点、线,待干透后可用水粉色随意涂抹,覆盖其上,再等水粉色干后,用橡皮擦去先画上的胶质部分,就成为洁净的留白花形,进而可以在留白部分画上所需的其他颜色。这种方法比我们人为的留白,或用水粉白色涂出白色花形要灵活方便得多,纸面效果更加清爽。运用这种胶水画出的许多花样,都显得别具一格。

另如"蜡笔效果"的运用,也比我们前进了一步。我们大多用油画棒直接画,或先上油画棒再上地色,虽有一定的特殊效果,但保存时间太短,花形不久就模糊难辨。他们一般只用一枝无色的矿烛,就可以表达出蜡笔效果,有时在白纸上用蜡磨几下,再上稀薄的水粉色,自然形成斑斑点点的效果;有时先用各色水粉涂成色块,干后,根据需要用蜡摩擦,最后上一次深色,蜡质起到"防染"效果,造成蜡笔画的丰富感觉。

纸张的运用也别出心裁。很多凹凸不平、经过轧纹处理的纸张成为设计人员表现纹理的工具,轻轻刷上一层颜色,凹陷部分就自然成为花纹,也可剪贴成局部的花形、花边等。

印刷厂根据纺织品常用色彩,专门加工各种"染色纸",在设计多色种、大面积平涂花样时,采取色纸剪贴的办法,色块显得均匀整齐。另外在色纸上画水彩颜色效果极好,不会像水粉色所刷的地色那样连同水分带起地色。

意大利专业制版厂所用的黑白稿基片也带有各种花纹。描绘时,根据设计稿选择基片,只需将黑色陶瓷铅笔在局部涂抹,就可以迅速画出精细的纹理。

现代办公用的复印机,也成为一种必备的设计工具。设计人员常常寻找适合的图片、资料,在复印机上印出多份,拼裁剪贴之后再加修饰、点缀,便成为一种意想不到的花样;有时同一基本图形复印多份,加上不同的处理,成为姐妹篇一样的好几种花样。

喷笔、水彩、刮、刻、贴,以及用现成印花纸版套印等方式也经常可以看到,估计随着文具用品的发展,织物印花广泛地参考其他印刷技术、美术制作手段,图案表现形式一定会更加丰富。

五、不惜工本购备参考资料

设计资料是设计构思的精神食粮,有时比纸、笔、颜色等物质的材料更重要,因此,LINEA ELLE 单位虽小,仍不惜花很大的费用购买各种资料。

从他们收藏的书籍看,大致分成两类:一类是反映设计行情的时装画报、期刊和其他各种图案资料;另一类是绘画、摄影、装饰、建筑、风景、动物、花卉、植物等原始资料,它们本身虽然不能直接搬用,要将其变为图案,还得花很大的工夫,但不同的人有不同的想法,经过加工变化,常常能形成意想不到的效果,甚至比直接可以搬用的图案资料更有价值。

在他们收藏的资料中,有一本《用第三只眼睛看世界》的艺术摄影集,内容分"云雾光彩""沙漠岩石""树林草丛""苔藓植物""羽毛木纹""波浪水花"等几大类。摄影者带着寻找自然肌理的眼光去拍摄自然景物的某一局部,然后加以放大;有时用宏观的方法,拍摄大片的森林和广阔的海洋,表现出内在的纹理结构。选材似乎十分一般,但所表现的美感,绝非漫不经心的人在生活中可以感受到的。作者特别重视纹理结构的表现,给图案设计人员带来了丰富的联想和启发。去年 LINEA ELLE 设计的花样中就较多地采用了水波、水花的资料。

花卉资料比较突出的是一本水粉画册,幅面很大,为欧洲各纺织博物馆保存的优秀花卉画选。该画册用色概括,技术熟练,虽是一百多年前的作品,仍然充满着艺术的生命力。从 LINEA ELLE 最近设计的花卉花样中,隐隐的可以看到这些范本所起的作用。

另外,有关波斯、埃及、非洲的艺术专集也较多。有关绘画艺术、服装和装饰艺术的书籍,不仅罗列代表性作品,还详细地按年代编排,显示出不同时代的风格和发展过程。

联邦德国 K.B.C. 设计室

K.B.C. 设计室有工作人员四十人,大多数是从专业学校毕业后考进工厂经实习期满后分配到设计室的年轻人。K.B.C. 生产的花样中,80% 是客户来样和国外购入的花样,20% 是自己设计的。平均每人每月仿制花样 5 张,还来不及完成任务。为适应电脑制作黑白稿的要求,任何花样都要放成 64 厘米的大样。每套颜色要求画得十分清晰,一般情况下不许对原小样作任何修改,在完全保留原样的基础上向纵横两个方向按原样比例延伸,在 64 厘米内不再重复原样上已出现过的花形,因此排列非常困难。近年来用各种特

殊技法设计的花样增多,仿样很难重现原来的笔触效果,一张花样往往要连续不停地仿画四五天才能完成。这种仿样工作介于我们的设计和描稿之间,主要是模仿、描绘,但在排列需要时必须添加与原稿相似的花形,在布局上颇费周折,还得考虑到生产的可能,因此必须有设计的基本知识和技巧。

为了提高仿样的工效和质量,他们采用的工具和方式很多,如层次特别复杂的花样,将多套色分别仿在几张透明纸上。对不容易对临的花样,直接用乳白色的胶片在原稿上复印。有的将原稿上的基本形在复印机上复印多份进行拼接,或用黑白反差的照片,将主要形象反映出来,再分别加上其他色套。

等距离平行线的描绘容易走样,因此用一种专门的划线尺,揿一下按钮,尺子按需要尺寸移动一定距离,操作方便,效果很好。

因 K.B.C. 有多种印花方式,加上电脑描稿的先进设备,所以可承接任何形式的花样,他们正在仿样和已经仿好的花样来自不同的国家,风格较多。虽然绝大多数用于化纤和棉布,但有一部分也同样适用于真丝绸。用于 1985 年夏季的花样,白地、浅地多,块面表现多,花形大而清,色彩面貌体现了 1985 年春夏的流行色调。而当前的花样以深色的占多数,将用于 1985 年秋冬。

设计室的资料积累,主要是历年来的留样,从 19 世纪初到现在已有厚厚的一百多本。从留样可以看到,在当时条件下,经过努力,已印制出十分精细的花样。图案的形式也非常丰富,特别是 20 世纪初的一些花卉图案,至今仍然有一定的参考价值,熟练地应用油画笔触,以表现花卉的转折,并充分发挥了水粉画冷暖对比的用色技巧,日本新编的《染织美术馆》一书刊登的画片,部分出自这些资料。

一、花、色的选定和管理

K.B.C. 设计室有四五个专管花色的干部,长期从事印花花色的管理、销售,经常来往于巴黎、科莫、苏黎世等地,熟悉市场情况,研究花色的流行信息,参加各种博览会,见多识广,在选买花样时,以他们为主,同时吸收有关人员的意见。他们在色彩方面经验丰富,因产品上市之前一年需染好一批色调,或提供印花色坯,所以必须根据市场情况进行预测。由他们决定每只花样的配色,有时直接用色谱指定地色花色,有时打样间有经验的师傅打出样后,他们再进行修改。

每只色一般打一匹大样,对有把握的,直接生产 5000 米备货,但这种决定还要根据客观情况随时进行修正。有时参加一个重要的博览会,感到原先的构思不符合流行趋势,便立即通知生产部门停产改色,甚至干脆将原来的纸版废弃。

为了使产品适销对路,设计人员还经常走访客户,听取他们对花色的意见。这次在设计室学习期间,他们的花色管理人员对一批秋冬季花样的配色提了不少具体意见,认为我们所选用的色彩往往缺少季节特征,一花五色明度不够统一。另外在花色的选用上比较拘谨,过分偏重含灰色调。经他们的具体帮助,配色效果明显得到改进,我们从中也了解到他们对真丝绸配色的要求。

二、真丝印花绸和花派

K.B.C. 经销的印花真丝绸,从 1978 年开始由其子公司 UNIQUE MODE TEXTIL(简称 U.M.T)公司专门管理,数量逐年递增,1984 年可能达 100 万米。从该公司成品仓库中可以看到,他们所经销的印花真丝绸属中档产品,大多适宜日常穿着,在短期内不容易过时,满地的小几何形、小花占多数,色彩的格调也较稳健,其中用我国坯绸在意大利加工的产品较多。其仓库中我国近期的产品很少,以前的较多,不少是六七年前进的货还未卖完,这些花样大多花形写实,排列呆板,色彩生硬。

最近该公司打出了一批适宜于 1985 年秋冬季的新花样,约 80 只,是从意大利、法国买来的花样,在科莫印花,因为全部是机器生产,所以印工不如拉蒂、蒙太乐等名牌产品,但色泽、渗透和套版比我国产品好。

花样风格主要有两类:

1. 印花双绉上的日常穿着花样

这类花样没有孤立突出的大色块、大花,经常是以各种色相的小色块、小笔触、线、点(有泥点,也有绿豆般大小的点),在对比交叉中形成有规则的或不规则的编织纹、羽毛纹、水纹和其他各种纹理,有的通幅布满,以色彩的侧重造成几个较为突出的散点,有的在纹理中留出平面的地色,构成花、叶的形象,或加上十分抽象的变形花卉作为点缀。从形象上看比较平淡,但色彩的分布富有变化,颜色交织的方式也较为巧妙。

色彩倾向深色调,所有花色明度虽深,但纯度很高,避免过多地使用含灰颜色,大部分花色在明度上接近地色,较浅的花色也不过于突出。例如:元地配上深红、大红、朱红、玫红,或配上锈咖、红咖、深咖、浅桔红、少量的紫灰色,或配上深蓝、品蓝、湖蓝、少量的绿灰色,或配上咖啡、米色、深浅银灰色;藏青地配上深蓝、翠绿和少量土黄;枣红配上品蓝、蓝、

少量的元、灰、白；深香秋配上银灰、蓝、少量的元、白、粉红。

由于大多数花样采取"点彩"的方式，在用色时强调冷暖对比，容易取得统一的效果。

2. 适宜于宴会、社交的时髦花样

这类花样集中印在各种绉类织物和真丝提花绸上，花形偏大，排列稀疏，穿插灵活，有流动感，留出较多地色，花样显得非常突出、舒畅。色彩的选用比第一类艳丽得多，常用深皎蓝、果绿、玫红、元色、深紫作为地色。花色也用得比较大胆。但花形大多用各色线条和泥点的集结来形成，因此其对比并不显得过分。

在提花绸上的印花，有的只有两三套色，非常简单，但织印的效果都能得到恰当体现。据介绍，这种大花样仅占15%，目的是造成丰富多彩的印象，不致由于较多的日常花样而给人以单调沉闷的感觉，同时也可以显示印染工艺和花色的水平。虽然第一类花样的选中率较高，但也需借助于这些大花样的调剂和对照作用。

三、电子扫描代替手工操作

近几年来为了缩短描稿、制版等前期准备时间，适应快速交货的要求，K.B.C.采用电脑设备来代替手工描稿。原来需要两三个月完成的花样，现在可以在两三天内交货。首先通过电子扫描把设计师仿制好的花样分色、分套储存在电脑中，再放映在彩色电视屏幕上，进行修正和接版。有时放大某一局部，修正后回复原来大小，显得特别精致，效果很好。全部修剪工作完成后就自动生产出接好版的、大幅面的整张黑稿。

这种设备，可将水彩晕染或其他原先用手工描稿不能表达的画稿，尽如人意地反映出来。最多可在一张黑稿上表现出十几种不同深浅的层次，有时甚至直接仿造毛料粗呢的织纹、木纹、大理石纹等微妙的层次变化。由于绢网密度的局限，在转移印花中用得较多，有的也可以用于平网。尽管感光和色浆的选用也都有了新的改进，但因成本昂贵，有时运用手工描稿，或采取人工和电脑相结合的方法。

真丝印花绸多品种、多样化

近年来真丝印花绸的销量下降，法国、意大利的许多印花厂开工不足，而化纤和其他织物发展较快，在花色和外观、手感等方面改进很大，促使真丝印花绸的形式向多样化发展，如MANTERO印花厂目前头巾、领带的印花占印花产量的一半，RATTI印花厂的成品仓库里,头巾、领带几乎过半。瑞士、意大利、法国的各时装商店也可以看到多样化的印花产品,如数量最多的化纤服装,常常配上真丝头巾作点缀,连皮鞋店、化妆品商店也要用真丝头巾作陪衬或色彩的渲染。头巾、领带用料较少,价格稳定,消费者易于接受,愿意花较少的钱来取得装饰变化的翻新。对产销部门来说,积少成多,同样可以使真丝印花绸的生产取得平衡。

值得注意的是件料印花的发展,瑞士、意大利、法国的丝绸时装商店陈列着各种形式的件料印花,明显地体现出款式和花样的结合,使图案的装饰位置更加合理,更加服从服装形式的需要。同时,件料花样的设计也强化了服装款式的特点(图1—图4)。

图1　　　　　　　　图2

图3　　　　　　　　图4

卖匹料的专业商店里也有很多件料，有些从表面看来是单纯的直条花样，而翻到里面，以140厘米为单位断开了。RATTI和MANTERO的印花厂也正在印件料。法国LEONARD等客户准备推出的1985年春夏季印花件料大样，都是140厘米×140厘米（我们在目前还无法承接）。件料印花一般印在140厘米的宽幅真丝绸上，以140厘米长为一件，一纸版就是一件长裙的用料，自成布局，不存在平版印花的"接版"问题，所以可印成如头巾上特有的边框图案，也可以解决直条印花及匹料印花中由于接版精确度带来的限制。

多品种印花还包括织印结合的形式，瑞士、意大利、法国的各大服装店、绸布店，都可以看到提花加印花的产品，而且相当突出，RATTI、ABRAHAM、MANTERO和LEONARD都很重视织印结合，借此来丰富印花绸的外观效果，并提高售价。

客户所选择的提花花样，倾向性非常明显，一般都选用比较抽象的花形，如以块面表现的花、圆点（偏于中、大），或是不规则的点（中、小）。单从提花看似乎刻画不周到，不太完整，一旦加上恰当的印花花样后，提花就成为恰当的陪衬，因此用于印花的提花花样，造型都极平常，很少用"奇花异草"，不造成深刻的记忆，这样，同一提花花形加上不同的印花之后就显现出不同的面貌，似乎提花花样的性格随着不同的印花花样在作出相应的变更。精于此道的ABRAHAM认为："提花是舞台布景，不要过分突出；印花是演员；两者要配合恰当。"这是一种有价值的经验之谈。

织印花形往往素质相近，以使两者取得协调一致，如方块形状的提花也加上方块形的印花，但大小不同，方块的变化不同；圆点的提花也加上圆点的印花，但排列和大小不同。有的也采取完全相同的图案，造成一明一暗两个层次。

织印结合的印花花样以清地占多数，不致将提花的微妙效果全部掩盖。另外，提花和印花一般以块面表现为主，容易收到互相映衬的效果。

提花花形的趋向，大多与印花花形的趋向成交叉结构，如横向的提花花纹常常配以纵向的提花花样；反之，纵向的提花花纹适宜配上横向的印花花形，凭借两者的交叉，形成一种特殊的闪光效果。

多品种印花的特点还反映在各种用于礼服的纱、绡类织物上，特别是法国里昂BIANCHINI FERIER和C.J. BONNET AND CIE公司，不但有各种风格的金银线织、绣，还有手绘件料的真丝绡，色彩绚丽，另外有涂料印花、漆印、粘贴金片和烂花丝绒乔其等，感觉华丽高贵。

流行花派、色彩

一、流行花派

瑞士、法国、意大利的印花绸,花样的排列变化较多,花形和回头较大,很少有一般的散花、平铺直叙的排列。件料花样就更加强烈地体现这一特点,在一件连衣裙上,从上到下,尽量避免简单的重复,即使用一般匹料花样制成的服装,也采取拼裁的方法,用同花样两个有联系的配色制成。

件料花样全都是140厘米×140厘米,少数是160厘米×140厘米,大多比较粗犷,以直印的块面和粗线条为主,色套1~3套,有少数是多套色的,主要形式有:

（1）四边用粗线框住,像一幅放大的头巾。估计边框将成为服装的袖口、裙摆或领围。

（2）全部以几何形组成。面积不等的平涂大方块中,间杂以多色套的点子、小块面构成的图案,好像是由很多33厘米、66厘米花样拼接而成的,或以各色平涂大方块为地,上面再画上粗线条写意花形。

（3）各种叶脉纹或蝴蝶纹、贝壳纹组成的对称图案,单套色占多数,用块面和粗线条表现出疏密的变化。

（4）在件料一角为黑色的大块面（留出红、蓝等色的小块面）,其余大面积白地上用黑、红、蓝画出斜向波纹线形。做成连衣裙后,黑色部位构成领围和前胸,如外加的V字领;波纹线条自胸前延伸到裙摆,感觉图案的位置相宜,花样和款式配合自然。

除件料花样外,一般匹料花样也以少套色为主,花样简练大方,以块面几何形为主,轮廓清晰,色泽鲜明。一般绸布店的丝绸柜台将不同花样分类陈列,圆点、直条仍占一定比例,但单纯的条格比过去少得多。

意大利的时装商店和绸布店中,花卉图案较多,但完全写真的较少。有时花卉的造型已带有几何形体的意味。

头巾花样除跟随时装花样"大块文章"外,还保持着它的传统风格。MANTERO印花厂的头巾一般为15~18套色,以白地直印为主,常带有一套精细的元色包边,描绘出丰富多彩的瓜果蔬菜、奇花异草及野生植物,也有的模仿植物标本、蝴蝶标本,色彩鲜明而逼真,造型生动,体现出较高的设计水平。而传统的波斯纹样仍占一定比例,RATTI 厂设计的该类花样,刻画精细,幅面又大,大约要一个月才能完成一张。

领带花样的色彩和风格,跟以前区别不大,仍以规则小几何形、精细条格为主,颜色是枣红、酱色、元色、藏青、咖啡等常用色彩。

二、色 彩

真丝绸的色彩,除保持自身特有风格外,明显地带有季节特点。五月份的巴黎和日内瓦,因多雨仍似早春天气,但商店橱窗已经开始陈列出夏季的时装。最常见的有白地彩配的形式,在白地上除经常用的冷色调的漂亮颜色外,也有用大红、中莲、深黄作花,加上小面积的葱绿叶子,花形偏大,排列稀疏。因此,大面积的白地色起着主导作用。白地上配一套元色或翠绿色也是十分流行的色调。此外,大红、翠绿、湖蓝等主色调也很突出。

巴黎的 JANAST 公司认为,浙江打的五个回头样(花号 95564~95568)比较对路。这五个样的配色是三个白地、一个红地、一个翠蓝地,花色是翠蓝、大红、白、柠黄、玫红和少量的元色。当然这种色彩的格调一定要和花样的格调相协调。

这五个花样都是大回头、大块面的写意花和不规则几何形,因此得到认可,如果配在比较稳健的小花图案上,恐怕又适得其反。

法国几家重要客户准备 1985 年春夏季推出的绸样,白地彩配也很多,一个花样五个色中有好几个白地,其色彩的组合类似 INTERSTOFF 1985 年春夏季流行色预测中的"亮色绸",所用颜色鲜亮透明,几乎避免任何灰调色彩加入,留白地的面积也较大。此外,单套色花样的配色仍占相当比例。

最近中国丝绸流行色协会发布的 1985 年春夏季色卡,基本符合我们在调研中所获得的印象,特别是色卡封面上色块组成的装饰图案,其色彩倾向有较强的代表性。但这种色彩的格调,一定要有适当的花样去体现,特别适宜那些泼辣奔放的大块面写意花样。

意大利 RATTI 和 MANTERO 印花厂

这两家大名鼎鼎的丝绸印染厂,笔者虽然早有耳闻,却未曾目睹。它们是同行业中的佼佼者。

这次随中国丝绸公司的黄总经理去科莫,得以参观。MANTERO 年产 400 万米印花丝绸,生产工艺和装备都较先进。

印花采用植物种子胶、树脂贴绸、全过程卷装、平幅水洗、连续蒸箱、立式检验……

单看他们的花板管理,就知道这是一家重视小批量、多花色的工厂,共有20万个花板,库存7万个。一般精细的花板保留不拆,只有流行性特强的图案才及时拆掉。

台板上方有热风管道,用来吹干印在绸面上的色浆,印花过程中关闭热源,印完后稍稍加热吹干,因此渗透性较好。

另外,贴绸方式也和渗透密切相关。这两个厂全部采用树脂台板,贴绸时先将整匹绸轻轻平摊在台板上,再由两个人各执"木尺"从边开始,对线贴准,没有张力,保证了绸边位置的正确,也防止了成品的纬斜。花板上去之前,按绸边贴去多余花形部分,印完后台板上残浆很少,洗台板就比较省力,同时也就保证了树脂台板的使用寿命。法国有好几个公司的真丝印花产品留出7~8毫米宽的白边,对贴绸要求当然很高,但对于保护台板树脂肯定极为有利,同时也可避免大面积花形网框中混入其他色套在台板上的残浆。

国内手工台板都用淀粉浆贴绸,对渗透极为不利。

RATTI和**MANTERO**印花厂的真丝印花生产,仍主要依靠手工操作,平网、圆网印花机只做化纤和其他交织品种。小电车虽然也做真丝,估计因精确度还不如手工台板,所以在生产中使用的仍占少数。他们能利用同一台板生产件料、头巾、领带等各种规格的产品,用的是一种自己改良的手拉刮印的半机械装置。

这种"拉杆框架"和带有可移动的"规矩块"的台板相结合,能根据需要任意变换定位。刮板的移动非常轻便,并且保持一定的压力,操作工人不用弯腰,只要将拉杆拉一下,就能完成刮印任务。现在国内使用的55英寸宽幅绸的台板,仍靠手工刮印,确实比较困难,印33厘米的花样尚不能过关,要解决66厘米以至140厘米的件料刮印就更难设想。

这种机械虽然简单,但优点很多:① 减轻劳动强度,解决宽幅台板的操作问题;② 可以根据不同的花样回头,调整规矩、间距,适应小批量、多品种的真丝印花,不但可以生产一般匹料,还可以做件料、头巾和领带绸;③ 刮印压力均匀,有利于提高质量;④ 结构简单,便于仿制、推广和维修。

我们在车间里参观时多次发现,他们对花板的对花精度非常认真,尤其是包边很精确的"佩兹利"题材,稍有误差就是病疵,所以操作人员从描稿开始,到制板,到台板对花都十分小心,对要求高的花样,工人每套印一板都在细看有无问题,走一步校对一次,步步当心。高质量的产品除了设备条件,归根结底还看人的因素。

RATTI是意大利最大的丝绸厂,除了印染还有织造,生丝从中国购买,同时进口少量成品绸,印染能力大于织造。其设备和流程与 MANTERO 大同小异。

RATTI 在著名的景区科莫湖畔有一大排办公小楼,他们的优质产品确实和周围的景色很和谐。和 MANTERO 一样,丝巾是他们最杰出的招牌产品,花样丰富,有花草昆虫、四时蔬果、传统纹样、名胜古迹、风土人情、飞禽走兽,形象逼真,细腻耐看。

在他们的会客室里,一面墙上全是配在镜框里的优质丝巾,像美术作品一样,是他们引为自豪的杰作。

这些丝巾印工精湛,套板准确,线条细巧,色彩高雅,是欧洲人节日的高贵礼品。一幅精美的图案,设计就得花几个月的时间,有的已成为业内的经典、粉丝的藏品。

凡从事印花的法国、意大利工厂或公司,都十分重视花样的翻新和花样的管理,如 RATTI 的老板,年事已高,但对花样的管理工作仍非常重视。在他自己的办公室里,桌上、椅上,甚至地板上都放满了各种准备投产或已经投产的纸样、绸样。要不要选用,如何修改,往往亲自决策。一些较大的公司都有专人负责花样工作,与各种设计单位或纸样展销会取得联系,在千千万万的纸样中选买几张,经过研究修改,指定专人配色,再印大样,参加面料博览会,待博览会上订货后才批量生产。因此他们每次出示的新花样并不很多,但每打一个花样都较慎重,有一定的把握。谈判样用过一段时间后,保留在专门的样品间,很多年后仍完好如初。有的传统花样十年后还可能重新投产。

各公司(或厂商)都根据自己的经验和调研得出判断,从而再决定花样的选用和配色,因此他们能形成各自的风格和品牌。

原载于《西欧衣料和时装》专集,《丝绸消息》编辑部、《丝绸》编辑部编辑,全国丝绸工业科技情报站出版发行,1985 年 5 月

旅欧回望

1984年年初，中国丝绸总公司派驻西欧一个常驻代表处，一行四人，组长是总公司的费定大姐，还有上海丝绸服装外贸的罗德胜和一位德语翻译钱蕴芝，我是苏州丝绸印花厂图案设计师。

我们的任务是了解西欧丝绸行情、花色品种、流行动态，兼做出口业务。

飞机从北京出发，直飞法兰克福，路上行程17小时，感觉非常疲惫。到达时已是深夜，但机场内灯火如昼，特别是那种漂亮的广告灯箱，光彩照人，引人注目，在国内还未见过（图1、图2）。室外寒风凛冽，但一上出租车就感觉温暖如春。当时国内的一般汽车还未普及空调，所以也觉新奇。车一开动，立体声的西洋音乐四面袭来，使人昏眩。

图1

图2

20世纪80年代初的中国人大概都有这种体会，刚走出国门，看人家，觉得什么都新鲜。30年后的今天，我们的硬件大约已经赶上或超过他们，这一切早已觉得寻常。

起初一段时间，大约一个月住在旅馆里办公，我们白天到伊斯派特公司办公（该公司以进口中国丝绸为主，原先就比较熟悉），借用他们的办公室开展工作。

后来我们在科隆找到一处公寓房子，租金不算贵，四室一厅，两卫一厨，还有储藏室等辅房，甚为宽畅，四周环境、绿化都比较好，交通也很方便，离公交车站近，不远处还有通向波恩的城际轨道交通。

吃饭的问题我们采取轮流值班的办法，早晚两餐自己解决，中午一般在公司吃。因炊具等齐全，做饭也较方便。粮、油、小菜等，是每周去大超市买一趟，冰箱里塞得满满的……

一、几座文化历史名城

我们出差很多，一年半时间里去过英国、法国、瑞士、意大利、比利时等国家，德国的几个城市也去造访过，如波恩、杜赛道夫、慕尼黑、法兰克福、不来梅、汉堡、斯图加特、罗拉赫、海德堡……还有意大利的科莫、米兰、罗马，瑞士的日内瓦、苏黎世，法国的里昂……一般都是参观当地的博览会、时装展或拜访客户。巴黎和法兰克福去过三四次。欧洲交通便利，签证容易，大多乘火车、汽车，只有去英国较远，乘飞机。有几次乘火车也很长见识，如从科隆到巴塞尔，出德国国境，经6～7小时行程，到达瑞士苏黎世。一路上秀色可餐，苹果树盛开着白花，在大片绿色草原的衬托下，一丛丛的亭亭玉立，有时聚集成行，有时自然散开……

苏黎世是全欧最富裕的城市，金融业发达。苏黎世还是有名的花园城市，城内外绿树成荫，满眼鲜花。苏黎世湖如一弯新月，斜依城南，湖上白帆点点，水鸟贴水飞翔，岸边绿草如茵。

有一天费定大姐带我们穿街走巷，在一条小河边上找到一家她熟悉的老客户。这小巷很像苏州的"下塘"，临河一条石子铺的小路，河两岸树木森森，花团锦簇，十分僻静，了无人迹，下午的阳光淡淡地透过树叶……我一时有一种错觉，很像回到了儿时的苏州，小巷深处，那样的静谧惬意。不知唐代诗歌的意境，竟转入此地来了……

照了一些照片，现在还留有一张，我坐在湖边的长条木椅上，身边站着栖息的水鸟，一点也不怕人，可见此地人和动物的关系是多么和谐。科莫是丝绸人一定要去的，科莫湖的四周有很多丝绸厂家，科莫的丝绸业已有500年的历史，值得一看。小城市人口不多，位于阿尔卑斯山南麓，风景优美，特别是因为科莫湖的映衬，湖光山色，所以还是欧洲的旅游胜地。科莫湖是意大利的明珠，碧

图3

图4

波粼粼,水特别深,所以水的颜色像蓝宝石,湛蓝湛蓝,和海水相仿(图3、图4)。

据说科莫湖是全欧洲最深的湖泊,来自雪山的水源,提供着充沛的淡水资源,正好成全了真丝绸高端产品的必要条件。一方水土养育出一方的特色物产,天造地设,连带美丽的景色和相宜的气候也融入了这些富有诗意的精品。

科莫丝绸无论是质地、材料、设计、做工都属世界一流。

丝绸生产在中国,高端设计、品牌产品在科莫。

我是陪同中国丝绸总公司经理黄建谟先生从米兰去的科莫。我国派往意大利的11位学员在科莫纺织学院学习,黄经理特意前往看望,听取他们汇报。苏州丝绸公司张弘副经理也是这批学生之一,这次在异国他乡相见,十分亲切。

记得当晚就在他的宿舍,一起把他自制的面包当做晚餐,然后漫步在古老的街头。还正好碰上音乐爱好者自己组织的音乐会,在街角的路灯下,搭台公演,热情地为过路的人们献艺,台上台下都很投入。这个城市的文化气氛是多么的浓郁。

张弘是个天才,特别是语言和音乐方面很突出,可惜英年早逝,不忍回首。

法国的里昂是法国南部大城市、丝绸中心。欧洲第一条高速铁路就是从巴黎到里昂,我们乘了一次这种先进的列车,座位舒适,宽敞,像飞机上的一样。

里昂新城到处是高楼大厦,现代气派,老城还保留着很多文艺复兴时期的建筑,曲折的小巷、古老的教堂。皇家广场有路易十四的雕像。有不少名人故居和博物馆,文化气息浓厚。世界上最早的缝纫机、织布机、原始的电影都是里昂人发明的。

我们参观了里昂丝绸博物馆,那里藏品甚丰,弥足珍贵,有很多17世纪的丝织品,最早的是14世纪欧洲各国的纺织品。装饰壁毯精美绝伦,据说工程浩大,非常昂贵,仅供皇家专用,令人叹为观止。我们还看到了古代中国贵族的丝绸服装。回想当年我回国后曾与钱小萍女士说起过法国的这个博物馆。当时我觉得她灵光一闪,似乎忽然受到了很大的启发,对里昂丝博非常感兴趣,提出了不少问题,也许这就是她后来矢志不渝地创建苏州丝绸博物馆的最初一闪念。

里昂给我留下印象较清晰的还有山上的古剧场。建筑和罗马的古迹相似,大约是依山而建,阶梯形的看座非常科学,现在的运动场都还仿造这种形制。

还有就是引人注目的雕塑、喷泉。在市政广场,有一尊巨大的铜雕群像,女神坐在宝座上,牵着四匹奔马,身边依偎着孩子……非常生动,据说是依据当地一个传说塑造的。里昂人很珍爱他们的公共雕塑。的确,这些广场上的艺术作品将成为一种永恒的标签,世代传承着那些美好的故事。

我们的居住地——科隆,也是一个著名的文化名城,当地人说:"没到过科隆等于没到过德国。"

科隆地跨莱茵河两岸,商业区热闹、繁华,地理环境宜于家居,冬天不低于0℃,七月平均温度只有18℃,根本用不着空调、电扇,真的羡慕德国人没有烦人的酷暑,怪不得工作效率很高。

最为当地人夸耀的是科隆的大教堂(图5)。700多年前的建筑高157米,16万吨重的石材一块块垒上去,高空作业怎么解决?不可想象。

这座高耸入云、哥特式的伟大建筑,造了整整74年,凝聚了两代人的艰辛。

第二次世界大战时盟军飞机大轰炸,科隆几乎夷为平地。据说

图 5

在危急关头,成千上万地老百姓勇敢地站出来聚集在大教堂周围,终于保护了这一人间奇迹般的建筑——也是城市最突出的标志性建筑。

现在的科隆是战后当地人民在一片废墟上重新建造的城市。历尽沧桑的大教堂,钟声远布,广场上经常看到白鸽飞翔,游人如织。最有特色的是马路画家在地上用彩色粉笔临摹名画,幅面极大,好多人驻足欣赏。还经常可以看到民间演奏家的演出,水平极高,扩音机放着伴奏的钢琴曲,自有知音们往提琴盒内扔硬币……

从日内瓦去意大利米兰,一路上也是观景的难得机会。高速铁路沿着山麓走,一边是湖泊,阿尔卑斯山的积雪未化,在蓝天映衬下显得耀眼。远远看去山峰连绵,峻峭挺拔,山地冰川,呈现一派极地风光。就是由于冰川的作用,形成了很多湖泊,例如前面提到的苏黎世湖。

一路上地貌变化很大,过桥、爬坡,还穿过长达20公里的山洞……

我在米兰只住了两天,到的地方不多。去看了14世纪建造的米兰大教堂,尖顶林立,如白色火焰直耸云霄,很有特色。

拿破仑大街的时装店匆匆一见,布置的艺术水平很高,雅致的色彩搭配令人印象特别深刻。

米兰是一个丰富多彩的城市,文化艺术的积淀很深,十多所大学,画廊、歌剧院、展览

馆都很有影响,据说曾是达·芬奇长期生活和工作过的地方。美术馆里有达·芬奇、拉斐尔、提香、毕加索的精品。米兰同时也是时装界阿玛尼、范思哲、华伦天奴等时尚名牌公司所在地。

米兰同时还是足球之城,有 AC 米兰和国际米兰。可惜时间不允许,只能神往,不便亲临也!

二、趣 事

德国人的狂欢节很有意思。

狂欢节在各地渊源不同,说法不一,据说最早起源于古希腊和罗马的木神节、酒神节,一般都在 2 月 10 日左右,离复活节个把月,正好是一个迎接春天的时段,所以除了宗教起因,更多的是市民抒发对自由幸福的向往,对春天的美好憧憬,又有祈求重生和表达美好愿望的意思。也许古代的农民更是为了祈求这一年能有好收成。

科隆和杜塞尔多夫两地的狂欢节是最隆重的,特别是杜塞尔多夫,彩车多达 60 多辆,一般都是民间组织所办,如商会之类,所以游行的方阵都有行业特色,有食品业、手工业、旅游业等。游行队伍由数千人组成,观众更多,有的是从外地、外国专门赶来的。游行线路事先公布,便于人们事先占位,我们几个被安排在一个商店的临街小楼上,待为上宾,看累了还可以喝茶、休息……

在观众的一阵阵欢呼声中,马队、车队开路,警察护卫,有的方阵由乐队组成,更加增添了节日的气氛。

观众常常起哄,叫着、跳着、笑着、舞着,一片欢乐的景象。街两边夹道观看的人们尽情享受着自己带来的啤酒、香肠夹馅的甜饼,游行队伍的成员常被亲友拉出来一起享用美食、美酒。

有的花车来自荷兰——花卉园艺之国,他们常常热情地把一束束鲜花抛给为他们鼓掌的观众。有大公司在车上向两边抛洒糖果、巧克力和玩具,我们的"专席"上也接到不少盒装的糖果。

游行结束后来了不少洒水车、扫地车,因为路面上踩踏了太多的糖果,鞋底粘着地皮,每走一步都会掉鞋……当时的感觉是他们实在富裕,把糖果乱洒,太靡费了……

这种游行商业味较浓,大体不表现什么主题,但也有政治把戏,例如在野党讽刺总统和头头,搞一个塑料的女人像拿着棍棒打部长屁股,人们也不当回事,一笑了之。

借狂欢释放一下情绪,人们都喜欢开怀大笑,所以这种狂欢活动的形式已经漂洋过

海,在巴西落地开花,据说更加狂热和奔放。

德国啤酒节已有500年历史,相传古代巴伐利亚王子盛大婚礼,万民庆贺,逐渐形成了这个民间的欢乐节日,从9月下旬已陆续开始,直到10月上旬进入高潮,如前面写到科隆,就一直以三"K"闻名:教堂、酒酿、狂欢节,在德文中都以"K"开头。

我们碰巧看到了慕尼黑的啤酒节盛况。晚上来到露天酒店,那里安放着长长的条桌长凳,大约可以容一两千人。只见人人手持大杯,那杯大约可盛一升啤酒。市民们熙熙攘攘,倾巢而出,亲朋好友相约,恋人相依,欢聚一堂,开怀畅饮。

有不少人穿着鲜艳别致的民族服装,穿梭于人群。酒店里还不时响起轻快的曲子,乐队穿着非常漂亮,正为姑娘们的舞蹈伴奏。德国人认为啤酒不是酒,只是一种饮料,所以,我们参观工厂时看到,职工食堂午餐时,职工们都在喝啤酒、聊天。办公室接待人员不给沏茶,而是每人一杯红酒待客。喝啤酒也不用什么佐菜,只是咬几口乳酪、香肠或生的火腿……

最好笑的是,德国人最讲究清洁卫生,但啤酒节的热闹场合却是阵阵臭气,原来是喝得太多,厕所不够用,都是临时放了一些大木桶……

三、语言障碍

我们要了解花色品种情况,语言障碍较大,德文空白,英语也是刚刚学了一点"新概念""跟我学"之类,根本不够用。后来费定大姐请了老师,我们利用业余时间学了几个月德语,可惜基础实在太差,现在只记得说1~10的数字,应答"你好"之类,惭愧惭愧。英语倒还好,因为非要用不可,所以逼着说,不然就没法过!

例如一次四人小组在德国的罗拉赫小镇经过,把我留在当地KBC工厂学习,住在一家小旅馆,要交房钱,买饮用水,打电话与代表处联系……非得说上几句最简单的英语,这真是一次实战体验。

至于业务交流我倒一点也不担心,我和意大利的设计师对着图案讲色彩、讲花形,非常直观,一点就通,互相懂得对方要表达什么。

例如在巴黎乘地铁,有时三条不同的线路在一个大站交叉,可以换乘,比较复杂,但是我们手执一份地图,看标记、对字母,转来转去从不出错,其实法文一点不懂,全是蒙的。

有一次江苏外贸来人,以为我是德国通,请我帮忙去租旅馆订房间。我一路上盘算会碰到什么问题,说哪些话。到了现场连说带比画,没让自己下不了台。

还有一次费大姐命我去邮寄包裹,出发前我翻了几本书,怕词汇不够用,后来也总算

办成了。其实,只要有所准备,大胆开口,不管语法,几个单词也好,只要对方弄懂,日积月累,也会有进步的。

最好玩的是有一回我到处拍照,对着时装店的橱窗照,里面的印花女装很漂亮。忽然窜出一位德国妇女,大叫大吵,谴责我的行为,说的德文我不懂,大意是不让拍照,不让窃取人家的知识产权,反复骂"JAPAN! JAPAN……"

据说日本人学西方很深入,喜欢到处拍照,收集他们认为有价值的信息,惹怒了德国老大娘!呵呵!我也不便解释,就让日本人当一回替罪羊吧!

因为语言障碍,吃饭到中国餐馆比较省心,西餐的菜单根本看不懂!好在这里中国饭店很多,一般规模不大,有的还雇佣外国人当跑堂,大约用的是东欧人或中东人,工资可以便宜一些。来来往往的中国公费出国人员喜欢光顾这里,价格便宜,口味对路。中国人请外国人吃饭也选这种饭店,而外国人请中国人也同样在这种饭店,因为比西餐便宜很多。

刚到法兰克福,有一家大约是"熊猫饭店",老板是上海人,很会招呼客人,每次会赠送一大盆肫肝。外国人不吃这东西,剩着也是剩着。我们为了节省,有时也就吃一碗肉丝汤面之类的,热汤热水,有点家乡味。

我在1979年去过法兰克福,专程参观博览会。刚到时商务处的同志请我们吃夜点心,就是这种汤面,浇头很丰盛,有肉片、虾仁、鸡丁、香菇,加上蔬菜,分量很足,大约是国内面浇头的三四倍。太多了吃不下,深感人家的物质生产发达、富裕……到20世纪80年代后期,我们的农副产品也同样的充裕,这些曾经差异很大的对比已经不复存在了。

在巴黎较冷僻的地段也能找到中国饭店,那就比较寥落了,吃客少,生意差。老板也冷冷的,录音机放的是20世纪30年代上海滩流行的曲子《渔光曲》,二胡充满了思乡的惆怅,给人留下了很深的印象。

开店的老板以浙江温州人为主,大多是由同乡拉扯出来,开始打工,慢慢积累,反正也算是出国谋生吧!

我也曾去外国客户家里作客,就三道菜,女主人忙得不亦乐乎,盆子也换了几次,不大习惯。

我们也曾经请过两个外国小孩到我们住处用餐,肉丝、肉片、肉末炒了几个菜,不料他们也不习惯,他们吃肉就是大块的牛排,从来不搞得零零碎碎……

不识德文也会吃亏。有一次我看到超市里卖馄饨,也不细问,买回去就煮。一吃就知道有问题了,原来是起司(奶酪)馄饨,怎么也想不到起司(奶酪)会用来做馄饨馅,一股怪味!只好扔了。

四、跳蚤市场

不知怎么得来这个怪名称,实际上没有跳蚤什么事。

大体都是在周末,近郊的广场上摆出各种摊头,和我们这里的摊贩不同,卖品大多为家里的淘汰用品,有不少是七八成新的电器、衣物、杯盘、摆式、地毯、炊具、书籍、玩具……五花八门。卖价十分便宜,一两个马克可以买到八成新的电吹风、电熨斗。看得出卖家不在乎多少价钱,是为了更新,腾出空间买更新型的产品。所以,有时甚至碰到十多岁的小孩也在摆地摊,卖的是他用过的玩具、CD片、集邮本、书籍和画片。做买卖本是一种公平交易,没有什么丢面子的,把旧东西处理掉,又多少有所回收,何乐不为!

来这里光顾的大多是临时居民,来此地打工的外来人口。他们能买到便宜的生活用品觉得很实惠,暂时先用着,不太讲究。这两相情愿的事也可以说是物尽其用,节约资源。

我在欧洲的一年半时间里,出差旅行的机会甚多,参观展览会也多,还到过不少著名的城市,行万里路真的使人学到不少东西。当然,主要关心的还是有关业务,我忙于把各种信息传回国内,前后大约写过20多篇报道,大多发表在《丝绸》杂志。孙金惠老师非常重视,还专门将这些文章汇编成《西欧衣料与时装》一书,亲自撰写序言,勉励设计人员了解西欧、赶超西欧。现在回顾,当年的调研工作做得太粗,有很多缺憾,例如因彩照胶卷太贵,照片拍得不多,最直观的照片资料太少,文字怎么也无法太具体地说清楚。

在德国期间,有时对国外客户的业务我倒是起了一些作用。例如"依斯派脱"公司每年有两三次从意大利、法国买回很多设计原稿,他们的市场眼光不差,但拿到我国工厂订产,生产工艺能否适应?生产可能遇到什么问题?就不太清楚了,所以每次都把我带上,做技术顾问,使花了大价钱买来的画稿不至于和生产工艺脱节,最后派不上用场。

这段时间里,我还帮助K.B.C.公司,将他们选中的国内报样,根据流行变化,重新配色,有的效果较好,被多次订产。

在国外受语言的影响,触及面太窄,一些名人故居、著名美术馆的藏画,都未能一睹,法国的印象派作品也是前年在上海补看到的,更谈不上进入到社会和文化的深层。

30年后写这样的回顾,已经没有前瞻性可言,只是让人了解一下当年初访者的观感和心态。

2014年12月

真丝绸流行色自成体系

1984年9月1日、9月22日和10月7日，我们分别参观了在联邦德国杜塞道夫、法国巴黎和联邦德国慕尼黑举办的三个国际性时装博览会——IGEDO、PRET-A-PORTER 和 MWM。这三个博览会陈列和销售1985年春夏适销的服装，从销售周期看，应该重新反映出了当年春季纺织面料博览会所展示的花色风貌并体现当时发表的预测色彩。因此，我们带着一种期待和验证的心情，将这三个博览会同在第51届INTERSTOFF所获印象去进行对照分析。

我们参观了这三个博览会之后，发现在色彩运用上有一个共同特点——除皮革、毛料、丝绸之外，一般化纤、棉布、麻织物服装上染色多于印花，浅色多于深色，特别是适合年轻人穿着的服装，色调透明淡雅，白色占比重最大（印花的也大多以白为地色，皮革的服装也有不少是白色的），其次是浅蓝、浅洋灰、浅茜红、浅桔红、浅嫩黄。

而在丝绸服装上却呈现着另一种格调，如巴黎PRET-A-PORTER时装博览会，真丝服装较为集中，色调倾向非常鲜明，突出的颜色是大红、松石绿、品蓝和黑、白，这些颜色用于染色或印花的提花绸连衣裙较多，另有一种带普遍性的色彩搭配方式——在黑、白或藏青、白的基调上，加上大红、松石绿、紫、土黄等鲜艳的大色块，成为主花（黑、白的处理常是在白地上印散排的黑色圆点或方块等几何形、抽象块面花，有的黑白相间，平分秋色，有的黑多于白或白多于黑）。至少六七家厂商的展馆都陈列着这类真丝服装，色彩鲜艳，对比强烈，但因黑白间隔，感觉仍然比较统一。

这类真丝服装上所用的大红、松石绿、品蓝虽然也包括在第51届INTERSTOFF的"预测"之中，但"预测"是将它们掺和多种其他颜色，构成不同的色彩群体，它们本身并不十分突出。从色彩的整体效果看，现在真丝时装上突出的色彩并不是这种"预测"的具体体现。真正反映"预测"色彩的是前述的化纤、棉布，色彩的总体效果和当时提出的"透明色"非常合拍。

一、"预测"着眼数量

回顾以前好几届 INTERSTOFF 的色彩预测,和真丝绸实际流行的色调常常有较大差异,"预测"的色域一般较广,选择色相众多,包罗万象,面面俱到,在实际运用时则容易导致无所适从,得不到要领。"国际流行色协会"及"国际色彩权威"的色卡恐怕也有同样的情况,它们的适用范围相当广泛,包括了各种纤维,并从服用织物延伸到室内装饰、家具用品……这些世界性的色彩预测并没有把真丝绸色彩作为重点;相反,必然地把预测的基点放在数量上占绝对优势的化纤、棉布等织物上。真丝只占世界纤维总量的千分之二,在国际性的面料博览会上虽然因其特有的质地而具有一定的地位,但始终不可能成为研究的重心。"国际色彩权威"为了掌握市场的色彩动态,在世界范围内吸收特别有影响力的纺织界厂商作为它的"俱乐部成员",三个月一次,定期听取他们关于色彩的销售情况反映,并通过电子计算机把综合的情况向他们报道。色彩的流行预测完全建筑在科学的统计和分析上,因此确实具有一定的指导意义;但这种统计和分析必须以数量为依据,必然侧重于面广量大的棉布、化纤。

二、年龄、爱好习惯、购买力

真丝绸服装很少出现于日常生活,也很少出现在年轻人身上,只有在歌剧院、宴会、舞会以及重要的社交活动中才可以看到,而且仅为中年或中年以上妇女穿着,因而销售面一直较为局限。估计与真丝绸的价格和洗烫要求有一定的关系,所以年轻人一般不适宜也不习惯穿着真丝绸服装。在上述三个时装博览会上,鲜明反映"透明色"的化纤、棉布服装数量最多,款式上紧跟流行,变化很快,以年轻人为穿着对象,无论是价格和色彩都适合他们不断追求新奇时髦的要求。

当然丝绸服装也讲流行,但并非年轻人的那种流行。我最近参加 1984 年联邦德国"金色纺机时装奖"的颁发仪式,看到不少中年妇女都穿真丝礼服,色彩仍以黑为主,或黑白相间,漂亮的颜色也较浓重,像"透明色"那样轻飘浮华的色彩很少见到。

三、色彩与品种

不同品种有不同的风格特点,特别像真丝、羊毛这些天然纤维的织物,一直以它们的

高贵质地享有特殊的地位。当前"仿毛""仿丝"的化纤产品发展很快,产量猛增。天然纤维织物的经营者,希望他们的产品与其他品种在外观上有明显区别,保持真丝绸的特色,因此在色彩的运用上力求别具一格,与众不同。

10月中旬参观在巴黎举办的"普兰米埃维净"面料博览会,看到他们在流行色预测的布置中,注意到各品种的特点,而不是笼统地列出几种色调。同一种色调分"毛""棉""针织""里昂织物"四个版面,在颜色的具体运用上出现了一定的区别。而他们对待丝绸则格外谨慎,没有明确列出丝绸的版面,只是在"里昂织物"一栏中丝绸实样较多一些。这里似乎正说明丝绸的流行色难以捉摸或不屑与其他品种相提并论。

综上所述,我们在如何接受流行信息的问题上还有进一步探讨的必要。国际上各种流行色卡名目繁多,是否适合真丝绸,要具体分析。真丝绸色彩除了与一般流行色有相联系的方面外,还常常别具一格,自成体系。

原载《丝绸》,1985年第1期

 **流行色及其运用**

随着丝绸贸易的发展，花色对销售的作用给人愈来愈深的印象，特别是近年来，我国参加了第40—45届联邦德国法兰克福国际纺织面料博览会，与会同志获益匪浅。他们一方面认真地调查和分析了丝绸流行色对国际市场的影响；另一方面，在配色报样中也开始重视流行色的研究和运用，并已初步收到成效。这里将我们在调研和色彩设计的实践中对流行色的认识作初步介绍。

一、流行色概念的探讨

1. 流行色的由来

流行色就是在某一时期、某些地区被很多人乐意采用的颜色。这样的解释有一个很不完整的地方——没有说明流行颜色所依附的实体。

与人类生活相关的工农业产品中，有一些产品使用时间较长。依附在这些产品上的颜色，不可能存在时间性极强的流行问题。衣、食、住、行这四个大类中，只有"衣"的色彩具有突出的时间特征，随着生活水平的提高、季节的变化，需要不断更换时新的服装，而色彩是衣着外观的最大特征，因此流行色——这种季节色彩从纺织品上开始出现。

对纺织品色彩的研究，特别如流行色的研究，在某种程度上是消费水平的标志。近百年来，由于经济条件的限制，我国纺织行业在对色彩的研究中碰到的问题，特别是流行色问题，一直没有真正解决。衣着色彩只有个别地区，在自然状态下产生"流行"趋向，对此还未有深入的研究，如最近《解放日报》报道：米黄色在上海流行，甚至称为"米黄热"，这虽是消费水平有所提高的表现，但仍缺少系统的、历史的分析。

从国际纺织品市场看，产销双方以及消费者对流行色十分关心。销售者认识到流行色的商业作用；生产和科研单位也十分重视；消费者则往往受到流行色宣传的影响，在"跟上潮流"的思想指导下去适从流行色。因此在国际市场上，有的纺织产品质量、花形、价格都很适宜，只因颜色不适时，缺少季节特征，只好削价处理（这几届参加纺织博览会的同志在法兰克福等地大百货商店均看到此种情况）。

随着纺织品生产、贸易的发展,法国、意大利、英国、联邦德国、美国、日本、瑞士、比利时、奥地利等国都成立了专门研究流行色的组织,同时还有世界性的"国际流行色协会"每年发布下一年春夏季和秋冬季的流行色色谱(刊名:《国际色彩权威》)。从近几届纺织面料博览会看,《国际色彩权威》对欧洲和其他市场确实有一定的指导意义,特别是消费水平较高的市场、展览会、商店的纺织品陈列,都明显地体现着《国际色彩权威》所提出的主要色彩倾向。从现象上看,流行色好像是研究单位可以在"沙龙"里臆造出来的,其实不然。这种研究建立在大量调查工作基础上,必须对多年来的适销色彩进行历史的分析,并结合当前社会文化现象,广泛地了解消费者的爱好和心理。

因此,流行色的产生,归根到底还是以社会实践为基础的,主观杜撰、闭门造车绝不会赢得世界消费者的承认和采纳。

在消费水平较高的地区,作为服装面料的纺织物,是一种与人们生活情趣密切相关的消费品,特别在色彩上要起到丰富生活、赏心悦目、穿着得体的作用,可以说是一种色彩商品。由于季节和时装式样的变换,人们需要经常添置新的服装(我们曾从一位联邦德国商人那里了解到:他们不愿意穿着同一衣服去参加多次宴会、舞会,特别是妇女,穿着的花费成了一种负担)。这种时尚穿着的社会风气,加上商业上的大量宣传,更加刺激着消费者对流行色追求的心理,他们总是要设法使自己的穿着色彩适合"潮流",因此就产生了某种同一的趋向。但当某几种颜色为较多人采用,在生活中成为极普遍的色彩时,少数特别讲究服饰或比较上层的人又感到先前的颜色已经缺少新的刺激和魅力了,便有意要区别于这种日趋一般的颜色。如果届时正值季节转换,研究机构便顺应于这种不断翻新的要求,制订和发布出下季时新的色彩,于是又产生出新的流行色来。

2. 流行色的变换和延续

流行色实质上是一种"季节色",它带有鲜明的季节特征。世界各国的流行色色谱都是一年发布两次(分春夏季和秋冬季),色调有明显的区别。新的流行色大都是在上一年同季节的流行色基础上派生出来的,但又具有新的感觉,否则就不能以其特有的魅力将人们的注意力从原来的流行色上吸引过来。这种更换,一定要顺应人心,得到社会的公认。另外,也不能否定研究机构的科学预测。例如近年来的流行色常常以自然色彩(柠檬色、宇宙色、海洋色、冰块色、葡萄酒红、橄榄绿、松石绿……)为依据,有意识地顺应着现代城市居民向往自然的心理状态,因而容易得到广泛的赞许。同时,在新色谱的制订中,还尽可能考虑到人们多方面的爱好和需要,因此总是同时推出好几组不同的色相。但其中又常常有几个颜色非常突出,崭露头角,用国外专业人员的话来说叫做"Top Colour",即"尖端的颜色",例如1979—1980年秋冬季开始在国际市场上风行的紫色,1980年秋冬季开始突出的枣红色,今年春天开始冒尖的卡其色,都属这类性质。还有这两年逐渐在香港市场得到重视的黄色、皎月色,虽然销量不多,但起着重要的点缀作用。由于这些突出颜色的运用,使一直沿用的常用颜色得到重新活跃的机会,如元色、藏青、深咖、灰色等间杂在这些冒尖颜色中,无形中获得了新的生命力,因而大量地被沿用着。

我们说在新的流行色中有几个"Top Colour",同时也等于说还有不少并不十分新鲜的颜色,这里实际上体现着流行色的延续。任何事物的发展都有一个新老交替的过程,这些变化不大,并映现着上一年度潮流的流行色彩,代表着这种交替的过程。其实,流行色的制订者也正是从消费者的实际情况出发而决定保留上一年同季节流行色的某些特点的。因为大多数消费者的经济能力决定他们不能将原有的服装全部更换,为了时髦,只要换掉个别的几种色,同时买进少数的几种色,就大致可以"跟上潮流"了。

第42届和第44届国际纺织博览会的色彩变化也可以说明上述的情况:我们发现大部分颜色变化不大,只有原先极盛的紫色在第44届几乎淘汰殆尽,即使还有,也变得极灰极深,近乎发黑,而不偏紫的枣红代之成为最时髦的流行色。

此外,这种延续现象还常常体现在点缀色的运用上。例如在紫色风行的前一两年,它被较多地运用在点缀的位置上,到1979—1980年才盛行至高峰,而今年紫色急剧减少的情况下又较多地被用于点缀。又如1980年秋冬季博览会的色彩调研中,我们发现绿灰色、卡其色大量用于各种地色的点缀和搭配,1981年就出现了卡其色的流行高潮。因此点缀色的趋向也是流行色延续的一种表现形式。

3. 流行色与常用色

尽管流行色色谱在不断地翻新、更换,但人们日常穿着的服装色彩中,还是有一些是保持稳定、多年不变的,或者只有极微妙的变化。在这几届纺织博览会的调研工作中,不少同志都有同感。如奶黄、米色、咖啡这一类颜色为人们所喜闻乐见,因此一直延续下来。我认为这种常用色的形成是有多方面原因的,与当地的社会、风俗、民族、文化、生活习惯、经济情况、气候条件等联系在一起。这些为大多数人不断重复用于服装的颜色,在人们长期生活中已经成为一种理所当然的习惯,甚至很难明确推断这种传统的由来。例如米色调的纺织品在世界不少地区都较好销,我推测很可能是由于米色和白种人的肤、发之色协调,也可能这种颜色易于和其他色搭配,但大多数穿着的人本身不一定讲得出什么所以然。

我们从国外市场上了解到,这种常见的颜色不单单用于织物,在其他与服装有关的提

包、雨伞、皮鞋、腰带、头巾、手套、围巾、帽子、领带，甚至钮扣、别针这些商品上也常常可以见到，以使人们的穿戴在整体上一致、和谐。尽管常用色在生活中到处可见，影响甚大，但在具体运用时还常因不同织物、不同用途而有所侧重。如米色、奶黄一类色，用得最广泛的是男装风衣、雨衣、大衣、茄克这些外装面料，丝绸衫裙上米色的应用并不见得十分广泛。因此对常用色的地位和作用应该具体分析，具体对待。

从国外历年来发布的流行色看，以上提到的几种常用色也常被包括在内，但色相、纯度、明度略有变化，估计这是为了配合主要流行色的变化，使原先的常用色能更好地与新流行的色彩协调一致，所以同一个米色，有时偏红，有时偏黄……这说明常用色也非铁板一块，一成不变，它的变化是在流行色的影响下进行的，虽然有时只是细微的调整，却可以使其成为相应时髦色的恰当陪衬。

二、流行色运用的体会

在染色织物上流行色的运用比较简便，将一匹或一批织物都染上同一种颜色即可。但我们知道，色彩必须在与其他颜色存在对比时，其美感才更显著，所以染色绸给人的美感还需在与周围环境或穿戴的其他部分颜色对比中体会。印花图案的流行色运用跟染色不一样。它本身的多种颜色在对比中形成一种色调感觉，而这种两色以上的对比是单独一个色所无法相比的，因此印花图案流行色的运用，与配色紧密地联系在一起，除了合理地选用一些流行色作为底色外，还存在不少"流行的配色"，如曾经流行的"黑地彩花""黑、白花""灰色中点缀妃色"等等。一种"流行配色"的存在可以拿意大利出版的 *PANTONE*① 色谱作为例证，它配合着一年两次的流行色色谱，不但选取了流行的颜色为基调，而且提出构成流行色调的配色组合。

总的来说，流行色运用要有明确的针对性、时间性，要了解国际上流行色变化的主要倾向，并针对不同的品种、不同的花样运用不同的色彩，这样才能使产品的色调符合流行的趋向。

---

① *PANTONE* 色谱是由设在意大利科莫（COMO）的国际流行色协会研究，并由该协会所属的 LETRAST 公司出版的，参加出版的有法国、意大利、英国、日本、美国、德国、瑞典、丹麦、挪威、巴西、比利时、加拿大、阿根廷、新加坡、澳大利亚等十五个国家。该色谱是一本色彩指南，旨在研究和预测国际纺织品时装流行色并介绍色彩组合新风格。近年来颇为我国港澳地区客户和我国设计行业所重视。

1. 掌握流行色的时间特点

根据目前设计—打样—成交—交货的周转期,我们的报样配色应该使用符合下一年同季度的流行色,如今年秋冬的报样,在配色时可采纳明年秋冬季流行色方案,这样的配色容易使产品做到适时对路。但在一些快速交货的花样上则应考虑当前适销的色彩。

2. 不同地区区别对待

不同地区对流行色的反映常常不完全一样,欧洲、美国、我国香港都有一定差异。有一些是民族或地区的习惯和爱好问题,也有时间上的差异,如欧洲对流行色表现得比较敏感,我国香港一般则比较保守,特别是做"本港"生意的客户,对于特别艳丽的颜色往往不像欧洲客户那样容易接受,如鲜艳的姣蓝、明亮饱和的黄色、纯粹的翠绿……即使偶然订货,也属少数。

3. 不同的品种区别对待

不同品种适合不同的穿着场合,如建春绡、蝉条绡往往用于晚礼服、宴会服,可以选用比较鲜艳、明亮的流行色;双绉类旳品种大部分是用于日常穿着的,应该部分选择比较沉着的流行色。

4. 不同的花样需要选择不同的流行色

花形设计总是针对不同的要求,考虑适合制作某种服装,因此流行色的选用也应该符合这种预想,如衬衫和长裙的花样设计,色彩选用有明显的区别,在配色时应区别对待。衬衫花样(特别是男衬衫花样)在选用流行色时不应采用过分艳丽的颜色(如艳紫、粉红、玫红等),而应选择比较沉着、明朗的颜色。

花样的不同风格有时也影响着流行色的选用。一般比较严谨的花派,适宜中老年妇女,色彩也应随之选择得比较稳重、朴实;相反,浪漫、奔放的花样,可以选用活跃、热烈的流行色彩。

花样具体的表现方法也决定着流行色的选用,如 PANTONE 色谱上有各种色调的组合形式,有的明度十分相近,只有色相和纯度的对比,也有的色组在色相等各方面表现出强烈的对比。如果将前一组色彩用在细线、细点构成的花样上,往往达不到预期的色彩效果,相反用在成块面的花样上可能得到理想的色调;而将后一组色彩用在细线、细点错综的花样上就比较恰当,对比强烈的颜色因为被割裂成极小的面积而失去了原先过分刺激的特性。

一般来说,特别艳丽、明亮的流行色在运用时比较困难。这类流行色比较适宜做花样的地色,而花纹的颜色又最好趋向沉着统一,相反,对于那些构成因素繁复、造型十分具体、层次又较复杂的多套色混满地花样很难用得上。

除了鲜明艳丽的色组外，PANTONE色谱上往往提供那些颜色极浅、明度接近的色组。此类颜色的运用应该注意到明度适当的对比，从具体花样上的情况出发，找出可以配深色的色套，去加强原先不足的明度对比，否则整体色调会呈现平淡无神的面貌。所以浅色调花样的设计，应考虑有个别色套在明度上起点缀和强调的作用，而这一套色在整幅花样中具有特殊的地位，在造形和面积大小、构图布局上切不可掉以轻心。

对于多套色满地花样来说，流行色运用主要是花色如何形成流行色调的问题，这里不存在某一个决定全貌的颜色。不一定每个色都机械地绝对相同于流行色谱，也可以配出具有流行色调的色彩效果来。

图案的色彩布局各有特点，千姿百态，如果都能以简单的公式全盘照搬，那只能说明这些图案在设计上缺乏新意。"流行配色"上的示范色组在实际运用中也只能是一种参考，可以借以丰富配色的派路，因为它并没有标明面积的大小，更没有注明如何去适合多种花样的具体情况，所以在使用"PANTONE"这样的色谱时，必须根据花样自身的特点，灵活运用。如果误以为找到了一种灵丹妙药可以治疗百病，不作分析就生搬硬套，只能得到相反的效果。

总之，"流行色"研究在纺织美术设计中是一个很重要的课题，但目前此项工作还刚刚开始，各地都尚在摸索之中，本文见解也甚浅陋，除了引用日本大智·浩《设计的色彩计划》一书的部分观点外，写了一些自己在实践中的看法，以期得到各方面的指正。

原载《江苏丝绸》，1981年第4期

流行色与印花配色

近年来,我国纺织、丝绸行业对"流行色"的研究和探讨取得了很大进展,国外的信息、动态也反应甚快,但普遍认为在流行色运用方面仍有不少误区,特别是必须以多种色彩组合的印花配色,难度较大。

大多数流行色卡,如 ICA "国际色彩权威"、BILBILLE、ENKA 及 INTERSTOFF 的流行色预测,只是大体按色系分类,列出色标,很少涉及印花配色运用的问题。只有极少数的流行色预测,与印花配色有所联系,如巴黎的 PREMIERE VISION①,在流行色预测的展览中,常常打破同类色排列的规律,使对比强烈的颜色构成一个色组。去年秋冬季的预测中,"烟火"色组最为突出,艳丽的紫色、莓红、松石绿、嫩绿和鹅黄相互辉映,显示出热烈欢快的节日气氛。博览会的展品中,有不少印花图案就是用的这种配色,并常以玄色地作为有力的背衬。今年春夏季又推出了"花园"色组,由水仙黄、带紫的桃红、叶绿和海棠花橙等鲜明色彩组成,很多印花展品都以这种五彩缤纷的配色,生动地体现了花园般的情调。虽然 PREMIERE VISION 的流行色与其他流行色存在较多的共性,但多少给印花配色提供了借鉴,希望引起应有的重视。

一、一种值得注意的倾向

在联邦德国作调查工作的一年多时间里,笔者参观了十几个与时装、织物有关的国际博览会,发现近年来的流行色大致都按明度分成三个色系——深色系、浅色和中间深浅的鲜明色。深色系和浅色系在真丝印花的配色中用得不多,而中间深浅的鲜明色系常常是印花配色中最活跃的因素。如 INTERSTOFF 对 1985 年春夏流行色的预测,浅色调中的"透明色"后来在市场上得到极大的反响,但主要体现在年轻人穿着的化纤、棉布服装上,而且大多是染色的。深色调在薄型织物上几乎毫无反映。只有中间深浅的鲜明色调——

---

① PREMIERE VISION,法国第一视觉面料博览会(也被称为"时尚面料的世界之巅"),主办单位:Premiere Vision Le Salon(世界最权威面料组织),地点:Parc des Expositions de Paris-Nord Villepinte(巴黎北郊维勒班特展览中心),展馆名称:法国巴黎班特展览城,1973 年创办,一年两届,每年 2 月和 9 月举办。

红色调、黄—绿色调和蓝色调,才能从印花绸缎上找到大量的印证。

这种现象表现在连续几届博览会的流行色预测,及其后在市场和时装界的色彩运用中。印花配色如何运用流行色,无疑是一种值得注意的倾向。

二、流行色与流行配色

据日本《织物指南》分析,1985年春夏、秋冬及至1986年春夏,柔和而带有女性气质的时装将成为主流;与之相应的面料、花色则由单纯的条、点、均衡的几何形,转化为花卉、波浪等自然花样,印花配色也相应地变得鲜明活跃。

欧洲及我国香港有关报纸对今春时装所反映的印花色彩,也作过相似的报道,对配色的鲜明和对比色的运用,作了形象的描述。

今春INTERSTOFF和PREMIERE VISION博览会及西欧主要城市的市场反应,证实了这种看法是基本正确的。最多见的配色是白地色上印上呈块面的彩花,颜色搭配中灰色调减少,纯度较高的颜色增多,但又并不是用纯色色环上的"原色",以色立体的概念看,似乎并非"赤道"上的颜色,而是稍稍偏浅,处于"亚热带"的纬度之上。颜色之间对比较强,但由于白地面积较大,或加上少许黑色作为点缀,仍趋平衡,总的色调非常明丽。

从各种迹象分析,纯色对比,是当前或今后一段时间中印花配色的最大特点(这种配色特点甚至迫使花样的结构和形式去适合它的要求)。由此我们感到,如何去看待"流行色"的问题值得深思。我们常常脱离流行配色,孤立地看流行色卡,并按色卡上颜色的排列和组成去理解色彩运用。这看起来似乎也在运用流行色,但配色效果却与人家流行趋向差别很大。例如,一般色卡都是按色类划分的,排成一列的颜色往往是同类色,若照它配,岂非全成了同类色的配色?

总之,我们想通过上述的情况来证明:除流行色之外,还存在着流行配色。对丝绸印花行业来说,熟悉和了解流行配色比单单了解流行色更加重要。

三、流行色与花样结合

同一组流行色用于结构不同的花样,常常会出现截然不同的面貌。有的花样效果好一些,有的反而因为生搬硬套而适得其反。特别是形象具体、层次复杂、一定要以明度推移去表现体积感的花样,很不容易让流行色"对号入座"。

在意大利科莫 LINEA ELLE 设计室学习时，我曾请教过有经验的设计师。他们普遍认为，在印花图案中使用流行色，必须与具体花样相结合，盲目地将色卡上的颜色填充到花样上去，并不一定能取得良好的配色效果。必要时往往让无彩色系的黑、白作为陪衬和间隔。虽然黑、白并未列入流行色的行列，但丝毫无妨于我们在具体的花样上表现出流行的色调（如果翻阅一下近期的时装画报或国外来样，可以明显地感觉到黑、白在印花配色中经常被采用，并起着重要的作用）。我们在 INTERSTOFF 花色情况介绍中曾提到过"黄、黑、白"的配色，其实就是一种流行色运用的实例。很多呈块面的少套色花样上，在采用当前特别流行的黄色调的同时，为避免过分的眩目，将黑、白同时介入，既鲜明地体现了流行色调，又照顾到配色效果的稳定。

这一届 INTERSTOFF 开幕前，我们访问了 K.B.C 的子公司——U.M.T。他们在调研分析的基础上制作了自己的流行色卡，色相与博览会预测相近，但颜色更为鲜艳。在商讨印花配色时，他们认为，在配色运用时，要尽量采用这份色卡上的颜色，以充分体现出流行特点。

有些国外的时装表演在用色上也是这样，往往在一套服装或一组服装中，全部用流行色来相互搭配，借助于新的流行色来突出时装的新鲜感。

所以我们认为，印花配色应结合花样特点，充分运用流行色彩，在必要时再借助其他色彩的调剂，以尽量使配色的总体效果具有流行特点。当然，对一些传统的常用花派要另作别论。

原载《丝绸》，1985 年第 8 期

丝绸艺术之花

一、关于手绘的报道

1984年3月,笔者在德国"慕尼黑时装周"见到好几家厂商展出真丝手绘服装,主要有联邦德国 Ivina Von Schlippe 和 Titik 及奥地利的 Paul 公司。经营品种以真丝双绉、绉缎的衬衫为主,有少量连衣裙。图案题材以花卉为主,描绘笔调自由奔放。有的还镶上相应颜色的皮革。卖价甚高,一件衬衫,自300马克到600马克不等。

9月份,笔者参观了巴黎"PRET-A-PORTER"时装博览会,感到真丝手绘时装更为突出,至少有五六个单位展出。陈列的手绘服装较"慕尼黑时装周"丰富得多,不仅以手绘作为一种特色,服装款式也非常考究,一望而知是属于高档产品。

一般所绘花形不多,有的只有寥寥几笔,一束胸花,远效果如染地雕印的件料印花,但花形部位的白度、鲜艳度大大优于雕印。在裙摆边缘常绘有规整的色框,色与色之间以浅色防染包边隔开,因此颇有中国传统图案的风味。

过后不久,笔者再度去慕尼黑参加时装博览会,又接触到关于"手绘"的情况。经营我国丝绸的客户 Seidenraupe,现在就专门从事手绘有关业务。从他印发的宣传资料看,绘制的艺术水平很高,风筝、人物也成了手绘的题材,有些完全是水彩效果,色彩感觉丰富,表现云、水、雾气,生动逼真。该公司提供很多纸样,不会画的买去依样复画。从他提供的实物看,勾线的都是防染的染料,这套线条和留白的效果完全一样,平涂部分颜色很匀,花形的构成全靠防染线条。我们将根据该公司提供的材料进一步试画,以后将操作和所有细节陆续向国内报道。

手绘件料比印花更加灵活。染织美术设计可以根据新的服装款式特点和服装造型的需要去发挥想象,充分强化新款式的原有特点,就好比在各种器物上绘制"适合图案";而服装设计则可以不受印花图案的制约,不像原先那样,要根据印花的花形布局结构,再去裁剪拼接。因此从艺术的整体效果看,服装造型设计和依附于这种造型的饰纹能得到更加理想的结合。

　　手绘真丝时装的另一个优点,在于它适应消费者的心理要求,适应小批量、多变化的生产特点。

　　真丝服装在西欧一直是一种高级的消费品,一般场合根本看不到,主要用于礼服,参加重要宴会或上歌剧院看戏时穿着。真丝绸生产和消费的数量与化纤、棉布相比,是微乎其微的。因此无论是款色设计,还是服装加工都必须精工细作,讲究工艺,才能与高贵的面料相协调。依附于这种服装的花色当然同样要求"阳春白雪""锦上添花",越是"曲高和寡"越能显出穿着者的与众不同。手绘真丝时装恰好能够满足这种特殊的要求,具有高贵的手工艺术效果,适宜小批量生产、个性化消费,随时可以更换图案和色彩,加上操作简便,成本低廉,所以这几年发展更快。

　　手绘真丝服装在我国历史悠久,我国古代就用天然染料在丝绸服装上绘制各色精美的纹样,特别是王公贵族的祭祀礼服,官家女子的嫁衣,都以手绘图案装饰。近代因为印染工业的发展,渐被取代。近年来为适应旅游业的发展,在头巾、领带上出现一些用涂料绘制的产品,但因染料和工艺的局限,始终还未能与服装挂钩。而国外的染料商却早已发现手绘的优越性,试制了各种类型的手绘颜料,分别适用于丝绸、皮革、棉布、化纤,还有一些专用工具配套出售,如绷架、刷子及防染透明涂料等,并附有详细说明和图例,供爱好者自己绘用。从以上已经提及的专业手绘厂商的产品看,他们所用的染料和操作肯定更加先进和完备,在处理大面积深色地时水平较高,可以从深至浅晕染,也可以平涂得非常均匀,与染色无异;防染涂料的细线条流畅自然,与在纸上绘画没有什么差别。但无论如何,在工艺操作方面不会像现代丝绸印花那样复杂难驭。如果我们能够引进一些对口的染料和技术,发展手绘真丝时装出口是完全可行的,它将为增加换汇开辟新的途径。我们具有大批绘画人才以及丰富的丝绸原料这些基本条件,关键是要与服装设计密切配合,并在花色上适应西方高档时装的要求。

(1984 年 9 月 30 日发自联邦德国科隆)

二、兴衰感叹

　　以上的报道,刊登在《丝绸》月刊 1984 年第 12 期。发稿过后不久,在一次丝绸进出口公司代表处在德国科隆的业务活动中,碰巧认识了当地画家 Walendy 女士。她长期研究丝绸手绘,在业内颇有影响。她的作品以写意花卉为主,对花的观察和刻画非常精到,线条勾勒老练,用笔洒脱自如,色彩明快、鲜艳,画面结构大胆。幅面一般在 1 平方米左右,方形或长方形,可作方巾或装饰画。

1985 年春季,国际丝绸协会在英国伦敦举办丝绸宣传周,展览设在著名的老牌百货公司哈罗兹。展台上有好多幅 Walendy 创作的丝绸绘画,色彩绚丽,非常引人注目。

在展览大厅里专门辟出一角,请她当场作画,演示这种新颖的手绘过程,借以扩大丝绸的影响。

这次展览看到 Walendy 的作画表演,更加引起我们对真丝绸手绘的兴趣,并进一步详细地了解到绘制的全部过程和细节。

首先坯绸要求精炼到位,比一般印花用坯的要求高,用羊毛笔蘸水轻扫上去,能马上快速地渗透和渗化开来。

然后将坯绸裁成所需尺寸,用大头钉固定在木框上,凌空搁置,使它不接触其他物体,这样就可以动手绘制了。

开始只见她将一只装有防染胶水的塑料瓶倒置轻挤,确认瓶口的金属细管是否通畅,接着就用细管里流出的胶,边挤边画,勾勒花卉植物的轮廓。待稍干后,在空出的位置开始上色,颜色极丰富,是用各种染料制成的溶液,一般比较深一些,以供兑水减浅,临时调合。

有的地方平涂,有的地方有丰富的浓淡、色相变化,渗化作用在真丝绸上产生亦真亦幻、难以名状的艺术效果,有时还用撒盐的办法,强调特殊的肌理,自然天成。这里水起了关键的作用,水的多少决定了颜色的深浅,也影响到渗化的程度,控制水的分量、下笔的时差和色彩之间的衔接,是这种手绘的独特语言。

画完之后待干,或用电吹风吹干,然后用布包好,避免颜色相互接触,放入特制的电蒸锅,一般蒸 15 分钟左右,使染料在高温中和纤维结合,达到一定的牢度。

最后是水洗、熨干。

此中最关键的是防染胶水的运用。在炼透的真丝白坯绸上,染料溶液极易漫无边际地渗化,只有用"防染胶水"这个法宝,才得以随心所欲地塑造花形,使边际固定下来,然后去渲染深浅变化,营造丝网印技术还无法表现的渗化效果。多种颜色在水的作用下,形成非云非雾、流光溢彩的画面。

国内原来的手绘之所以受到局限,就是因为从未解决染料溶液在丝绸上的渗化问题,设想每画一笔四周渗化,还能塑造什么形象呢? 有人设想用涂料颜色画丝绸,渗化问题解决了,手感却大成问题,只好画上小面积的花草。再则一直没解决深色地上画彩花的问题,所以始终难以成大器,一直得不到发展。

图1　Walendy 手绘过程(一)　　　　图2　Walendy 手绘过程(二)

图3　Walendy 作品(一)　　图4　Walendy 作品(二)　　图5　Walendy 作品(三)

图6　Walendy 作品(四)　　图7　Walendy 作品(五)　　图8　Walendy 作品(六)

1985年回国后,我用从联邦德国带回来的材料和工艺,做了不少试验,组织绘制了一批真丝方巾,寄到德国销售,极受欢迎,还顺便购买了各种手绘工具和特殊的胶水,除了透明无色的胶水,还有金、银两色,手绘效果更为华丽。

图10　Walendy 与中国丝绸贸易人员
（左一为 Walendy 女士，右一为作者）

来苏州的国外游客，十分喜爱这种丝绸绘画，也愿意支付当时看起来比较高昂的价钱。一条大约90厘米见方的洋纺丝巾，经手绘加工，售价在100元左右。不少人觉得很惊奇，原先不值钱的品种，竟卖出这样的高价，好像难以理解。其实这种手绘创作，每幅各有特色，具有一定的艺术水平乃至收藏价值，正好符合他们个性化的消费需求。

利好的消息不胫而走，很快在各地传开了，防染胶水也出现了不同的土制品种，但有的含有害挥发性助剂，不宜经常和人体接触。

再后来为了速度，有人用自制的胶质浆料将花形轮廓线通过丝网印在丝绸上，再填颜色，成千上万地复制同一花形，千篇一律。数量上去了，档次下来了。很快这种粗制滥造的产品变得一文不值，绘画的艺术气息消失殆尽。

印花防染线条的半成品，外发给从来不知绘画为何物的人填色，工费降到几毛钱一条，可想而知最后的结果。

一个好不容易远渡重洋，流传而来的品种，一朵丝绸上的艺术之花，谢了，太匆匆！

贪多求快的聪明人，最擅长的就是竞次！跟别人比谁的产品更便宜，更低档，更粗糙，更类同，更低成本，最后是更快的消亡。

现在回想起来，仍然感到非常遗憾！

2014年10月

用第三只眼睛看世界

为了了解意大利的图案设计情况,去年7月我们专程去科莫"Linea"设计室参观。他们人手不多,但效率甚高,创出了自己的风格。近期《国际纺织》曾作过专门介绍。他们的主要特点是:擅长经营,信息灵通,尤其在资料运用方面,有不少值得我们参考的地方。

使我们感到惊奇的是,那里的设计人员只有五人,而资料室的藏书却非常丰富,除少数期刊外,为数最多的是各种美术资料,如绘画、摄影、建筑、装饰、花卉、动物等图书资料,无所不有。他们非常重视那些开发价值大的第一手资料,而期刊画报则是作为了解行情的一个窗口。

一、哲理性的标题

在为数众多的图书中,有一本精美的影集引起了我们的兴趣。一幅幅瑰丽的画面把我们带到了一个奇异的世界,但细看却又都是一些熟悉的景物,虽属"情理之中",却有"意料之外"之感。

影集分别以云霞、岩石、树林、海水、羽毛、苔藓为题材。有的以微观方式显现出我们容易忽略的细节,反映出自然界隐蔽的纹理结构;有的以宏观气度,把整个森林的壮观概括在咫尺之间;有的是黑山白水,飞瀑争流,像一幅素雅、简练的水墨画,奇峰怪石完全被统一在一个深灰色的层次里,突出了依山而下、层叠曲折的飞流,以及瀑布动态的轨迹;有的晚霞、残冰的河面和倒影打破了风景照片的格局,突出的是绚丽的色彩和在水面的倒影。更接近我们图案表现形式的是翠鸟的羽毛,摄影师似乎是带着设计家的眼光在为我们搜集资料。

作者为自己的影集取了一个颇含哲理的书名,叫做《用第三只眼睛看世界》,以不同于常人的眼光和不同寻常的表现手法去摄取自然界内含的美。

二、他山之石，可以攻玉

从 Linea Elle 设计室的作品来分析，可以明显地看到，很多图案的题材和表现方法都来自这些第一手资料。

今年春季在第 51 届 INTERSTOFF 博览会上，笔者遇到该设计室的负责人并应邀去参观他们的展室。从他们认为最满意的作品来看，花卉图案占有较大比重，花卉的造型甚为严谨，避免了概念化和雷同化。有的还可以隐约地看出是某些原始资料所起的作用。后来知道，这些作品的成交情况非常好。

据了解，我们在联邦德国的专销商 ISPERT 公司，经常到他们那里去购买样稿，然后在江浙沪加工印花。

去年初夏，他们提供的秋冬季设计稿样中有两种题材最为突出：一是树叶，以各种造型变化和表现手法见长，其中部分也强调丰富的层次；二是钻石，着重刻画钻石晶体的块面结构。我们在交谈中得知，树叶的取材是为了使图案的情调与秋天的季节特征取得某种一致，钻石的取材是考虑到优雅的丝绸品质与高贵的钻石饰物得到统一。后来参观他们的资料室，看到藏有很多以花卉植物为题材的水粉画册，用色较为简练，始知不少图案的构思原来得益于此。资料的恰当运用与流行信息相结合，这是他们取得成功的秘诀。

中外艺术史上，以巧妙的借鉴触发灵感的佳话不可胜数。丝绸图案设计的取材，也常常来自姊妹艺术或自然界的启示。上海设计人员曾借鉴商周青铜器纹样和色彩情调，成功地设计了一批花样；苏州设计人员曾以热带植物为主题，搞了专题设计，提高了设计水平；杭州设计人员对秋天的植物色彩进行了专门研究分析，在自然色彩的运用方面成绩卓著。

近年来因外商来样加工增多，不少同志对图案创新设计产生了怀疑，误认为照搬外来花样就能跟上流行趋势，所以"从图案到图案"的做法越来越多，许多花样题材脱胎于外样。实际上这是一种舍本逐末的做法，结果是几个人的设计却像孪生兄弟，大同小异。这种以模仿代替创作的方法，好比生物界近亲繁殖的后代，越来越弱小，越来越退化。

而第一手资料的价值，在于它的经久耐用，永葆青春，常用常新。

三、科学的眼睛

罗丹说过，生活中并不是缺少美，而是缺少发现美的眼睛。这种发现只能由精思极虑

者的眼睛去寻见,对于漫不经心的人来说,生活中的美几乎是不存在的。

《用第三只眼睛看世界》给我们的启示还远不止上述的那种发现。摄影师不但善于找到那些被自然界表面现象遮蔽着的美,还利用了科学的眼睛去发现美,他是带着现代化的照相镜头去看世界的,因此确实有异于我们凡人的肉眼。

现代摄影器械和摄影技术的高度发展,使人类对自然的观察向纵深延伸开来了。高精度、高保真、高度自动调节的照相以及望远镜头、微摄影技术,使我们看到了物质的结构,也看到了目所不及的世外幽境。

对我们最有利的是,这"第三只眼睛"所看到的东西可以随时保存在底片上,以备在办公室、画室里细细研讨,比起对景写生不知快捷了多少,免得让那些稍纵即逝的奇景幻象从身边溜走。

这几届 INTERSTOFF 博览会的信息资料馆中,有一本日本出版的《花卉植物色彩运用》,全书分六册,真实地反映了自然花卉的丰富色彩,并精确地进行了色彩分析,列出比例不等的色标,专供美术工作者参考运用。

去年春季 INTERSTOFF 艺术廊的精彩展品,都附有一张彩色照片,是每一幅图案的构思来源。

各种流行色预测也常常借彩色照片来印证它们的渊源。

《用第三只眼睛看世界》给我们的感受甚多,除了它本身所提供的参考价值和美感享受外,还体现了观察自然的深度,并提示了运用现代技术和以科学眼光去开拓视野的方式。

1985 年写于科隆

设计和选样
——欧洲丝绸图案设计情况点滴

据了解，欧洲的纺织图案设计单位有近千家，以意大利的科莫(Como)、法国的里昂(Lyon)及巴黎(Paris)最为集中。单单科莫这样一个中小城市就有近500家设计室，其中400家设计室，都是只有一名设计人员又兼经营者，有5～6人的设计室约几十家，极少数设计室有20来个设计人员。

据国际生丝协会的资料统计，世界性的织物博览会每年有几十次，分别在里斯本、哥本哈根、纽约、伦敦、科莫、洛桑、米兰、法兰克福、巴黎等地举行。在历届织物博览会上，都可以看到在会内外有不少卖花样的人在活动，他们的活动范围很广，不仅到博览会去出售纸样，还与各种印花厂商保持联系，必要时送样上门，任客选购。

据科莫一位设计室负责人介绍，他们有5名设计人员，根据不同行情来确定他们的设计方向。负责人不仅是一个经营者，还是花样设计的专家，必须善于抓住流行的信息，指导设计人员的工作，同时又必须让每个设计人员发挥自己的特长和创造性。该设计室负责人针对具体花样介绍了他们的新作，当问及为什么较多地采用叶子作为花卉图案题材时，他说是为了体现秋冬季的情调。确实，各种叶子都带有秋天的色调，其中还夹杂着无名果实。还有几张配套的几何形花样，据称是根据钻石的特点形变而来，因为钻石和高贵的真丝绸非常匹配。可见除了形式的变化，题材的选取也是经过精心考虑的。

他们各人的设计数并不一样，少的一二十张，多的近30张。因设计质量直接关系到这个小单位的经营成败，所以十分讲究画面效果，平涂色块均匀，勾线精细，有不少大回头的花样幅面很大，但刻画仍较认真。为了取得良好的纸面效果，他们运用各种工具，如块面平涂加勾线的花样，块面用水彩色画得十分均匀，加上鸭嘴笔勾线时，不受底下颜色的影响；有时为突出鲜明的地色，采用现成的各种颜色纸；为了力争得到理想的效果，同时节省时间，还千方百计运用其他现成的花版套印；有时还用喷笔、剪贴等各种手法。

由于纸样被选购后去向难以预测，可用于丝绸印花，亦可用于化纤，所以设计时只考虑一般的生产可能,不完全与某些工厂的工艺相适应,有少数只提供一种图案的新颖设想,通过放样和生产工艺方面的努力,可大致表达出这种设计想法。设计人员的思想比较单一,只集中于形式、内容的创新,较少考虑更多的枝节,因此设计风格繁多,思想方法比较开阔。

如此众多的设计单位,其设计数量的总和非常可观,但真正被选中的只有极少数。这极少数的纸样被用于丝绸和其他织物后,加工成服装,从而构成各个时期的流行特色。因此,选样的人才是市场花色面貌的真正决定者。

我们在巴黎与法国主要丝绸客户"派蒂"洽谈时,他得知我们想了解印花花色情况,便带领我们去参观一个印花厂。该企业由父子两人经营,他们一方面购置适销的面料品种,一方面和印花工厂有联系,经常选购新的印花纸样,并以自己的见解和设想,请人修改、配色,印成码样后向服装部门推销。后来我们在巴黎凯旋门附近的时装店里不止一次地看到他们经销的花色品种。看来他们的经营颇为成功。

意大利"拉蒂"和"蒙太乐"等大厂自己拥有设计人员,但仍买进部分纸样。大多数中、小厂商都没有设计人员,如联邦德国依斯派脱公司,为了弥补我们报样的不足,也经常向意大利的设计公司选购纸样,由我们印回头样后,向欧洲印花客户推销。最近他们接待了科莫一家设计公司,并选买了30张花样,为1985年秋冬季的流行风格。

我们在法国接触了五六家较有影响的印花厂商,在洽谈中发现每个公司都有一两个花样方面的决策人物,由他们来选定花样、配色和品种。他们受公司的"全权委托",富有经验,判断果敢。花色是否对路是印花厂商经营盛衰的关键,因此这些花样的决策者绝不是只凭个人的一时好恶在操纵花样的"生杀"权。相反,只有时时留心行情变化,对花样和色彩的历史和现状有清晰的认识,见多识广,才能具有正确的判断能力。这就是所谓"观千剑而后识器"。

在选择花样的工作中,他们有一个突出的有利条件,是我们现在所不具备的,那就是他们不担心没有花样可选,相反有十分广阔的选择余地,在两三天内就可以往返于意大利和法国的设计中心,因此不存在"矮子里面拔长子"的缺陷。一些设计单位的花样看不中,就可以换一批设计单位的花样去挑选。

另外,他们懂得保持自己的风格特点,很少盲从。如瑞士的印花客户"阿勃拉汉姆"经销提花加印花的品种很著名,在欧洲各大城市的橱窗中都可以看到他们的产品,他们着重研究提花花样和印花花样如何配合。里昂有好几家客户则侧重各种纱绉类的织物,无论织、绣、印还是手绘,各种形式都运用到他们的产品上,在该类产品的花色品种方面成了最有发言权的专家。意大利的"拉蒂"和"蒙太乐"对于头巾、领带抓住不放,形成了他们自己的风格。法国"列奥娜"经销的真丝产品又别具一格,花样特别奔放、泼辣,色彩也形成了独到的情调。因此,这么多商厂的产品很少雷同,百花齐放,竞相争艳。

原载《丝绸》,1984年第11期

良好的开端　有效的尝试

——深圳印花绸洽谈会笔记

今年9月18—24日,中国丝绸进出口总公司在深圳举办印花绸洽谈会。28家客户,51人次到会,其中大多来自我国港澳地区、新加坡,也有个别美国、法国客户。共成交印花绸66.14万码(604 519.6米),计163.43万美元,其中真丝印花绸30.14万码(275 479.6米),计142.75万美元。洽谈会开得很成功。

这次洽谈会选在深圳开,对港澳商人比较方便,早出晚归,当天往返。会议规模小,开支省,机动灵活,又可集中力量做好印花贸易,对于市场调研、探讨今后的方向、发展印花绸生产和贸易都有一定意义。

一、新花色成交活跃

印花绸专业洽谈会是一次新的尝试,江苏、浙江、上海、广东各口岸都十分重视。有关工厂根据流行趋向,特地设计、赶制了近200只新花样,共7万码(63 980米)备货。因此,这一次的备货和以前的概念完全不同,应该说是新花色的集中展销,比之往年花色品种评比展出,更实在、更具有经济价值。工业部门的厂长、设计师参加这样的交易会,可以与客户直接接触,通过具体看样订货,鉴定自己的看法,修正原来的认识,进一步做到适销对路。

上海分公司的备货准备比较充分,坯绸全部选用45英寸(1.14米)花绉缎,印花图案风格多样,配色也比较对路,因此得到客户的好评,洽谈会第一天,门庭若市,一抢而空。来晚了的客户深感遗憾,悔之不及。江苏公司印在提花坯绸上的花样也很抢手,有的客户一次就选购20多个花样(一花五色,近万码),签约时发现其中有几只花样已被先到的客户买去,深感遗憾。

看来工厂在调研基础上有针对性地设计新花样,做一部分备货,是一种完全可行的办法。一方面,那样可以减少原来印花绸成交中的环节,让客户直接看样买货,提高效率,也加快了周转。特别是我们现在生产、交货的时间太长,以备货成交,可大大缩短交货期。

另一方面，对工厂来说，还可以补足外销印花任务，起到平衡生产计划的作用。只要坯绸和花色对路，这种有针对性的印花备货不但应该继续做，还可以适当增加。

这次印花绸洽谈会，上海专做备货3.5万码(31 990米)，68只花样，成交了3.3万码(30 162米)，64只花样；江苏专做备货2万码(18 280米)，73只花样，成交了1.8万码(16 452米)，68只花样；浙江专做备货1.9万码(17 366米)，46只花样，成交了1.19万码(10 876.6米)，27只花样。

二、品种花色流行趋向

1. 品种

提花加印花在市场上仍然好销。双绉印花基本没有新的订货，只是少量卖掉一点现货。缎类织物中"14158真丝缎"比较好销，江苏"仿提花印花"效果逼真，备货第一天就卖完，订货时坯绸供应不足，如果能多安排一些机台，估计该项工艺还能多创造一些效益。14101素绉缎，19姆米(81.80克/平方米)，价格较高，港澳客户做印花较少。另外凡是36英寸(0.91米)门幅的绸缎，在洽谈会上基本滞销，如江苏的惠湖绉、凤翔绉、玉玲绉等，只有法国"派蒂"少量买了一些。这一次各口岸都带了绵绸的印花样，但客户比较犹豫，未能成交。

总体看，我们的印花品种比较单调，各地的几个提花品种都差不多，提花花样也大同小异。要求得进一步发展，必须扩展视野，改变以印花花色变化为印花之唯一变化的观点，将印花成品看作是品种、提花加上印花的立体效应。加强原料、品种、提花、印花之间的横向联系，再加上有意识的新设计，肯定有利于印花成品的面貌改观。

2. 印花花色

前一阶段大花似乎很流行，特别从国外时装画报看，宣传效果确实比较突出，但太大的花，销售面毕竟较狭，除个别大花形体虽大，但并不显得臃肿，加上配色、提花都较对路尚可销售外，一般客户在挑选花样过程中倾向性很明显，以中形偏小为最受欢迎。从题材分析，太像花卉的、太写实的显得相互雷同，不如似花非花的造型，倒各有特色。但概念化的几块笔触，或圆或方，画多了也大同小异，因此仍然可以在花卉变形方面下功夫。而这种变化应强调手法简练、高度概括，也可以说是极抽象的表现形式，外形单纯，用色简明，还常常在用笔方面显示出洒脱自然的趣味。

前一阶段，以面来表现响亮色彩效果的花样较多，比我们长期以来所习惯的点、线的表现方法更接近欧美的现代风格；但对于我国港澳地区、新加坡等市场,在面之外,不妨点缀些细点、细线,使图案更加耐看,在粗放之外有一些细腻的雕琢。如新加坡"美都"这家客户,长期经营印花丝绸,江苏、上海生产他们的来样,风格相像,色彩紧跟流行潮流,但花形一直控制在"中形"的范围之中,有成块面的地方,也有点、线作过渡,粗细结合,粗中有细,比较稳健。

从成交花样看,色彩倾向也是比较明显的。去年春季开始,欧美国家流行饱和的纯色,特别是在去年 3 月伦敦哈罗兹丝绸宣传月期间,这种鲜艳的色彩风格得到了系统的归纳——宝蓝、翠绿、玫红、鹅黄、大红这些颜色一直盛行。这次洽谈会上美国客户 Exotic 介绍,美国受到这一影响,当前仍然流行以上这些颜色,并常常以黑色和这些颜色分别搭配成双色花样。他们认为我们的有些配色由于色套过多,加之面积相仿,一花五色感觉雷同,而且过于花哨。这家客户还提到,要有一个"柔和色调"作为这类鲜艳配色花样的补充,一花五色全部用粉调的各种色相对比构成,是每年春夏季都很畅销的配色。这一点和美国其他客户来样或佛山生产的法国来样配色极为吻合。

我们在配色上的确与国外来样尚有差距,除主观认识的局限之外,还受到工艺条件的限制,例如现在直印花样多,但复色太大,套版不准,常常以配色来掩盖这种缺陷。因此除玄色、深色地外,直印花样的花色都较难配。另外德古林雕印、玄色地上雕印,花色还不够鲜艳。

三、几点想法

专业性的洽谈会对扩大印花绸外销有一定好处,最好以后每年都定期举办。欧洲也有好几个以经营花色绸为主的博览会,我们可仿效,使之成为例会性质的交易活动。若有条件,分口岸也可以开,这样有利于印花厂普遍提高水平,发展外销产品。另外,如果能搞一些小规模的展出,展销密切结合,效果可能更好。

要恢复和振兴中国真丝印花事业,需要各方面协作配合,综合治理。印花绸在整个出口丝绸中所占比重很小,容易被忽视,而印花业务又极为复杂,印花生产的工序特别长,交货期又一时不能满足外商的要求,要改变这种现状,需要工、贸双方共同努力。工厂要提高质量,准期交货,改善服务,建立信誉。外贸则应提供必要条件,如充分组织适销的印花坯绸,尽量配备管理印花业务的专业人员等。

原载《丝绸》,1986 年第 12 期

1987年广州丝绸小交会花色情况汇报

1987年8月10—15日，中国丝绸进出口公司在广州流花宾馆举办丝绸小交会。为了振兴丝绸印花，发展深加工产品出口，该公司专门安排各地主要印花厂准备了一批"新花色备货"和新的花样，参加小交会的洽谈，并根据次年春夏国际流行色布置了小型展出。

五天中，成交真丝印花绸38.17万码（约34.90万米），选定花样149只，客户选购"新花色备货"18.97万码（约17.35万米）。

客户对花色的要求非常直观地反映在成交的产品中。总的看，成交的花样服用性较强，以中小型为主，图案比较稳健，稳中求新，表现形式十分丰富，排列自由灵活，给人感觉流畅统一。相对而言，不规整造型的图案较多，完全写实的风格较少，但是不同地区、不同客户有不同的需求，很难找到特别明显的同一倾向，我们就比较突出的几个问题归纳如下：

一、印花坯绸

尽管从整体而言，提花绸在我国港澳地区的销量下降幅度很大，但到会选购"新花色备货"的客户和前两次小交会一样，仍然对提花加印花的产品较感兴趣。

由于厚重的提花或绉缎织物价格较高，所以15～16m/m的提花织物显得比较好销，如江苏的"层云缎"、浙江的"桑波缎"等品种，门幅以45英寸（约1.143米）为主。

此外，真丝缎也较受欢迎，而一般的双绉印花则无人问津。

二、双色花样

双色花样，即单套色印花花样，是国际上常年流行的花派。这次交易会上，各种风格的双色花仍然好销。从客户挑选花色的过程看，他们对双色花样似乎比其他花样更容易接受，对层次繁复的多套花样反而常常犹豫不决。因此，排列多变，布局灵活，由不规则的中、小块面或加上点子、线条构成的双色花样，在成交的产品中占有相当大的比重。

由于这类花样的配色从技术上看比较简单,所选地色有一个大致范围,花样面貌的区别和翻新全在于图案表现形式的创新,所以,简单的因袭外样、大同小异的花样很难引起客户的注意。

从成交的花样看,各地都有新的创造和发展。花样有平铺直叙、布局均衡的,也有从疏到密、高潮迭起,造成较大起伏对比的。排列形式有笔墨简练、花清底明的,也有层次丰富、密不透风的。

就黑、白配色而言,应该注意到印在绸面上的黑色所占的面积大小。有大面积的黑色中留白极少的花样,也有大面积的白地上印上极少黑色图案的花样,当然还有大量黑白相间、平分秋色的花样,这样从明度的调子上就大致有三种不同风格。加上其他内容和形式的构思,双色花样仍然存在着广阔的开拓余地。

三、点子、条子

规整的圆点或随意手绘的点子,只要和提花坯绸配合得当,色彩对路,仍然是客户欢迎的图案。

直条花样这次各厂准备不多,只有上海第一丝绸印染厂带了一定数量,客户对于适合男装的细条花样特别青睐,选购一空,供不应求。

像点子、条子一类适应面广的常用花样,在现货成交中风险不大,使其保持一定的比例,以丰富花样门类,是一种较好的做法。

四、色 彩

双色花样大多以黑或白与另一个颜色相配,因此选配何种地色极为重要。这次成交的地色主要是品蓝、翠绿、深皎月、白,其次是鲜艳饱和的大红、鹅黄。凡浅淡无神的含灰色和黑或白相配,就很难推销。

在双色花样配色问题上,这一次交易会有一种趋向,即元色和另一个鲜艳色的配法特别多。如大红的染色绸,与其印一套雕白的花,还不如印黑色的花。看来黑色的运用相当广泛。这种配色,虽然不存在色相的对比,只是无色彩丝的黑色和较饱和的纯色相对比,但给人以艳而不俗、单纯响亮的感觉。

为了丰富色调,赶上国际上新推出的流行色彩,各地印花厂都赶制了一批被认为将流

行的"粉色调"花样,但实际成交者不多,还不太好卖。从时间上分析,这次成交的现货刚好春节之前在香港上市,所以艳丽一些的色彩对消费者更为适合。另外,粉色调花样的配色本来就有一定的难度,色彩的纯度、明度很难控制,稍不留意就和麻、棉类织物雷同,而且特别容易搞得暗淡无神。如果花形面积较大,配在琐碎的小花上就更加不容易取得理想的效果。各地在粉色调的运用中有不少成功的佳作,其关键是在粉色调中略加明度上的点缀,使画面不仅富有粉色调的特点,同时又避免了暗淡失神的缺点。因此用好粉色调关键在于配色技巧,特别是明度的调节。

粉色调花样在这次交易会上虽然没有得到客户广泛的肯定,但是作为明年春夏的色彩,仍然应该引起足够的重视。

五、客户反映

同德:满地小花印在满地小花提花绸上,提花绸被掩盖了,效果不好。

纯粹突出泥点的花样不好销,特别是那种粗制滥造的泥点,感觉粗糙,但如用精细的泥点,表现水彩等抽象图案中柔和的层次推移,仍然是一种很好的表现手法。

美纶:少套色表现的,具有丰富变化的肌理效果可以采用。

对当前适销的花样,要在形和色两方面再加以变化,使之提高一步。

成振:仿兽皮花纹的图案仍然好销。明年春夏季,粉色调肯定会流行。对具有新鲜感的花色感兴趣。

新威:喜欢奔放的较大的花形,颜色要特别鲜明、艳丽,对渗透印花很感兴趣。

新通(新加坡):对太紊乱琐碎的满花不感兴趣,挑选色彩鲜艳、色套较少的中形花样较多。

万成:个别工厂的产品黑色不黑,需要改进,另外很多花样的配色都采取完全相同的一花五色,放在一起看,色彩雷同,有碍销售。

这次丝绸小交会虽然和春季上海小交会、广州交易会在时间上很接近,但印花业务仍较活跃,成交的"新花色现货"为历届榜首。原因之一是总公司抓得较早、较实,各厂的积极性也较高,不仅在数量上,而且在花色的创新和实用的结合方面,在印制工艺水平上都有明显的进步,花样描稿精细,在洽谈过程中大多数被客户选中。因此准备工作很重要,正是由于各地推出的花色品种比较丰富,所以能适应各种客户的不同要求。但在男装用料方面还不够重视。根据《国际纺织》主编戴维先生介绍,欧美和其他地区男装的花色品种正在引起重视。国内各印染厂接单中也发现了这种倾向,值得引起我们注意。

这次交易会的准备工作既有集中又有分散,充分发挥了各地的创造性,所以在展品布置中能够一改历次展出中色彩杂乱的旧习,从而形成几种明显的色调,给人以鲜明的印象,而在成交过程中显得百花齐放,丰富多彩。

另外,通过这次交易会,与会的同志在对待国外信息方面颇有同感。如国外流行色的预测问题,一般在销售的一年半之前就开始发布了,我们在运用中应该考虑具体的对象和销售的时间背景,如果是近期货、备货,就应该从当地的实际需要出发,否则就会适得其反。欧洲发布的流行信息,即使会推向世界其他地区,还有一个时间过程,例如近期《国际纺织》介绍兽皮纹已经不流行了,而交易会上香港"成振"一来就询问有无兽皮花样。《国际纺织》介绍海滩花样中流行鹦鹉等鸟类图案,但在交易会上客户对所有动物题材都不愿意接受。这两种情况都反映了"地域差"和"时间差"的因素。因此对于国外的信息,一定要具体分析,具体对待,机械地接受反而会带来不良的后果。

原载《江苏丝绸》,1987年第5期

书窗忆旧篇

篇首语

  岁月流逝,而往日旧事常常像秋雨叩打窗户,不期而至,难以忘怀,如《学艺》《丝绸——苏州文化的百年起落》《且说地图》,以不同角度说丝绸,实在是难忘曾经为之倾注一生心力的丝绸设计艺术和当时丝绸兴旺发达的景象。

  《学艺》讲述了我们这一代丝绸图案设计人员学习和成长的过程,以及我们的启蒙老师傅和设计人员的概况。

  《丝绸——苏州文化的百年起落》借苏州日报记者的采访,说古论今,展开谈丝绸。

  《且说地图》写了和地图有关的趣闻,提到丝绸印上地图的尝试和历史。

  其他十几篇则是由读书、看景所引起的随想。

  退休之后,闲来无事,常去公园散步。散步很自由,随心所欲,不知所往,踏着秋天的落叶,走近春天的花圃。散步还随伴着思考,把偶尔所得写下来,于是就有了这些文字。这次编汇成书的20篇短文,除写丝绸外,大多漫无边际,东拉西扯。其中有些曾刊载于《姑苏晚报》,部分是近年所作,从未付梓,一并奉上,也不怕方家见笑了。

 ## 学　艺

1959年,我19岁,从苏州中学高中毕业,进了苏州丝绸印花厂,直到2000年退休,一直在这个厂工作。当年工厂初创,也没有专门厂房,记得是在北寺塔边上的庙宇里,搭了一些土制的印花台板。刚进厂时什么也不懂,一片茫然。工厂领导正在安排人事,考虑怎么落实好这些小青年的岗位。一起进厂的人中间有一位叫黄维铨,是市三中初中同学,知道我喜欢绘画,就随口跟领导说了这个情况。不料工厂初建,正好缺少设计、描稿人员,领导就把我安排到设计室做学徒。当时也根本不懂设计是怎么回事,于是凭着想象,画了一些风景图案的草图,厂里也没有专业设计人员,就让我们几个瞎琢磨。

厂里投入生产的花样,有的是加工单位提供的实样,厂方也曾到上海丝绸研究所选购画稿,一张在他们那里落选的花样卖到一两百元(这在当时是很高昂的价钱)。所以有关领导感到自行设计很有必要,经过再三研究,决定派出学徒,到上海有经验的老厂去学习。设计方面是我和李克勉同志,其他工种也先后派人对口学习。

当时上海最有实力的丝绸印染厂隶属上海丝绸进出口公司,他们的优势是各道工序都有一批经验丰富的老工人,当时没有"技师"这职称,但他们在部门里都是数得上的骨干力量,很有威望。

我们的师傅有两位:周松琴和蔡鹤寿,都有几十年的工作经验,不但能设计图案,还精通生产工艺,是整个前准备车间的技术把关人物。

我们是1959年年底到的上海。工厂位于中山公园附近。设计室有不少外地来进修的学徒,广东有三位,四川两位,安徽有两位,加上我们苏州两位,算上工厂原有的设计人员共15人。外地学徒多于本厂人员,这是比较少有的,但他们一点也不排外,一点也不保守,真心实意培训外地新建工厂的职工。后来这批学员都成为各地印花设计的骨干。

我们的两位师傅常常忙于技术方面的衔接工作和一花五色的配色工作,根本没有时间搞设计。幸亏每个月从丝绸研究所的设计室都会送来几十张最新的画稿,是交给工厂打样用的,我们利用下班以后的时间,借来临摹,挑灯夜战,天天要搞到十点多钟。那段时间很艰苦,正值全国挨饿的时候,晚饭吃得早而少,到十点多钟离厂前还在楼下洗个澡,早已肚中空空,常常和四川的两位师兄到静安寺喝啤酒,外加一盆水煮包菜……

　　长期坚持临摹，对我们帮助很大，我们逐渐学会了独立的图案设计，有些设计图案居然还被外贸方面选中，提供给工厂打样、生产，这就更加激励我们发奋努力。为了一睹那些还未谋面的老师，我们要求去丝绸研究所参观，后来几乎每星期到现场观摩一次他们的作画过程。当时楼紫朗、黄耿雄、吴锦琛、任湘瑢、任声远、蔡作意还都健在。他们早年在上海滩以卖花样谋生，是众多设计人员竞争中生存下来的高手，都各有绝技，设计丝绸图案出类拔萃。

　　每次去研究所，我们都一声不吭地在桌边垂手而立，恭敬有加，看老师们调色、作画。等到画毕，老师把边上多余部分剪下，我们随手拾起，连这一条边也要带回去研究研究。

　　我们每天临摹，从不间断，开始可以画一些简单的花样了。当时做在富春纺上的清地朵花最多，花样的表现方法以撇丝为主。我们集中精力去掌握撇丝的技术要求，还常常听老师现场分析设计和工艺的关系。后来才知道，这一点对我们回厂独立的工作有多大帮助。

　　因为工厂离中山公园很近，我们提早起身先到公园写生，然后再去上班。

　　那个年代花种得很少，难得看见月季、玫瑰，好不容易发现几朵小花，又因为写生水平比较差，从来没有对着实物作过画，无从着手。后来发现国画的花卉白描是一种有效的手段，就经常临摹。为了画好线条，练手上功夫，特意在大冷天画白描……

　　色彩是丝绸图案设计的另一个重要课题，一开始对广告色都一无所知。以前中学里自己乱画，都是用质量很差的水彩颜料，区别很大，看到先入山门的师兄调出那么漂亮的色彩非常惊讶……

　　在上海丝绸印染厂一待两年多，如果急于回苏州厂也不起作用，没有打样的工序，先前带回去的纸样，还挂在墙上。

　　回去后发现有了设计稿还只是第一步，必须印到丝绸上，制成印花绸样，才能通过外贸发出去，取得订货。为此，我放下画笔到车间，从黑稿、制版、配色、刮印一直到后处理，都去熟悉了解，学会操作，参与打样的全部过程。这是一个艰难的过程，每道工序都得深入下去，慢慢才悟到上海的几位师傅为什么常常要跟我们谈生产工艺问题——当你熟悉了工艺、技术的局限，才能充分用足这种条件，在规定范围内去最大限度地发挥设计的想象。从不少失败的经历中，我逐渐学到了设计和生产结合的规律，这对我以后几十年的工作起了指导作用，规范了我的设计思想。

　　当时厂里只能生产富春纺一类品种，对真丝尚未接触过。我从样品资料上看到上海七丝印的真丝印花产品，色泽、印工都很精美，认定这是我们的方向，至少我们也要开始设计真丝印花的出口图案,否则差距会越来越大。真丝绸报样的确困难重重,染化料、糊料、树脂贴绸、后处理都要摸索起来。我们开始打的样子非常粗糙,几次被上海外贸方面退回,为此我还与收样的师傅顶撞起来……

1965年,我被调到苏州丝绸研究所工作。在这里业务研究气氛极浓,晚上办公室灯火通明,同行们都在收集资料、研究技艺。资料室的收藏特别丰富,古今中外的美术资料令人目不暇接。在研究所的两三年对我提高业务水平起到推动作用。

"文革"期间下放至车间劳动,我进一步接触生产实际,空余仍不放弃设计的本行。工宣队同志很支持,所以这段时间业务上并没有荒废。

设计室同事基本来自专业院校,美术基础好,我喜欢跟在他们后面去写生,看他们面对杂乱的对象如何取舍,如何用颜料调色去表现眼前的景物。有几位特别善于线描,我就研究他们的白描写生。周围同事都是老师,只要仔细琢磨、总结,都可以学到门道,在这样的环境里,看都看到了许多。

当时"文革"还未结束,但因为我们搞的是出口创汇产品,并不属于取缔的对象。外出写生等业务活动没有中断,只是期间经历过捕风捉影的大批判,把图案中的葵花说成是国民党党徽,原因是数下来有12个花瓣。还有种种大帽子的荒唐夸张,不少设计人员都深受其害,大字报从屋梁上挂到地上……无限上纲真害人。

"文革"之后,印花设计人员全部调到丝绸印花厂,当时丝绸出口受到国家重视,我们的工作条件也得到不断改善。

过去主销苏联和东欧的情况面临转折,我们加强了对资出口的研究,添置图书,并通过中国图书进出口公司,订阅法、意、瑞等国的丝绸样本,眼界大开。

20世纪70年代中期,大家在忙碌中度过,到1978年三中全会之后,各方面都在重新部署发展宏图,中纺部、总公司为提高基层设计人员水平,组织各地派员到中央工艺美院进修。我被派往中央工艺美院学习,受教于中国染织美术的著名教授庞薰、雷奎元、李有行、常沙娜、温练昌。其他基础课也安排进行,晚上加班学素描,白天画水粉,集中时间去郊外写生花卉。星期天伙房休息,我常以一杯开水两只白馒头充当午餐,一个人在教室里一整天不移位,埋头阅读从图书馆借来的理论书,做笔记、临摹图案资料……因为学习机会来之不易,所以我这个老学生非常珍惜。

20世纪70年代,中纺部、总公司为了鼓励设计人员,在全行业统计个人的设计完成情况,以设计成交数字(指被国外商人选中落实订单生产的花样数字)为依据,这种评比连续进行了三年,评出三人为全国设计能手,这三人是蔡作意、黄耿雄和我。

我深知，这种成绩完全建立在所在工厂打样和生产的水平上，在印花工艺和装备差的地区，无论个人怎样努力也不可能达到这种指标。

20世纪80年代以后，我担任管理、配色和品种开发工作。配色花费我时间相当多，几十年来一直未曾中断。一幅设计稿，在打成绸样时，按规定配成五种不同色调，以满足消费者多样化的需求，有的花样便于配色的再创造，效果好；也有相反的，画稿的色彩结构不尽合理，配色事倍功半。然而这一现象启发了我，使我逐步懂得在图案设计过程中应考虑这种因素，务求设计时要顾及配色，让配色有发挥的空间。

为总结实践中的体会，充实理论思维，80年代我不间断地在《丝绸》《流行色》发表了20多篇探讨性文章。也许就因为这些文章引起关注，1984—1985年我被派往德国，长驻科隆，对欧洲丝绸花色品种、流行信息及设计生产等方面的情况进行调研，并及时向国内汇报。有关情况已有详述，此处不重复了。

回国后我的工作重点转到科研项目、技术攻关和品种开发方面，先后参与多项国家重点攻关项目，得到有关方面认可，在新工艺、新品种开发方面也有不少成绩，获"江苏省突出贡献中青年专家"称号，享受国务院特殊津贴。

能够一辈子做自己热爱的工作是一种福气，业务和爱好合一，辛苦也成为乐趣。

至今我走在街上，看到路人的穿着如有突出的印花图案，就驻足细看，甚至跟着走上几步……看到报纸杂志的有关图片，还照旧剪贴收集……明知已经没有什么实际用途，但已成了习惯。

拜师学艺的这种方式早已成为过去，我们这一批设计人员刚好处在一个特殊的时期——工厂已经匆匆建起，配套的技术人员奇缺，直到20世纪60年代中期之后，染织美术专业的毕业生才陆续走上工作岗位，成为设计队伍的主流。我们这批学徒出身的人正好起到了承上启下的作用。

附注：

本文写了作者学艺的详细过程，也说到坚持自学的艰辛。1980年9月30日，《苏州日报》记者吴强、张慧明、周永华所写的《范存良巧绘新图》刊登在《人民日报》，这是社会对勤恳实干的肯定，我应当作鞭策和鼓励。

附《人民日报》所刊原文：

范存良巧绘新图

我国丝绸花样设计的后起之秀范存良，自1997年以来，连续三年被评为全国设计能手。在今年8月的全国出口绸缎品种花色评比会上，他又被授予锦旗奖励。

41岁的范存良是苏州丝绸印花厂花样设计室的副主任。这个厂生产的印花真丝双绉，不久前在全国质量评比中获得了金牌。范存良高中毕业后，进上海一家印绸厂学习打样技术。进厂后，他不仅刻苦学习打样本领，而且还认真临摹样稿、写生。半年后，他设计的花样就被有关部门选中，投入生产。

范存良自学了《基础图案》《色彩学》和瑞士著名的美术理论家约翰内斯·伊顿的《色彩艺术》等绘画理论书籍，还自学了油画、国画、水彩画等绘画技术。他抓紧时间进行写生基本功训练。每次看到奇花异草，总是要把它们画下来。一次，他在北京听说北京植物园有一种菲律宾的卡德兰花，具有浓郁的热带风味，以前他曾根据资料设计过，但没见过实物。为了了解它的花形结构，他利用休息时间前往参观，可是这种兰花种植在特殊的暖房里，对外一律不开放。在他一再要求下，管理人员被他那种强烈的求知欲感动了。他走近暖房，贪婪地观察，飞快地速写，一刻钟后，他走出暖房时已汗流浃背。又一次，他在苏州刺绣研究所参观时，看到形象逼真、色彩丰富的"乱针绣"风景油画。经过一番思索，他设计出了一张像乱针绣的风景花样，收到了较好的艺术效果。

在十年动乱期间，范存良虽被长期下放劳动，仍没放下画笔。近三年来，他设计的花样被选中的已达三百多只次，他还被邀请到苏州丝绸工学院为师生们讲课。《江南丝绸》《浙江丝绸》等专业杂志都刊登过他的学术文章。

丝绸：苏州文化印记的百年起落（记者访谈）

苏周刊：怎么会想到编著《苏州百年丝绸纹样》一书？

范存良（原苏州印花厂高级工程师、国务院政府特殊津贴获得者）：从印花纹样看，20世纪六七十年代的工艺技术水平较差，印制的精细度较差。改革开放之后，技术改造，设备和工艺都有改进，反映在纹样的精细度就大不一样。色彩方面也同样，前期比较灰暗，八九十年代趋向鲜明……另外，对苏州近百年来的纹样设计进行了系统梳理，从一个侧面叙说了苏州近现代的丝绸史，并且以丰富多彩的纹样，形象地反映了当时的设计艺术和工艺水平。如果后人需要了解这段历史时，还能在这里一窥当年的大体情况。

苏周刊：纹样是什么？纹样与丝绸的关系是什么？纹样代表着什么？

范存良：纹是"糸"加"文"字，"糸"指丝织品，"文"指图案、花纹，拼起来"纹"就是带有图案的丝织品。"纹"一般也指那些线条构成的纹理，如皱纹、鱼尾纹、指纹、水纹、斜纹、平纹……我国丝织纹样历史悠久，《中庸》中就曾写到"衣锦尚絅（jiǒng），恶其文之著也，故君子之道暗然而日章"。古人在带有纹样的丝绸服装外面罩了一件麻织品外衣，因为丝织纹样太漂亮、太引人注目了。君子的为人之道应该是比较低调的，不尚夸耀，时间长了别人自会了解你的品行……可见2000多年之前我国已经能生产非常华丽的丝绸品了，并且还有漂亮的织纹。

苏周刊：新中国成立后，苏州丝织业也兴盛过一段时间，应该是20世纪70年代末到80年代末，那时候有振亚、东吴等大型丝织厂，丝绸贸易也很繁荣，工艺设计在全国也属于领先，能说说那时的情况吗？

范存良：苏州是我国丝绸行业负有盛名的生产基地，周围农村有种桑养蚕的良好条件，丝织、印染在江、浙、沪三地占有重要地位。新中国成立之后丝织业极受重视，成为全市重点产业，特别是改革开放之后，丝织、印染的技术装备得到明显改进，工艺技术也上了一个新的台阶，充分消化吸收了国外的先进经验，各项技术指标已接近甚至达到国际水平。1982年统计的丝绸工业总产值有4亿多元，丝织品出口创汇近7000万美元，排名居全国前列，所以苏州第一届旅游节就叫"丝绸旅游节"，可见丝绸的影响在市里举足轻重，当然后来旅游节就不提"丝绸"两字了。还有历年来优质产品评比、质量金奖、名牌颁发

都少不了丝绸,真丝印花双绉、印花真丝绡、印花层云缎、真丝塔夫绸、人丝修花缎等获国家质量金奖,评为银奖和省优质产品就更多。1982年苏州丝绸花色、品种增加到19大类160多个品种,2000多只花色,畅销100多个国家、地区。

苏州形成了一支高素质的设计队伍,在历届全国评比中经常名列前茅。例如1986年5月苏州丝绸参加全国印花设计评比,在全国40个得奖设计作品中,苏州获16个:一等奖3个,二等奖7个,三等奖6个。80年代,苏州丝绸印花厂每年被外商选用投产的新设计花样一般在350只左右,同时每年有300只内销花样投产。这种态势一直保持到1990年。从1994年开始,苏州工业进入产业调整转型期,丝绸工业实行产业转移,全行业逐步退出。

苏周刊:怎么一下子就衰退了呢?

范存良:丝绸的逐渐衰弱也许是社会发展的必然。在世界工业化过程中,日本、欧洲都曾经历类似的过程,蚕、丝、绸行业的前半段首先遭遇农村城市化的影响,蚕、桑行业逐步向劳动力比较富余、经济欠发达的地区转移,生丝价大幅提升,给丝绸发展带来了困难。高技术的产业逐步替代落后的劳动密集型产业,日本等国也从丝绸出口国变成了丝绸进口国……

苏州原来大中型的丝绸厂有十多家,1982年丝绸行业从业人员曾达2.8万人(仅指苏州古城市区)。全行业的衰退,使不少人感到遗憾、迷茫,因为丝绸几乎已经是他们生活的一部分,不少人从学徒干到退休,不离不弃,对丝绸有着深厚的感情。

尽管行业被调整了,但丝绸的名声和记忆没有消失,各种丝绸的商行和店面随处可见,旅游产品中还少不了丝绸的各种制成品。例如一丝厂,生产线早就停了,但经营部仍在运转,靠苏州丝绸的牌子维持至今,可惜产品出自外省,细问起来有点尴尬……这种情况在日本也同样存在,到日本旅游,游客会被安排到一个展馆参观丝绸样品、织机,连带着看一场穿着和服的T台表演。

苏周刊:在丝绸业整体衰退的时候,刺绣近年来似乎替代丝绸成为苏州的一张名片,其实刺绣从材质上来讲,只是用到了丝绸中的一根丝线。

范存良:其实刺绣和丝绸的价值、作用不尽相同,设计方式更是天壤之别。根据美国《国家地理》杂志报道,20世纪80年代中国有1000多万农民栽桑养蚕,50万工人从事丝绸生产。70年代末,仅美国商人杰克·沙马士一家公司,每周就从上海订货10万码真丝绸。可见当年丝绸生产、贸易的规模十分可观。丝绸曾是我国的一个重要产业,出口创汇大户。除经济效益外,单从就业机会的创造来看,所起作用也不容小觑。

从图案设计方面看,两者的区别是:刺绣以再现绘画作品或摄影作品为主,而丝绸图案设计应该是一种工业设计,是批量生产的一种依据,按设计稿可以生产成千上万米的织物,批量供应市场或出口。设计稿并不作为供欣赏的作品。

苏周刊:现在欧洲高档丝绸制品的原料都从我国进口,然后再制成成品出口。我们也知道丝绸有它的弱点,就是易皱、易褪色,那为什么我们不能生产出高档的丝绸制品呢?是不是我们在丝绸后处理上与欧洲还有差别? 我们是否也在研究后处理技术的创新与突破?

范存良:我们讲的丝绸是指有独有的手感、光泽和吸湿透气性能的天然的蚕丝织物,也就是真丝绸。目前真丝的产量在整个纺织纤维的总量中,仅占千分之二,而且近年还在下降,可见真丝产品的珍贵程度。尽管化纤经过改进,可以效仿真丝绸的优点,但真丝绸的舒适性仍然为消费者珍爱,用《丝绸——纺织品皇后》一文作者妮·海德的话来说:"没有其他衣料能代替丝绸。"丝绸确实算得上是纤维中的皇后。

苏周刊:还有一个现象,欧洲还在生产高档的丝绸产品?

范存良:欧洲保留了有代表性的、少量高档产品,如领带、方巾等,丝绸原料从中国进口。因为真丝绸对遥远的西方来说,曾经是一种非常神秘的珍品,只有王公贵族才能穿着,丝绸珍珠般的光泽、富丽堂皇的图案和特有的手感,使人倾倒。而这样珍贵的纤维竟然来自一条条白色的家蚕,简直不可思议。要110颗蚕茧才可以做成一条领带,630颗蚕茧做成一件衬衫,这是多么来之不易啊! 直到今天,在苏州丝绸博物馆的参观人群中,听得最认真、看得最仔细的一定是国外的来宾,丝绸仍然以一种异国情调吸引着他们。

欧洲工业化比我们早得多,但是他们并未放弃最精华的品牌,在科莫、佛罗伦萨、里昂和巴黎仍有不少著名的老牌厂家,生产领带和方巾,以独特的艺术设计、精美的印工赢得消费者的青睐,既是高档消费品,也成为一种收藏。前几年法国名牌爱马仕到上海美术馆举办展览,他们带来了最新设计、印制的真丝印花方巾,一条方巾的售价在2000元人民币左右。

苏周刊:丝绸是一种穿越千年历史的文化产品,也是一种实用的可穿着的商品,随着大量新型面料的问世,作为一种商品,丝绸制品的前景如何? 如何拓展市场? 在文化产品和商品之间,我们哪些地方需要改进,使这一代表苏州文化名片的织物再放光芒?

范存良:20世纪90年代之后,苏州丝绸全面退出,既有市场原因,也是政府指导下的政策性行为。但作为苏州的代表性产物,虽然工厂关了,名气还在外面,中外旅游者仍然把苏州丝绸当作首选的纪念品、礼品……精明的商人并未因为行业下马而退缩,反而开出更多的丝绸商店,缺点是档次不高、卖价低贱、纹样粗糙、门类单调,与其他地方的旅游产品大同小异。虽然打着苏州牌子,但并无苏州特色。

我们认为关键是没有苏州丝绸的名牌产品、高档产品。从当前行情看应该走小批量、高质量、多花色的路子,充分发挥原有的设计优势,开发富有苏州地方特色的高档产品,以质量和文化的内涵来支撑苏州丝绸的名气。建议苏州市有关方面扶持有条件的企业,充实现代设备,提高产品质量,开发花色品种,打造新的品牌,使苏州丝绸这块老牌子焕发新的风采。

附:《苏州百年丝绸纹样》一书中部分印花图案(图1、图2、图3,均为印花真丝双绉)

图1　　　　　　　图2　　　　　　　图3

原载于《苏州日报》,2011年8月19日 C02版

 ## 感悟时间

　　生活中极简单而又日常接触的事物，似乎很熟知，但经不起考问，要你作出确切解答，反倒茫然不知了。

　　例如"时间"，我们每个人都生活在时间的长河之中，但是要说清楚时间是什么？有点难。

　　哲学家说时间是"运动着的物质的存在形式"，钟表的指针在移动，日月星辰的转动，这就是时间吗？大概就是"运动着的物质"所表现出的一种可见形态……

　　反正时间的存在是不容置疑的，但又显得那样虚幻，无从捉摸！因为谁也不曾看见过时间。

　　混沌初开的远古时代，因为没有任何计时的方法，古人只好"日出而作，日落而息"。这样过了很多年，由古圣先贤依据月亮的圆缺计算出月的长短，用节日来作出对年的划分，在漫无边际的时间长河中，春去秋来，花开花落，寒暑交替，分出了段落，理出了头绪，于是就有了历法。

　　没有参照，就无法计算日、月，基督山伯爵关在黑牢里，就无从知道"今夕何年"。时间好像什么也不是，只是思想中的一瞬，文字中的一个词，石头上的一道刻痕，流动着的逝去流水。

　　时间对于一定要"眼见为实"的人，好像并不存在，其实是"大音希声，大象无形"。时间这个巨大的存在并不依赖人的意识，它无始无终，朝着一个方向固执地走去。

　　记得我童年时代对时间也有朦胧的领悟，期待寒假来临，期待春节来临，期待中的时间遥遥无期。节日终于来到，正在兴高采烈的时候，忽然想到过不了几天就要开学，欢乐的心情一下子黯然失色，欢乐的时日总是飞逝而去。大块的时间如何流失，已经模糊，却清晰地记得课间十分钟的游戏，是多么的精彩和宝贵。

　　童年的感悟特别真率，较少受到别人的影响，具有强烈的个性。随着年岁的增大，更多的是对时间流逝的追忆，对生命短促的无奈。"逝者如斯夫，不舍昼夜"，孔圣人也只好望洋兴叹！

　　据说瑞士新生婴儿的登记卡和成人一样，有一栏要求填写"财产"的数目，父母通常

就填上"时间"二字。确实,婴儿一无所有,但拥有时间,这就是最大的财富。民谚"一寸光阴一寸金,寸金难买寸光阴",同样也把时间看作财富,感觉时间的稍纵即逝,失去时间就失去了机会,人们紧迫地去把握时间,因为这就是把握生命。

仔细想来,与其他资源的浪费相比,最不可原谅、最无可挽回的是时间的浪费。托尔斯泰说过,你没有有效使用,因而白白放过的那个钟头,永远也不能返回来了,就像落叶,它再也不可能重新变绿。

干事情的人,不放过点点滴滴的时间,等车、候机、塞车、旅途,这些被分割成零零碎碎的时间,都利用起来,用作读书、休息、通话甚至上网。看上去,他们的脚步永远是急急匆匆的,但是心里很充实,他们把握、拥有生命。

与此同时,生活中也不乏虚度时光的人,牌桌占据了他们大部分的时间,还有茶馆、酒楼搜罗了最后的剩余……时间竟然要想法打发,那么生活就会透出发霉的气味。

台湾作家席慕蓉在一篇散文中写到她对时间的感叹——常常是一开始计划得很好,要做好几件事,但实际生活中往往头绪太多,又常为琐事所累,时间匆匆流失,原有的设想付诸东流。作者感叹:"我的一生也许就会这样过去,在灯下的我,不禁悚然一惊。"

跳高的标杆

对练习跳高的运动员来说，标杆的高度代表着奋进的目标，在达到一定水准之后，提高一分、一厘，都是了不起的进步。所以，有经验的教练员不会把标杆定得太高，否则会把运动员吓得望而却步，甚至跑到最后从杆下钻过去。

制订脱离实际的高指标，曾经给我国的经济建设带来灾难。大跃进，反而破坏了正常的发展规律。实际上，精神文明建设，道德体系的完善，也同样如此，不能脱离原来的实际水平。

中共中央党校主办的《学习时报》曾刊登过一篇"以德治国"的文章。文章指出，这种德应与社会主义市场经济相适应，特别是"必须从最基础的道德建设抓起"，例如提倡"不伤害他人利益""不破坏环境"这些起码的道德要求。

我想这是很有见地的提法。过去我们不是这样，认为调子愈高愈好，其实是曲高和寡。因为标杆放得太高，运动员力不从心，只好从杆下钻过。对于高不可攀的道德标准，不能反对，只好表面上装得在做，实际上阳奉阴违，反而助长了弄虚作假的风气。

记得有一篇关于70多位诺贝尔奖获得者聚会的报道，有记者问其中一位："您在哪所大学学到您认为最重要的东西？"老人回答："是在幼儿园，学到把自己的东西分一半给小伙伴，不是自己的东西不要拿，做错事要表示歉意……"

一个杰出的成功者，竟牢记着最基础的启蒙教育、最起码的道德要求，并认为这对他的一生、对他的成功是如此重要！看起来是那样简单，甚至不屑一顾的三言两语，却概括了做人的根本道理，值得我们一生一世去好好体味！我们应该清醒地看到，长期以来"阶级斗争"贯穿我们的社会生活，把原先中华民族的不少优秀传统否定了，例如"恻隐之心""推己及人"或是人际关系中"同情、感恩、容忍、忠义"都归入了人性论的批判范围，把人民群众中朴素的道德规范当"封资修"，使传统的最起码的道德观瓦解了。"文革"之后来不及重建这些民族的优秀传统，又接着被商品经济大潮冲击得无所适从。现在是新中国成立以来各方面最有希望的时代，道德体系的重建显得非常迫切。不少有识之士对当前道德滑坡、犯罪高发感到忧心忡忡，希望找到一个切合点，建立与市场经济相适应的，又能融合传统美德的现代道德观念，从而提高公民的道德水平，建立良好的文明秩序。

《学习时报》关于从基础抓起的观点,符合国情、民情,因为只有经过大家的努力才能最终汇成一个改变社会风气的潮流。

假如连"诚实守信"这样最起码的道德都不能被普遍遵循,那么还谈什么"大公无私"?把跳高的标杆放得太高,也就是过高的道德标准,只能成为一种虚伪空洞的说教,相信连提倡者本身都不一定能够做到!

塑 料 花

有一段时间街上流行塑料花,颜色、模样还做得有几分像真花,尽管花瓣和叶子都是装配出来的,但对于不大懂花的人可以蒙得过去,而且还有不少优点受到欢迎,比如不用施肥浇水、永不凋谢。所以很多人结婚、开店、装饰写字楼都喜欢买塑料花。塑料花生意好、品种多,到了以假乱真的水平。还有人指着鲜花问:"这是塑料花吧?"这真是应了雪芹先生那名联:"假作真时真亦假。"

十来年过去之后,盛极一时的塑料花悄然地让位于娇嫩的鲜花了,这其中究竟是什么原因?

看来人们真正喜欢的还是充满生命灵气的鲜花,塑料花只能是权宜之计,在买不起或买不到鲜花时,聊胜于无,作为一种代用品而已。

改革开放初期,经营者"心有余悸":会不会鲜花之类又被说成资产阶级生活方式?看看上海、广州这些大城市,鲜花市场已经恢复,苏州行吗?再说,当时老百姓的消费水平低,鲜花还属于奢侈的商品,哪有塑料花实惠,价廉物美、经久耐用,五六十年代过来的人最讲究耐用!

于是姹紫嫣红的塑料花应运而生,尽管显得过于俗气,但适应当时的消费心理和消费水平,几乎家家户户的花瓶里都插过塑料花。我记得刚买来时感觉新鲜极了,花色艳丽照人,成了当时陋室中的亮点。时间长了积灰,加之塑料老化就显得没了精神,到过年过节的时候,放在水里洗洗,让它重放光彩。

我的一位朋友还借此发过一通牢骚。记得那时他在什么协会工作,抱怨领导不够关心,就以塑料花自嘲:"用得着时,水里洗洗,插在瓶里;用不着了,放进柜子,反正不用施肥、浇水……"也许确有这种情况,抓工作,实用主义,对一些群众性的团体不大重视,上级来检查,做些表面文章。这种对待塑料花似的工作态度,群众不满意,却能够达标过关,但终究是一种聪明的冷漠,不值得称道。

塑料花和对待塑料花似的工作方法一起都被淘汰了。塑料花到底仅是一种廉价的代用品,随着生活品质的提高,真花终于代替了假花。用塑料制成假花来装饰环境,是一种很尴尬的心态。

　　我们心里明明知道这是一种假花,塑料做的代用品,但还愿意自己受骗,愿意相信自己居住在绿树鲜花的环境里,故意不去识破这种自己假设的错觉。而同时又明显地感觉到这些不会死去的植物是何等的煞风景,并且隐约闻到了讨厌的塑料气味。

　　花期有限,鲜花易谢,令人遗憾,但是以无生命的化工材料去仿造鲜活的花瓣是徒劳的,虚伪的永生还不如有限的灿烂。我们钟爱生命,钟爱鲜花,愿鲜花沁人的芳香洗净尘俗的心灵。

热闹的随想

人有爱热闹的天性,例如喜欢跳舞的人,宁可挤得不好走路,也要到热闹的舞场去过夜生活,好像在拥挤的人群中才觉得踏实、开心!

逛夜市、轧神仙,那就更加体现了从众的心理,苏州人叫"轧闹猛",也就是说,必须拥挤才能热闹,必须热闹才能称心。

据说纽约的 MUSIC BAR、日本的居酒屋也是这样,烟雾弥漫,人声鼎沸,生意兴隆。欧洲的不少地方每年二月要举办"狂欢节",我曾做过热心观众。那是特别营造的大热闹,彩车、鲜花、乐队、化装游行要走一整天,大把向人群散糖果,道路都粘脚底。市民借着热闹把欢乐推向极致,商家也乘机大做宣传,因此热闹似乎也有经济方面的积极意义。

古人大约亦然,红楼梦里的太太、小姐特别喜欢热闹,变着法地制造热闹,除了中秋、元宵这些大节气,赏花、赏月、赏酒,三天两头过节。元春省亲,那更是"烈火烹油,鲜花着锦"了。当然,曹雪芹的描写不是为了凑热闹,而是在热闹中透出衰败,表现"没有不散宴席"的悲凉。

近年因为经济形势好,我们不少城市也制造了很多热闹,例如文化节、民俗节、购物节、旅游节,甚至还有啤酒、桂花、风筝……五花八门的东西都拿来过节。

不过说实话,热闹连着搞,就有点过于吵闹了。苏州人说"天天大年夜",热闹无限延伸后,人们反而嫌烦,连原先爱热闹的市民也冷淡了。

再说,热闹也只不过是一种气氛的渲染,让人们高兴高兴,并不能解决什么实质问题,热闹过后还是需要冷静思考,宁静致远,才能多做实事!热闹当中主要是讲排场和形式,会使人忘记正要做的要紧事情!

我总觉得热闹不是坏事,而民间自然发生的热闹要来得可爱一些,例如合家团圆的喜庆,产品开发成功的庆祝,商店开业的鞭炮,搬进新居的晚宴……老百姓从心底开心,自己掏钱找热闹。

公家搞的热闹就不一样,所费成本极高,花的都是财政开支,如果把各地搞的"节"加在一起统计,可能是个惊人的天文数字。

据了解,国外民间节日活动,热闹场面的营造都由商家出资,他们的地方政府根本就没有这一类预算。

热闹并不等于繁荣,热闹更不等于文明,安静下来,才有思想,才可能接近民众所想。

"让我们荡起双桨，小船儿推开波浪"

去公园划船，是青年时代的赏心乐事。同学少年，结伴而行，唱着歌，在碧波中荡漾。

成家后，孩子渐渐长大，带着孩子去划船，是他们最开心的事，所以暑假去的次数较多。

近几年，带小孙女去公园，又想起划船。找到船坞一看，船比以前多，而且颜色艳丽，形状各异，电动的、脚踏的，都装上了机器，就是不见了那种最平常的小木船。工作人员说，手划船已经淘汰好几年了！只怪自己孤陋寡闻，只得败兴而归，但心里总是不甘，想那熟悉的歌词，唱的是"让我们荡起双桨，小船儿推开波浪"。划船嘛，本来就讲求个"划"字，就妙在"荡起双桨"的感觉！用我们自身的臂力在水上翱翔，双桨就像延伸的双臂，身心都会得到一种自由飞升的体念。

随着物质生产的高速发展，现代技术给予我们太多的恩宠：出门有车，上高楼有电梯，游览名山有缆车，甚至所有的家务劳动也有机器代替，洗衣机、烘干机、吸尘器……最近又流行洗碗机，似乎什么事也别动手了。据说不久的将来，高技术的生活设施也将普及，连开关也不用手按，只要张张口，声控指挥。总之，现代化的设备正在替代我们的体力、智力，甚至所有的能力。

现代技术给我们太多太多，在获得的同时是否也有失去呢？答案是肯定的，有得有失！当所有的能力被替代了，我们，特别是我们的后代也许会变得过分的"现代"。例如做算术时的心算技能，就可能因为计算器的普及而衰退，人们书写的技能就可能因为打字的普及而淡忘。那么多的未老先衰和过早的肥胖症、糖尿病、高血脂，也许就是因为技术替代了我们的体能，而造成的富贵病、现代病！

据说电脑绘画已经无所不能，但是恐怕在电脑上永远不会出现齐白石、黄宾虹那样的大师，鼠标的移动还难以完全克隆笔墨的功底。缆车虽然快捷，但是登山的乐趣丧失殆尽，这哪里还有登山的意味？应该称为乘车。电动船当然省力，但是你从此体会不到斜倚船舷、兰桨轻划、波光桨声、依水徐行的诗意了，在你得到"省力"的同时，失去了多少美好的精神体念！

我们欣赏传统的中国山水画，欣赏画面上的千岩竞秀、万壑争流、清风朗月，面对这样

的画面,烦杂的心境即刻得以安宁,顿时神超形越。我想很少有人会在这种山水画中加上现代的汽车轮船。虽然我们为人类能创造现代化的交通工具而感到自豪,但是我们太熟悉人类自己的产品了,8小时上班就是和机器在一起,或者用机器去制造另一种机器,难道在描绘自然的时候,还要念念不忘这些并不雅致的钢铁外壳吗?特别是难得闲暇,还高兴在游船上继续操作那些令人厌倦的机器吗?

由此看来,把人们所有的活动都搞成机器操作,未必是一种合理的选择。在快速走向现代化的同时,一定要冷静反思,避免愚昧和短视,少一些任性和浅薄,保护好我们仅存的绿地、山林、湖泊、海滨,多留一些传统简朴的活动场所,放弃一些不必要的机器设备,让我们在青山绿水之间,放浪江湖,贴近自然,返璞归真……

"让我们荡起双桨,小船儿推开波浪。"

叶

　　一片树叶,看似单薄,一阵风就可以吹走,但它却是树木的名片。正是无数的绿叶汇集着组成树荫,给我们带来清凉的新风。

　　生活中,绿叶是无处不在的,我们每天吃的蔬菜,就是植物的绿叶。烟民离不开烟叶,丝绸来源于桑叶,解渴还是龙井的茶叶……

　　儿童在林间拾到一片枫叶,是大自然寄来的信笺?美丽的花纹,粗细疏密的脉理,兴许是大自然的密码!也像高明的图案设计。

　　大自然不满足于单调和重复,于是给各种植物剪裁出不同的叶子,灵巧的外形,丰富着我们贫乏的想象,成为装饰美术不竭的源泉。

　　人们欣赏秋天灿烂的红叶,在阳光映照下红里透紫,如果仔细观察,还可以在叶子的一角,找到残留的夏绿、秋黄。

　　看红叶的去处,当然还是栖霞或香山,远远望去,云蒸霞蔚,层林尽染。

　　旧书中一片三角枫的残叶,使尘封的记忆因之苏醒,那是同学少年登山的纪念……周恩来曾在欧洲收到中国的枫叶,那是邓颖超在万里之外寄去的思念和问候……小小一片树叶常常寄托着无穷的愁思,传递着坚贞的爱情……

　　深秋时节,银杏树林也值得一看。树叶早已失去了绿的光泽,但是黄得透明、黄得亮丽,完全是一种成熟的柠檬黄色调,背衬着深蓝的天空,因此就有"碧云天,黄叶地"这样的佳句。特别是年代久远的老树,它苍老的枝干上深深地刻下了多少风雨,多少经历。在树根的周围,堆积着厚厚的落叶,我想来年就会变成腐殖质,还原到土壤中去,成为新叶的营养,这是自然界一种天然的循环。古人说"叶落归根",道破了其中自然哲学的玄机。

　　我桌上有一盆"印度紫竹",曲折的枝节上互生着绿叶,还镶嵌有暗紫的花边。严冬过后,大部分叶子枯萎了,只剩下枝头顶端的几片,依然顽强地存活。清明前后把这几片残叶带着枝干插入泥土,待到春夏,它又茂密如初,生机盎然。

　　我知道,现在的竹叶并非就是去年的竹叶,所以唐诗《咏月》说:"昨夜圆非今夜圆。"但生命在延续,年复一年,生生不息。这叶,就像并未枯萎过,它在成为花泥之后,重新获得生命,当最后一片枯叶翩然飘落时,新叶也已经悄悄地在枝头萌动。

绿 岛

最近从广播电视报上看到空中拍摄的苏州,使我们长年生活在这里的人耳目一新。老城与新貌交辉,古老而充满生机,今非昔比,令人神往。

因为是居高临下,空中鸟瞰,视角和平时不同,有一种全方位的整体感觉,河流、绿地、建筑、道路的分布特别明显。反复看过之后,总觉得美中还有不足,那就是绿色所占的比例还不够多,有几张照片中的绿色只能说是一种点缀,绿色成片的只有公路两旁的农田。

《姑苏晚报》7月5日讯《酷暑中绿岛战热岛》,宣传绿化的好处,极有同感。"热岛"指现代城市的一种热污染,城市排放二氧化碳量大,加上人口密集、工厂多,散发热量多,使市区温度高于郊区,大城市中心区可以比郊区高出 4~5℃。而标题中的"绿岛",大约是为了在文字上追求一种对称美,但是恰恰很确切地道出了绿化的不够。就像上面说的航拍照片,这些珍贵的绿色,像一座座小岛,星星点点地分布在苏城内外,而大片大片的柏油马路、水泥地、钢筋混凝土的大楼却连成了"汪洋大海"。

连续几周焦渴的高温,人们特别向往有一个清凉世界,有一片绿色把烈日阻挡。在市区大概已经不容易找到这样的去处。我原来居住的东园附近,白塔东路的法国梧桐,有几十年树龄,道路两边的树枝几乎相接,形成一条绿荫的通道,大暑天一走到这里明显感到阴凉。可是前两年冬天,绿化队修树,不知何故把好端端的大树锯得只剩光秃秃的躯干,长了好几年,现在还恢复不了元气。

市区大公园周围,也是"热岛"中的"绿岛"。至于新近开发的金鸡湖景区,好是好,对一般市民来说远些,只能偶尔去"远足"一趟,有点远水解不了近渴的遗憾!

据负责新区征地动迁的同志汇总,1985年以来,已拓展了58.8平方千米土地,其中大多是农田,现在已建成"高新技术产业开发区",拆迁过程中的补偿、赔偿费用达4亿7千万元。我想这里原先是农田,当然是整片的绿色,而现在绿色永远消失了,谁给大自然的生态平衡去补偿呢?

希望在接下来的大型开发中,特别是市区,多建些绿地。如观前的改造,绿色就特别稀少,连称"岛"的规模也够不上,观前街上整片的石板,在酷暑中烫得像炉壁。路边一个

个大花盆,很难成为真正意义上的绿化。

我想苏州这样一个文化名城、旅游胜地,借助绿化这重彩浓墨的一笔,完全可以和新加坡、吉隆坡这些花园城市一样,以绿化来抵消城市的热岛效应。

当然,这种绿化不是"绿岛",而是颇为壮观的绿色环境的营造。

阵 雨

空气像凝固了一样,一点风都没有,树梢头的叶子也纹丝不动。窗户开着,只有热的辐射直逼进来……连续闷热的天气使人盼望一场透雨。突然远处响起几声闷雷,云层开始移动,深黛色的乌云在积聚着,遮住了天空,风也一阵阵吹来,和着渐近的雷声,奏起了阵雨的序曲。

一时间黑云压城,山雨欲来风满楼……

第一阵骤雨横扫过来了,像万马奔腾,金戈铁马,时而又像赴敌之兵,衔枚疾走。雨的旋律交替、重复和加强,是一支情绪化的乐曲,时而振奋,时而又从高潮跌到深谷……

雨借风势,风助雨威,风雨在旷野上呼啸、奔走,那是大自然酣畅的呼喊、力量的宣泄。几起几落,像一首乐曲到了尾声,也像暴怒之后的沉寂。

不知什么时候,天空收起了最后的几滴雨珠,大地复归平静,那是狂风暴雨之后的平静,连风也小心翼翼地吹拂,不忍心打破这圣洁的安宁。

阵雨洗净了世界,湖面上、树林间,散发出特有的清醒。

一场透雨滋润了久旱的田地,驱散连续的高温,在顷刻间使上万平方千米的范围变得凉爽宜人。

我想,没有什么景象有如此壮丽,没有任何力量能与之相比。即使现代科技有了长足的进步,也只能在局部改变自然,为人类所用。

空调,不失为绝顶聪明的技术,但是只能使一个封闭的空间降温,如果让新鲜空气不断补充,恐怕永远不能使室温下降。

照明,也可谓先进,但把全世界的灯光聚在一起,还是比不上太阳把地球照得亮。

在对自然的改造和开发方面,人们喜欢用"战胜"这样的豪言壮语,而人类从未真正战胜过自然,所有的"战胜"都在有限的范围之中。

相反,对自然的过分干预、不合理开发,已经造成了生态的失衡和灾难性的后果。过分地开垦和城建,肆无忌惮地破坏绿地、森林,将带来干旱和荒漠。恩格斯曾经警告:我们不要过分陶醉于我们对自然界的胜利,对于每一次这样的胜利,自然界都报复了我们!

阵雨过后的沉思中,我更加相信——敬畏自然,理解自然,顺应自然,人类才能沐浴自然的阳光和恩泽,和自然共存,和合万世。

由"废电池漂洋过海"想起

《姑苏晚报》连续报道关于废电池回收一事,显然是要借此提醒市民增强环保意识。而"叫好不叫座"的反响令人无奈,实际上就是知道好,但又不想做,懒得做。

报道中提到德国青年在苏州找不到处理废电池的地方只好带回国去,记者发出"莫让废电池漂洋过海"的感叹,值得我们深思。一个外国人不愿意把废电池扔弃在别的国家造成污染,而我们自己却不当回事,把废电池乱抛!对比之下,情何以堪。

其实类似的报道不少:一位叫赫尔玛·塞德尔的德国老人,80岁了,患有癌症,生活十分节俭,把所有积蓄——约三百万马克捐献给了中国的沙漠治理事业;一位叫远山正英的日本老人,从1995年以来,在中国待了6年,专门自费植树治沙,已经种了上万棵树木;还有外国的旅游者去长城清理垃圾……

这些志愿者的行为在使中国人脸红的同时,还令国人大惑不解——他们不是白求恩,谈不上国际主义,那么究竟为了什么?

西方发达国家,在工业化道路上走过了上百年的历程,他们目睹了工业化带来环境污染的严重后果。例如,英国的泰晤士河,早在1833年就因为工业污染,河里鲑鱼绝迹。1950年前后,著名的莱茵河被称为"欧洲最大的下水道"。1952年的一天,伦敦飞往世界各地的航班全部取消,原因是空气污染,能见度太低……严重的环境问题制约着经济的持续发展。

这一切促使西方国家的公众和学者去反思人类自身的生产方式、生活方式,迫使人们认识到,人类要继续在地球上生存,就必须建立人和自然和谐共处的绿色文明。保护环境就是保护生存的紧迫感,使西方社会产生了像绿党一类的组织,虽然有些过头的举措,但在普及环境保护意识方面起到明显的作用。由于两三代人的努力,目前西方社会环保意识普遍的水准肯定在我们之上,像德国,垃圾分类治理已经搞了几十年,可以说人人都从小养成了较好的习惯。他们为保护环境做任何事都出自一种自觉,或者感到了乐趣。像遵守交通规则一样——红灯亮了停车,看似带来麻烦,但其实带给自己生命的安全。

因环境问题,联合国从1972年开始召开国际会议。当时中国刚恢复席位,受邀请时非常犹豫,因为认识局限,认为环境污染是资本主义国家典型的社会弊病,社会主义国家没有这个问题。40多年之后的情形如何呢？过度发展带来的自然界的报复触目惊心，污染不是有无问题，而是已经关系到人类的生存。

特别是现代世界，地域概念完全被打破了，欧洲的一条河如果污染了，就会影响周边十来个国家；日本和韩国已经感觉到中国北方的沙尘；关于臭氧层的保护，联合国要求全世界共同努力。个人和集体、眼前和长远，原来作为一种政治术语，让你不感兴趣，而现在通过自然规律体现在水质和空气之中，强迫你去接受。大环境污染了，还保得住你的小天地吗？那种"只管自扫门前雪"，甚至把自家的"雪"推到公共场所去的做法，应该是可笑的，就像鸵鸟将头埋在沙里，"眼不见为净"，只是一时的虚幻。

希望德国青年把废电池带回国的举动能引起苏州青年的注意，希望湖滨大道和新城花园回收废电池的专用垃圾箱能引起市民的关注。希望这一切是一个契机，尽快促成苏州垃圾分类工程的实现。

追求财富是有代价的，在资源消耗和环境负荷之间去寻找平衡吧！

习 惯

申奥已经成功了,我们都关注着各项筹备工作。记得当时申奥代表团人员在中央电视台记者采访时说起,未来几年,场馆、设施的建设没有多大问题,倒是担心精神文明建设的滞后,例如民众的环保观念、举止行为、文明习惯等在短短几年间能不能有显著的改善。

的确如此,长时间逐步形成的风尚习俗、相沿成习的观念,一时是难以改变的。

中国人口多,如果没有良好的社会秩序、文明习惯,就很容易引起人与人的摩擦、冲突,也特别容易造成脏、乱、差的环境。因此申奥代表的担心是很有道理的。

说起习惯,想到清代刘蓉的文章《习惯说》,他书房里有一处地面凹陷,在踱步时几乎绊倒,但时间长了也就习惯了。后来凹陷处填平了,他走到此处反而蹩脚,觉得补平的一块是凸出来的多余之物……

可见习惯对人的影响非常深刻,某些缺点成了习惯之后,就习以为常,变成正常的事了,改正之后反而觉得难以适应。看来,人有很强的惰性,坏习惯要花大力气才能慢慢改变。但好的习惯,一旦养成,则是一种可靠的美德,就像天生就具有的品质。

现在不少发达国家的公民在环境保护、谦让礼貌、卫生习惯等方面的修养普遍要比我们好一些,已经成为一种文明习惯,不用在街头设立很多标语和公益广告牌。其实这一切并非天生就这样,在形成的过程中同样有不少曲折和困难。比如初期都有一个"与人方便,就是与自己方便"的趋利目的,久而久之,才成为自然而然的习惯,而成了习惯便是一种社会的宝贵精神财富,体现出现代人的基本品德。

一位作家出访美国,深夜街上寂无人声,遇到红灯,小车戛然刹住,作家十分惊奇,开车的朋友笑着说:即使黑社会的杀手刚犯案出来,只要后面没有警察追赶,遇到红灯也肯定停车,并不是杀手的素质好、能守纪,而是社会上每个人都明白,不遵守这起码的规则,出了车祸自己非死即伤。遵守这种社会上最起码的规则,保护自己,也保护了别人,现代社会"我与人人"相互制约的关系就是如此!

改革开放之前,我们不讲这些,只知道阶级斗争,把原先人民群众中的传统美德横加批评。例如,"容忍谦让""推人及己""恻隐之心"一概被叫做"反动人性论";也有人提出"我为人人,人人为我",其实是一种很值得推广的理念,但据说因为没有突出"阶级斗争",遭到彻底的否定。

近二十年来经济蓬勃发展,一些基本的道德规范建设来不及完善,或是跟不上社会发展的形势,所以现在仍然要担心我们的民族形象,仍然要重提文明习惯的培养。而习惯的形成,如春雨润物,是一件需要时间,需要细工夫的大事业,所以也就显得格外迫切。

且说地图

观前街苏州书城出售全国各地甚至国外的地图，这是一种全新的现象，是以前极少见到的事，从中也可以体会到一种开放的氛围，因为出门、出国的人多了，自然需要多了解外面的情况。

笔者曾经在德国工作过两年，回来以后常常想起曾经生活过的地方，特别是住过一年半的德国科隆，似乎生命的一部分留落在那里。前几年专门和科隆的外国朋友联系，托他寄来几份城市的地图。

德国人办事特别认真，这种城市地图折叠起来像一本小册子，摊开足足有两个平方，街道、建筑、河道密密麻麻，简直像是军用地图，其实对我来说已经没有什么用处，只是留个纪念，闲时取来看看，指给妻儿看看我曾经住过、去过的街道……

后来在女儿那里看到她同学从日本福冈寄来的一张地图，市区街道的房子完全用线描上色，画出立体的效果，就像坐着直升飞机鸟瞰城市一样，据说所有建筑都是按原样画下的。这张地图因其特殊，给我留下深刻的印象。

当然并非愈详细就愈实用。我在科隆的一年半时间里用得最顺手的是一种简明的交通图，这种图并不画出街道，只是把城市中的所有公共交通线路按照所处方位详情标明，为了使乘客尽可能找到中转的站头，每一路车的线路用不同色彩印刷，好似用彩色电线组成的复杂电路，便于电工寻找故障。即使是不认识德文的外国人，凭借这种地图也可以很方便地乘车、中转、到达城市的任何地方。

近日无事路过文庙旧货市场，看到地摊上有不同时期的苏州地图，我想这倒的确可以算是一种文物，很有收藏价值，是若干年后要了解苏州发展详情的有力见证啊！

对于苏州地图，笔者还做过一种尝试，可惜范围较小，所以不为大家了解。我曾经构思将园林风景和苏州地图印在丝绸头巾上，因为采用了当时最先进的印制工艺，风景和地图还比较清晰，被有关方面作为礼品赠给国外来宾。我当时的想法是外来的游客将丝巾戴在头上，如果迷路可以解下头巾，查看方位，岂不方便！

后来在一份资料上看到，丝绸上绘制地图，在古罗马的军队里就早已有之。因为丝绸带在身上不容易损坏，经得起摩擦和折叠，可以长期使用。

营造安宁

　　近年来环保观念逐步深入人心，先是和人有直接接触的水、蔬菜、家畜……然后涉及空气、射线、微波等。但噪声的危害还没有引起足够重视。

　　例如在绿地尚嫌不足的苏州市区，东园可以说是一片最好的绿洲了，可惜运河里的航船川流不息，整天轰鸣着柴油发动机的吼声……近来不知为何又多了一种声音——旅游系统的大小汽车直开园中，往耦园方向而去。绿化再好，景色再美，如果伴以震耳欲聋的马达声，这就是俗话说的"煞风景"了。

　　至于昔日宁静的古城，现在有那么多的助动车、摩托车驰骋其间，也早已失去"小巷深处"的诗意。

　　不知是对于噪声有特殊的耐力，还是出于无奈，我们往往听而不闻，听之任之。例如隔壁邻居因为开店、办喜事或一时高兴，突然放起爆竹，就像万炮齐发，惊心动魄。但是我们往往木然处之，因为他们没有"碍着我们"什么，关我们什么事呢?! 当然只有他发出声音的自由，而没有你不想听的自由啦!

　　央视报道，前一阵四川某地，一群人在别人窗下聚赌，通宵麻将，闹得大家整夜不能安眠，为了解决矛盾，开会表决，居然绝大多数人认为打麻将者有理!

　　随着生活水平的提高，噪声的危害可能会有增无减。例如，现在新村里横七竖八地停着各种私家汽车，而建筑物之间的距离很近，任何声音都围绕其中，而且有种放大作用。汽车的发动、汽车空调的工作，都有很大音量，就是关汽车门的一击，也会使你的脑门感到一震! 加上有的车还装有防盗警报器、遥控门锁……就更显热闹了!

　　现代技术肯定是好东西，但是它的运用之广不得不使人称奇。最近看到一个骑自行车、修棕棚的农民，远远地就听到他的吆喝声，仔细观察才知道"修棕绷"的叫声是预先录好的，可以反复不断地播放，音量也可以随意调节，怪不得这种声音有这么强大的穿透力。

　　噪声之所以得不到遏制，跟我们对它的麻木是有关系的，但是在发出噪声得不到任何谴责的环境中，也只有麻木才能生存，这样便进入一个恶性循环的怪圈。如果在一个人人讨厌噪声的环境中，情况就大不一样。我曾经在德国生活过两年，德国人十分讨厌噪声。例如在饭店用餐，人们相互间的谈话声犹如耳语，即便店堂满座，仍然绝无嘈杂之感，更加

不会像我们的酒店,豪饮挥拳、高声喧哗。

20世纪80年代在德国科隆,我们曾经租用一套公寓,办公兼做住宿,国内的出国小组常常会来歇脚。有一次住在楼下的德国老太太上来"严正抗议"。原来是他们当地人的习惯和我们相差太远!在房间和走道里,除了房子装修统一铺就的化纤地毯,还得加上一层羊毛地毯,借以减少噪声,免得干扰邻居。而我们以为有了一层地毯,和在国内相比已经够文明的了。哪知道我们的客人多,又穿着很厚重的皮鞋,走路的脚头也重,六七个人的一个小组集体行动,在楼下安静惯了的老太太听起来,或许像来了一个班的战士了。

年轻人喜欢现代音乐,多数是高音量、强节奏的,听久了特别累,一曲终了,当完全静下来的一刻,我有一种如释重负的感觉,正所谓"此时无声胜有声",突然觉得——原来静,也是一种珍贵的东西。科学常识告诉我们,在高分贝的噪声环境中,连动植物的生长都会受阻,甚至可以置人死地!

在人口密集的城市,宁静就更加难以维持,就像一件珍贵的玻璃器皿,一不小心就可能打得粉碎。所以需要我们人人都来营造和保护安宁,才可能拥有一个安宁的大环境。

古人说"万事静中得",是指只有安静的环境才适合我们去思考问题,去集中思想从事科学、文化活动。

学科外的知识

近日读梁启超先生70多年前写给子女的信,信中对长子梁思成的学养提出了极有价值的意见,至今读来,仍然感觉到先贤的智慧闪耀,以及字里行间充满的亲情至爱。

信件写于1924年,当时梁思成在美国宾夕法尼亚大学专攻建筑,学习非常刻苦。

梁启超先生认为长子学习内容过于单一,希望他"分出点光阴多学些常识,尤其是文学或人文科学中之某部分"。所学太专"把生活也弄成近于单调,太单调的生活,容易厌倦,厌倦即为苦恼……"

梁先生自己的学问趣味十分广泛,并且从中不断获得无限乐趣和进取的动力。他的体会是:"因为我们做学问的人,学业便占却全生活之主要部分,学业内容之充实扩大,与生命内容之充实扩大成正比例。"这里可以看到一个以学问为生命的人对人生的态度。梁先生具有多方面知识,某一阶段把注意力转向一个新的领域,拓展出一片新的天地,好像从天上把甘露采回了人间。他希望与爱子同饮共享,唯恐其兴趣偏狭,不知其味,无法交流,担心地说:"像你有我这样一位爹爹,也属人生难逢的幸福,若你的学问兴味太过单调,将来也会和我相对词竭,不能领会我的教训……"

信中梁先生对自己的评述非常精彩,显示出非凡的人格魅力,令人倾倒:"我的生活内容,异常丰富,能够永久保持不厌不倦的精神,我每历若干时候,趣味转过新方面,便觉得像换个新生命,如朝旭升天,如新荷出水,我自觉这种生活是极可爱的,极有价值的……也想你们参采我那烂漫向荣的长处。"

梁先生写到这里,忽然觉得在不经意间,真实形象地描绘出了自己的形象,而且对这样的描绘甚是满意:"这封信你们留着,也算我自作的小小像赞。"也许因为有这句话,这封信被珍藏、传世,也才有机会出版流传。

梁先生充实而烂漫的人生态度,具有生气勃勃的现代精神,他对科技人才培养的看法,至今仍具有一定的参考价值。

学科的分类本来只是手段,但现在似乎已经成了目的,而且是唯一的目的。甚至从中学开始分文科和理科,专为考大学而人为地强化学科的界限。而专与博,广泛兴趣的培养等话题却经常被人遗忘。

实际上,学习、从事自然科学的人,如果同时兼有人文学科的修养,懂得哲学、文学、艺术,有益为人、为事、为文,定能更善于观察和表达自然科学的奥秘,对社会作出更大贡献。

爱因斯坦的文采非常出名,书信、讲稿妙语连珠。杨振宁博士懂文学、通艺术,他的物理学文章中引用不少艺术方面的例证,信手拈来,左右逢源。钱伟长,原先以文史满分考进清华。经济学家厉以宁的词一百首,如高山流水,值得一读。不少前辈既懂科学,又通文学,兼容并包,令当代青年仰慕不已。他们除了精通本专业的知识,大多具有哲学、文学、历史等人文学科的功底,他们的论文、讲稿读起来如沐春风,生动有趣,善以简洁明快的语言去诠释深奥复杂的科学原理。

远离喧嚣

报纸上常有"健康与养生"之类的栏目,介绍民间验方,保健知识,读之受益。前日看到一篇文章,题为《静默可治高血压》,文章与众不同,摒弃任何药草,纯粹提倡调整心态治病,强调放松,在静默中使心跳、呼吸频率变慢。文章说这是美国哈佛大学经实验证明的有效方法。

其实高血压、失眠、烦躁这些现代病和人的心态确实有密切关系,一项在上海、深圳等地对1197个成年人进行调查的结果显示,50%以上的人有某些心理方面的问题,如焦虑、暴躁、失眠……原因不外是生活节奏太快,繁杂的信息剧增,物质需求的期望过高,加上环境的嘈杂,人们生活在一种充满烦躁和浮华的情境当中。找个娱乐场所调节一下吧,卡拉OK、迪厅,绝对没有安静可言,打开电视,像天天过大年似的一场接一场的歌舞晚会,眼花缭乱的灯光加震耳欲聋的音响,除了现代化的音响设备、声光效应,好像没有其他的精神文化了,只有物质化的文化!

也许在觥筹交错、灯红酒绿中人们并未感觉到这种嘈杂和浮华,也许已经不适应安静和沉思。他们的交易、交际、交友和信息交流、生活的所有内容,都在歌厅、酒楼中进行,沉迷在声色场中的人,根本听不到来自生活本质的呼唤。忙碌、烦恼、无休无止的应酬使人心劳日拙,他们对堵车的马路叫骂不休,看电视不停地变换频道,在超市里像掐了头的苍蝇乱转……

这样的生活,这样的心态,引起高血压是必然的。医生告诉我们,只要坚持用药,可以控制病情发展。倒是精神上的贫乏,内心的骚动不安,非药物能够克服。要摆脱内心的紊乱和焦虑,还得靠自己调整心态,"淡泊以明志,宁静而致远"是一种难能可贵的境界。就像音乐,只有静下心来去与它交流,才能感受它的存在,领悟它的价值。一曲古筝弹奏的《汉江秋月》《渔舟唱晚》,只能在宁静中才能体会到它的高远意境。

不少作家出国回来写的游记,提到海外的学者、文人,他们的家庭很有钱,但就是不购置电视、音像一类产品,他们不愿意让"电视文化"主宰头脑,不愿意让商业气息太重的传播工具扰乱自己的心境。

宁静、单纯的生活,可以帮助我们走出浮华的樊篱,去平息喧嚣的烦躁。相反,单纯的感官刺激和过分物质化的文化快餐,让我们沉湎于热闹之中,而难以亲近真正的生命感受,疏远书籍、学问、沉思和高雅的艺术,再也听不到自然的天籁之音,听不见蕉叶上的雨声和林间的蝉噪。

　　心烦意乱的人们,愿你们远离喧嚣吧!

读《反思中日强国之路》的思考

钟庆先生《反思中日强国之路》一文,对刷盘子式的GDP问题作了深刻剖析,足以引起我们对"无芯""无脊梁"的巨型企业的忧虑。教育的差失是一个很突出的问题,因为它特别内在,并不能从表层感知,那些漂亮的城市化装运动更容易使官员效法,所以全国最突出的变化是城市建设的发展,而国民素质的提高明显滞后。

文章谈到20世纪50年代的工业化,热情赞美了毛泽东时代的良辰美景,如"让中国人安心读书""卖粮食和卖资源的收入,由国家统一管理"等,好像并不完全符合历史。那么多的政治运动,学校也不见得能处于世外桃源,而统购统销的政策抑制了农民的生产积极性。至于无数个第一,是确实的,但从无到有,当然会产生"第一",这"第一"的水平如果和今天相比,应该说是学步阶段,非常幼稚。

文章还提到"培养了无数人才""培养了工业人口和市场",这更是值得推敲,这卅年除了发展国防工业,其他方面能赶上国际先进水平的项目非常少,大多数知识分子连英语也是1978年后重新学习的,对世界科技进步信息知之甚微。要说人才,则阶级斗争的人才更为合格,至于"市场"那就更加遥远,因为"市场"和"资本主义"更加靠近。

所以用50年代的中国来反证当前的缺失似乎并不恰当,相反,中国之所以落后,与50年代开始到70年代末终止的无数政治运动倒是有深刻的因果关系。也许反思这30年对中国发展带来了哪些阻碍,才能使我们摆脱二流国家的桎梏。

色彩·音乐

有一年春节上海电视台的歌曲节目，在舞台灯光方面别有一番景致——随着音乐旋律的变化，天幕上映现出绚丽的色彩，声、色相随，有声有色，被称为"彩色的音乐"。它和"全息摄影""电子音乐""电脑配色"一样，是科学和艺术相结合的产物。

"彩色音乐"采用先进的光学、激光原理，并与音乐的信息相联结，音乐的情调和节奏控制着色彩图像的情调。在美国和西欧的一些国家，"彩色音乐"已广泛用于舞台演出、商业宣传等，并正在吸引艺术家、科学家的进一步关注。

色彩和音乐对于艺术的表现力影响极大，几十年来电影摄制技术的发展就是从无声到有声（甚至立体声），从黑白到彩色（甚至立体色彩）的过程。音乐作为一种独立的表现艺术，历史悠长。从出土的古乐器看，在两三千年前就具有极其高超的制作水平，音色纯正，音阶精确，音域宽广，令人叹为观止！由此可见音乐作为表现艺术在当时已经十分成熟。而色彩则不然，它需要依附于一种实体——一幅绘画、一件器皿或是一块织物，人们用色彩去模仿自然，企图尽可能地再现真实，中国画称为"随类敷彩"，色彩是形体的随从。只有在现代绘画和装饰美术中，色彩逐渐从具体形象的桎梏中解脱，成为一种近乎可以独立的艺术，去抽象地表现一些不十分确切的意趣、情调。而在大多数情况下，色彩还是必须靠形来支撑。例如"彩色音乐"的表现，在天幕上全是云露水气，不可言状，所表现的意境毕竟含糊。而国外"电子合成器"的演出就有所改进，在音乐的制约下，色彩不仅有情调的变化，还常常出现海浪、潮水、群山、森林或近似风景画面的种种场面，因而给人以更为深刻的印象。

人的感觉是相通的，望梅止渴，谈虎色变，视听之间的通觉非常明显，尤其当两者以同一气质、同一情调作用于我们的感官时，以不同方式所表现的同一主题会得到大大加强。我国的古代成语非常清楚地道出了这两者之间的关系，"绘声绘色""有声有色""声色俱厉"……声音和色彩互为补充，相得益彰。在古代的诗歌中可以找到许多"声色并茂"的佳句——"绿杨烟外晓寒轻，红杏枝头春意闹"，杏花的妃红和声音的吵闹竟然产生了联系；"黄河远上白云间，一片孤城万仞山。羌笛何须怨杨柳，春风不度玉门关"，黄河、白云、惨淡深远的山色配上凄凉哀怨的笛声，悲中有壮；"风急天高猿啸哀，渚清沙白鸟飞回。

无边落木萧萧下,不尽长江滚滚来",在阴霾的秋色中听到了落叶之声、流水之声,流露出杜甫当时的思乡病愁之情;像《琵琶行》这样的音乐诗,则更是声色兼备,在秋色、夜色、月色、水色之中,响起了凄楚的琵琶独奏,声音和色彩互为补充、相互渗透,堪称是文学艺术中的"彩色音乐"。

音乐和色彩有着共同的艺术规律,又都善于表现人的内在感受,唤起深邃的情感波澜。动人心弦的乐曲,旋律优美,高低强弱的音响按照一定的规律组合、变化,不同的音响似乎在相互追逐、遇合、协调、对抗、飞跃、消逝……展开着无形的翅膀,沁入心灵。而动人的色彩画面也同样具有这样的特点——不同的色彩时而相近、交错,时而远离、阻隔,既有对比,又有呼应,色相、明度、纯度有机的组合,加上面积大小、位置构成的变化统一,形成色彩的旋律。所以它们在审美特征上也有相通之处,不是摹拟生活,而是表现生活,表现无法言辞、含蓄朦胧的意念,引起广义的浮想,甚至流动的幻觉。

声音和颜色,在科学上的相同之处,是它们的存在都表现为一种"波"。光照下的物体反射出不同的光波,通过视觉的感受而产生了色彩;物体震动,通过空气的传导,发出声波,感知于听觉,于是有了声音。两者都是物理现象,都可以用仪器进行精密测定。

古希腊哲学家毕达哥拉斯,从五角星上发现了"黄金分割"的规律,进一步找到了物体之间的比例关系,将视觉可以感到的线段比例引证到音乐的内在规律中去,发现了音乐的数学结构。而色彩的研究也同样证实它包含着严密的科学规律。300年前牛顿用三棱镜折射的方法再现了彩虹的色彩光谱,发现了阳光由红、橙、黄、绿、蓝、靛、紫七种色光组成,这七种颜色是彩度最高的基本色相,似乎刚好和1、2、3、4、5、6、7这七个音阶相对应,其中是否有着内在的联系呢?当然尚待探索。而"彩色音乐"的研究正是企图解开这种神秘联系的尝试。

总之,音乐和色彩有着十分微妙的亲缘关系,在运用和研究中,它们可以互相作为对方的借鉴,运用它们的共性和特性来丰富各自的艺术构思,使两者互相渗透、补充,升华出新的结晶。而艺术家的工作本来就是"流连万象之际,沉吟视听之区",以创造一个五色缤纷、五音嘹亮的艺术世界。

音乐喷泉

那是三十年前的事了,我随驻欧小组一行四人到德国慕尼黑,参观时装展览。傍晚,外国朋友介绍我们去公园体验一下此地的一个特色景点——音乐喷泉。第一次听说喷泉还配上音乐,非常好奇。

匆匆赶去,表演尚未开始,不少人在湖边等待,天色渐暗,夜幕上嵌着几颗星星……忽然大家都安静下来了,只听音乐声慢慢响起,喷泉也随之涌动,含着轻快的节拍,先是小股的细流在涌动、跳跃,就像欢快轻柔的舞蹈。原来喷泉的设计是特殊的,有的贴着水面像一朵朵的莲花,有的可以转换角度交叉变化,形成扇形的水幕,水柱的喷射高度最高可达100多米……喷泉的变化极为丰富,并紧密地和声光相扣,似乎在这样的场合对西洋音乐也会有新的感受。

水流渐渐变得急速有力,一排排水柱直冲云霄,大开大合。音乐进入另一种境界,喷泉的色彩晶莹透亮,衬着深黑的背景,绚丽夺目。主题的描述,娓娓动听,交替起伏,变化中不断地重复。明朗的笛声吹出蓝天白云;单簧管的独白纯净优雅,轻云缥缈。喷泉的色彩和谐、宁静,梦幻般的蓝紫色调中,表演渐入佳境,弦乐的重奏引领着主旋律的升起,如千军万马疾驶而来,向高潮乐章挺进。铜管奏出雄壮的音色,喷泉色彩应声而变,由冷转暖、强烈、火热。水柱向高空喷发,气势如虹。结尾是优美的,但略显忧伤,在几度徘徊之后,终归寂静,只留下一片深黑色的天幕。湖面上晚风吹拂,好像什么也没发生。

音乐喷泉原创于1903年,德国奥图皮士特最先设想把声、光、色联合起来为变化中的喷泉做伴奏,后经几代人的努力,终于使之成为一种新颖的艺术表演。

发展到当代,因电脑的运用,这种特殊的艺术表演越来越超乎寻常地趋于完美。程序控制灯光、色彩和喷泉水柱的形态变化与协调,再配上富有表现力的录音,声、光、形、色四种因素由计算机统一指挥。编程结束后将成功的设计储存备用。

综合编辑的总导演,根据自己的艺术修养、对视听通觉的经验和对音乐的理解,以特殊的语言来创作这复杂而别致的作品。

音乐喷泉的综合效应中,音乐是主线,只有乐曲是已经为人们熟知的经典名曲,其他都是辅助和帮衬,灯光、色彩、喷泉的变化都只能配合音乐作出调整,有一定的随意性。

音乐本是一种抽象艺术,只可意会,不可言传。音乐演奏遇上不解此味的人,只是一团音响罢了……听觉如此,视觉亦然。据说近代航海家在非洲为当地人拍照片(当时只有黑白照),被拍的人看了不知何物,在他们的认知经验中,根本无法想象这种黑、白、灰的素描效果能真实地映现出真人的容貌。所以任何艺术,都不是天生就能被理解的。中国人对西洋音乐也同样,有一个了解过程,例如西方人熟知的大家瓦格纳、德彪西等,被认为是色彩感特强的作曲家。贝多芬的第二交响乐第二乐章跌宕起伏、大气磅礴,他的《田园》第五乐章则优美、安详……

其实古人对视听的奇妙感觉早有所悟,苏东坡在他的《前赤壁赋》中说,"耳得知而为声,目遇之而成色",似乎认为声、色者只是人的一种感觉。

当代著名核物理学家詹克明认为:大自然本无所谓颜色和声音,只有光的波长和震动物体的震动,这种波长和震动频率分别在400~800纳米和16~2000赫兹时,我们才可以感觉颜色和声音。

抽象派代表人物康丁斯基说:我们常从音乐中听见色彩,从色彩中看见音乐。

不少文学作品亦然,经常用色彩形容声音,用声音形容色彩。用"声""色"两字的成语可以举出很多。总之声色两者难分难解,现在干脆使它们结合在一起,绽放出新的奇葩。

最近,报载,苏州的音乐喷泉震撼登场,投资多,规模大,设施非常先进,共装1350个喷头,射高可达120米。采用激光投影技术,水柱还可360度转动、数据控制(图1①)……高度现代化,估计大大超出三十年前德国慕尼黑音乐喷泉的规模,希望在音乐排编和艺术水准上不负如此先进的设施。

图1　苏州湾音乐喷泉

---

① 《姑苏晚报》,2015年1月3日A04版。

散步的收获

退休之后终于可以做一些以前一直想做,但没有时间做的事,比如背诵诗词,就是我之所愿。

儿时听外祖父讲解诗词,他总先要摇头晃脑,高声朗读,然后逐句解释,我不理解几句诗竟有如此的魅力,让老人忘情、心醉。

当自己也步入老年,试着朗读这些千年传承的佳句时,才慢慢懂得个中真味,而且是愈读愈有体会,发现最好能背出来,才算真的学到手。从熟读到背诵,可以帮助我们领悟诗词的意境之美、音韵之美。古诗词本身富有音乐性,有的甚至倚声填词,先有声后有词,声情并茂。宋词都可吟唱,可惜现在只留下曲调名称,再也听不到原来的曲调了。港台地区的作曲家谱了几首,被广泛传唱,我们大陆的作曲家大约无暇顾及,还未闻有新的佳作。

词和诗不一样,句式长长短短,难寻规律,有的篇幅很长,背起来自然更加费事,例如苏轼的《念奴娇》、秦观的《满庭芳》、刘克庄的《沁园春》,各有一百多字,背下来着实要花一番工夫。

网上有人介绍,散步促进记忆,散步时头脑特别清醒,不知是否真有根据,反正我试下来特别管用。几年来,边走边背,吟啸徐行,居然背出了二百多首诗词。

为了尽力巩固已经取得的阶段性成果,过一段时间就从头到尾地复习一次。我一直把这样辛苦获得的记忆,当作一笔宝贵的财富珍藏着,千万不让它轻易失去。于是就用蝇头小字把这些诗词的开头一句抄在卡片上,随身携带,任何时候想起来就可以查考、复习,舟车旅途,花间散步,甚至上医院排队挂号,都有事可做了。

有时午夜梦回,黑暗中躺着默诵,碰到记不清的地方,待到天亮必急着查证。我觉得百无聊赖之中,既无事可做,又无书可读,那么你随身携带的记忆库存就可以相伴。后来看到李锐先生的回忆文章,当年他遭受迫害,关在秦城监狱的单间,不给看书,也无人可以说话,经常在枯坐中默背古诗,这是谁也无法剥夺的精神空间,也可以说是一种非物质的财富。

古人说"腹有诗书气自华",鲁迅、郭沫若所以能成为文坛巨匠,除了自身努力和聪颖,少儿时代家庭的文化氛围对他们具有很大影响,上学之前由母亲教读诗词,不知不觉之中做了"从娃娃抓起的工作",使他们从小就接受优秀的文学熏陶。

近代科学大家也同样,例如周培源、吴大猷、华罗庚、赵九章等人,他们都有很深的人文学养,同时又在科学领域取得杰出成就,他们撰写的论文或科普小品也是文坛佳作。又如现代作家、核物理专家詹克明先生,他充满智慧的论文里,包含着深邃的哲理,显露出炫目的文采,常被收入中学生教材,成为语文课上推荐精读的经典。

熟背诗词可丰富语汇,增色文字。运用得当还会成为我们日常谈吐或文章中的亮点,而且是信手拈来,妥帖自然。

有一次尤玉琪先生给我看他新出版的画册,内中有一幅水彩画,画的是风雨中归去的游子,但标题平常,也不贴题,我顺口背了一句东坡的词"一蓑烟雨任平生",尤先生大加赞赏,连声称妙。

古诗词的身影至今还活跃在现代文学作品之中,比如遇到文思滞涩或者需要抒发某种情感的时候,借用诗词中古朴高雅的词句正好可以表现朦胧深沉的意境,甚至成为文章的点睛之笔。看章怡和先生的作品,标题有时取自宋词,和文章内容非常贴近,感觉厚重、高远,文气外溢。

当然,我们初学诗词,并非奢望能精于此道,只是浅尝辄止,增添一些生活的情趣而已。

[1] 孔宪林等.装饰图案集[M].长沙:湖南美术出版社,1981.

[2] 屠亮.现代平面构成图集[M].福州:福建人民出版社,1985.

[3] 诸葛铠.图案设计原理[M].南京:江苏美术出版社,1991.

[4] 王一迁.外国纺织纹样[M].上海:上海人民美术出版社,1993.

[5] (德)弗兰兹·萨雷斯·玛雅.装饰艺术手册[M].上海:上海人民美术出版社,1995.

[6] 唐培仁,余月虹.现代平面图案[M].杭州:浙江人民美术出版社,1996.

[7] 邢庆华.现代基础图案设计教程[M].沈阳:辽宁美术出版社,1998.

[8] 回顾.中国装饰图案集成[M].沈阳:辽宁美术出版社,2001.

[9] 苏州市文化广电新闻出版局,苏州丝绸博物馆.苏州百年丝绸纹样[M].济南:山东画报出版社,2010.

【后记】

这本书能够顺利出版，还得从3年前说起。2013年2月，一次偶然的机会，本书的作者范存良老先生应邀来苏州市工商档案管理中心参观指导，当时范老就对中心能够妥善保存数量众多的丝绸印花档案给予了高度赞扬，表示愿意为中心丝绸印花档案的整理出一份力。随后的日子里，范老不遗余力地对我们的工作进行指导和帮助。

中心领导和工作人员最初登门拜访范老时，热情随和的范老夫妇给工作人员留下了深刻的印象。范老和夫人刘美英都是在苏州丝绸印花厂工作了一辈子的老员工，对苏州丝绸怀有深厚的感情，得知我们为苏州丝绸事业所做的工作，感到十分高兴，非常支持我们的工作，将珍藏多年的丝绸物品无偿赠给了我们，如范老设计的丝绸方巾、手绘稿等。在此过程中，我们发现了很多篇范老工作几十年来所写的专业技术性文章和一些散文随笔的存稿，于是萌发了出一本书的想法，这算是出版本书的缘起吧。

想法很美好，要实现却非易事。范老的专业性文章大多发表于20世纪七八十年代，没有现成的电子版，需要一个字一个字打出来，而范老年事已高，又不太用电脑，打字这种事只能由我们代劳。此外，很多文章都配有图片，而杂志上的图片并不清晰，那么多的图片，范老就用自己的画笔一幅幅重新画出来，令我们非常感动。这本书的封面相信也会让读者眼前一亮，摇曳多姿的花朵忽明忽暗地呈现出来，钱绍武老师所题的"花间晚照"四个大字与美丽的花儿相得益彰。这些花朵的图案亦是范老亲自设计和手绘，由此可见范老做事十分认真细致。

初稿完成后，又经过一遍遍的修改完善。由于所处时代的不同，文中有些字词用今天的眼光来看不太规范，有些语句因为当时有一定背景，比较容易理解，时隔这么多年,今天读来却不甚清晰,这些我们都与范老一遍遍确认以后再进行完善。版式设计方面,我们也是一次次在出版社和范老之间沟通改进,我们无法点点手指通过网络与范老联系沟通,所以只能一次次登门拜访,已经记不清去过范老家多少次了,然而看到这么赏心悦目的书付梓出版,再多的辛苦也都值了。

苏州大学出版社也为本书的出版做了大量的工作,在此一并致谢。书中疏漏之处在所难免,希望各位读者及业内专家不吝赐教,以使该书不断完善。

苏州市工商档案管理中心
2016 年 5 月